PAUL ZSOLNAY VERLAG

NICHOLAS BARRETT

Insel der Vögel

Aus dem Englischen von Judith Barkfelt

PAUL ZSOLNAY VERLAG
WIEN - DARMSTADT

Titel der englischen Ausgabe: Fledger.

Umschlag und Einband: Angela Hartenstein, Wien
unter Verwendung eines Photos von Ausloos/Mauritius
Satzerfassung und Codierung: Profitext der iM Software GmbH,
Leonberg-Warmbronn: Satzcode von Dr. Ulrich Mihr
Umbruch: Ventura Publisher durch Büro Dr. Ulrich Mihr
Belichtung: Setzerei Kittelberger, Reutlingen-Rommelsbach
Druck und Bindung: May & Co., Darmstadt
Printed in Germany
ISBN 3-552-04206-7

CIP-Titelaufnahme der Deutschen Bibliothek

Barrett, Nicholas:
Insel der Vögel / Nicholas Barrett. – Wien ; Darmstadt :
Zsolnay, 1990
ISBN 3-552-04206-7

Insel der Vögel

Für Valentina Bonino de Ciechi

Danksagung

Mein Dank gilt Piero Bonino und Rod Hall, die mir während meiner jahrelangen, intermittierenden Arbeit an diesem Buch mit Ratschlägen und konstruktiver Kritik zur Seite standen. Ferner danke ich Ann Suster, Philippa Harrison und Giles O'Bryen, die mich ermutigten, die letzten schwierigen Hürden zu nehmen, und so dazu beitrugen, daß aus dem mir teuren Manuskript ein druckreifes Werk werden konnte.

Für meine Kenntnisse von den Papageitauchern und der Vorstellungswelt, die sie sicherlich haben, schulde ich R. M. Lockley tiefen Dank. Gleiches gilt für Konrad Lorenz, dessen Werke mir ein Leitfaden in der Frage waren, wie unsere Mitgeschöpfe, die Ratten, ihre Rolle auf dieser Erde wohl sehen mögen.

Anmerkung des Autors

Obwohl alle Ereignisse in dieser Geschichte frei erfunden sind, beruhen sie auf wahren Begebenheiten; das Verhalten aller Tiere in diesem Buch basiert auf jahrelangen, sorgfältigen Beobachtungen ihrer natürlichen Lebensweisen.

Die Feinde der Papageitaucher in dieser Geschichte sind auch die wirklichen Feinde dieser Vögel, deren Bestand in einer mehr und mehr vom Menschen beherrschten Welt stetig abnimmt.

Prolog

Die Sonne stieg über den Horizont herauf und sandte ihre Strahlen über die glatte Oberfläche des Meeres – die einen wurden in die Tiefe gezogen, wo sie erloschen, andere sprangen weiter zum Land, flirrten im seichten Wasser und tanzten auf den Kieselsteinen, wobei sie immer neue, rotgolden schimmernde Muster auf einen Granitfelsen zeichneten, der steil in den blaßrosa Himmel ragte.

Eine Möwe ließ sich mit ausgebreiteten Schwingen vom Aufwind über die Klippe tragen. Dann glitt sie über das Schlickgras dahin, das überall dort aus dem Boden sproß, wo spärliche Erde den grauen Flint ablöste. Der Vogel ging etwas tiefer, und sein großer schwarzer Rücken glänzte im Licht des jungen Tages. Dann drehte er ab und flog am Rand der Klippe entlang. Geschickt nutzte er die leichte Luftströmung, ließ sich über eine Reihe von Felsspitzen tragen und tauchte in Senken hinab, deren letzte so weit zum Meer hin abfiel, daß die salzige Gischt der letzten Sturmwelle die spärlichen Gräser bräunlich verfärbt hatte.

Hier, wo die Klippe weniger steil war, hätte sich ein aufmerksamer Beobachter gut einen schmalen, gewundenen Pfad bis hinunter zu dem kleinen Kiesstrand vorstellen können, ideal für Kaninchen, wenn es auf dieser kleinen Landzunge welche gegeben hätte.

Die Möwe gewann mit gleichmäßigen Schlägen an Höhe, flog geschickt um die Felsen, die landeinwärts immer höher anstiegen, und hielt geradewegs auf den schlanken Granitpfeiler zu, der alle anderen überragte. Für einen Moment sah es so aus, als müßten Vogel und Fels kollidieren, doch da heulte ein Windstoß aus der Erde und trug die gleitende Möwe weit über die zackige Spitze des Pfeilers hinaus.

So jedenfalls schien es, bis das Auge, das dem eleganten Bogen des Vogels folgte, auf einen schmalen Riß in der Felswand fiel, der die steile Klippe von oben bis unten zerschnitt und sich nach hinten zu einer tiefen Spalte erweiterte. Im Innern der dunklen Spalte tobte das Wasser des Meeres, zwängte sich mit der Strömung durch die Enge zwischen den Steilwänden und schoß am anderen Ende als schäumende Gischt wieder hervor.

Was vormals eine felsige Landzunge gewesen, war jetzt als kleine Insel durch das Meer vom Festland getrennt. Vor langer Zeit hatte sich das Wasser einen Weg durch den Stein gebohrt und diesen Kanal ausgewaschen, der selbst hier, an seiner engsten Stelle, so breit war, daß ihn kein Tier zu überqueren vermochte.

Den Seevögeln, die zu Hunderten auf der Insel nisteten, drohte nur aus der Luft Gefahr – von der großen Möwe mit dem schwarzen Rücken, die jetzt eine Wendung vollführte, mit angelegten Flügeln auf die Spitze des Felsturms zuschoß, der sogar die Klippe auf der entlegenen Seite der Insel überragte, und auf einem Haufen von Zweigen neben ihrem Partner landete.

Die heisere Begrüßung der beiden Möwen klang weit über die salzverkrustete Erde und erschreckte drüben auf der Klippe über dem Kiesstrand ein kleines Tier, das gerade aus einer der zahlreichen Höhlen herauswatschelte, die überall zwischen dem spärlich wachsenden Riedgras gegraben worden waren.

Das Tier drehte sich um und sah zu den Mantelmöwen hinüber. Erde fiel aus seinem mächtigen, rot und blau gestreiften Schnabel. Das sanfte braungraue Auge blinzelte und verdeckte für einen Moment seinen roten Rand. Der fleischige blaue Fleck über dem Auge verlieh dem Tier ein freundliches Aussehen. Ein menschlicher Beobachter hätte vielleicht an einen Clown gedacht, doch hier draußen gab es keine Menschen. Das Tier wagte sich auf seinen roten Läufen jetzt weiter ins freie Gelände vor, und die scharfen schwarzen Krallen seiner kräftigen Schwimmfüße klickten auf dem felsigen Grund.

Da blitzte die Sonne über den Rand der Klippe und bestrahlte die beiden großen Ringe aus weißen Federn, welche die kleinen Augen des Vogels einfaßten. Das Brustgefieder und die ganze Unterseite waren ebenfalls weiß, bis auf die Stellen, die beim Graben schmutzig geworden waren. Das übrige Gefieder glänzte seidig schwarz.

Eine Sekunde lang sah es so aus, als wolle der Vogel niederkauern, doch dann stieg er mit schnellen, kräftigen Schlägen in die Luft und schwirrte mit seinen kurzen Flügeln über die Klippe hinunter zum Meer. Dort drehte er ab und flog geradewegs in die aufgehende Sonne.

Kapitel 1

Meerfenchel erwachte und fröstelte. Schon gestern war sie mit einem Zittern aufgewacht. Sie tauchte den Schnabel ins Wasser und trank ein paar Schlucke. Das Wasser war wärmer als sonst. Der Meister hatte es ihnen erklärt: Je näher sie kamen, um so wärmer wurde es. Sie steckte den Schnabel in das weiche Brustgefieder. Auch dort war es warm. Sie empfand eine Kälte, die von innen kam – aus den Knochen. Und der Grund dafür lag dort hinter den schlafenden Papageitauchern, die dicht nebeneinander auf dem Wasser trieben. Die Köpfe im Gefieder vergraben, tanzten sie mit den Wellen auf und ab.

Im ersten Morgenlicht nahm die Insel am Horizont scharfe, unnatürliche Konturen an, wie alle Eindringlinge im Meer. Doch anders als die schweren Eisschollen in den Fischgründen der kalten Jahreszeit würde diese dunkle Masse niemals schmelzen, auch wenn die Goldene Königin sie noch so sehr beschien. Der Meister deutete dies als Zeichen, daß die Königin sie dort haben wollte, denn nichts existierte gegen Ihren Willen. Trotzdem fürchtete sich

Meerfenchel. Sie war ein Geschöpf des offenen Meeres, und der Anblick der Insel war ihr fremd. Den Papageitauchern war gesagt worden, sie sollten sie das ‚Land' nennen.

Mit einem Paddeln ihrer kurzen roten Füße brachte Meerfenchel ihren zitternden Körper näher an den größeren Papageitaucher heran, der neben ihr schlief. Sie zupfte ihn am Flügel und hörte ein zufriedenes Brummen.

„Wach auf, Seeampfer! Bitte, wach doch auf!"

Das Brummen verwandelte sich in ein Stöhnen. Der größere Vogel hob den Kopf ins graue Licht.

„Was ist denn los?" Er streckte den Hals und zuckte vor Schmerzen zusammen.

„Es hat sich schon wieder ereignet!"

„Was hat sich schon wieder ereignet? Oh, ich bin ganz steif vom vielen Graben gestern."

„Die Botschaft! Diesmal war sie noch deutlicher – die Vierfüßler waren wieder da!" Sie zitterte jetzt am ganzen Körper und begann zu stottern. „Sie ... sie waren schrecklich, unvorstellbar schrecklich."

Der größere Vogel rieb sich zärtlich an ihrem Genick: „Versuch, sie zu vergessen. Der Meister hat uns ja gesagt, daß wir vor dem An-Land-Gehen Angst bekommen könnten. Drei Jahre ohne Land sind eben lang." Er sah liebevoll auf seine Gefährtin hinunter. Sie schmiegte sich noch enger an ihn. „Jetzt hör auf, mit allen Federn zu zittern, und ruh dich aus. Wir haben einen schweren Tag vor uns und müssen noch viel graben, wenn wir die Bruthöhle für das Ei fertig bekommen wollen."

„O Seeampfer, ich kann nicht mit, ich kann einfach nicht", wimmerte Meerfenchel. Ein Papageitaucher neben ihnen fuhr aus dem Schlaf hoch und starrte sie an.

„Im Namen der Königin, sei leise“, zischte Seeampfer und blickte sich hastig um. Der andere Vogel streckte sich und schob dann den Kopf wieder unter den Flügel. „Ich glaube nicht, daß er etwas verstanden hat. Aber wenn herauskommt, daß du Botschaften erhalten haben willst, sitzen wir ganz schön in der Klemme.“

„Wir sind alle in Gefahr“, jammerte Meerfenchel in ihre Schwungfedern und kratzte sich. „Du *willst* es einfach nicht verstehen.“

„Doch, ich will es verstehen, und ich verstehe es auch“, sagte Seeampfer leise. „Aber gerade jetzt darf man als Vogel seine Gefühle nicht allzu ernstnehmen. Wenn wir zulassen, daß die Phantasie mit uns durchgeht, wagt sich nie mehr einer an Land.“ Er biß zärtlich in ihr Genick. „Diese Vierfüßler sind wahrscheinlich nichts anderes als das Kaninchen, das uns der Meister vor ein paar Tagen bei unserem Vergnügungsflug auf dem Festland gezeigt hat. Sie sind nicht gefährlich. Das hat der Meister extra gesagt.“

„Der Meister hat das gesagt!“ explodierte Meerfenchel. Mehrere Papageitaucher schreckten aus dem Schlaf hoch. „Wenn der Meister das sagt, ist alles in Ordnung, nicht wahr? Wir anderen zählen ja nicht!“

„Im Namen der Königin, sei leise!“ stöhnte Seeampfer. „Du bringst es noch soweit, daß wir rausfliegen!“ Sein Blick huschte über die Gesichter der Papageitaucher, die ihn verdutzt anstarrten. Sie wußten nicht genau, was sie geweckt hatte. „Wir einfachen Schwärmer dürfen keine Botschaften empfangen und schon gar nicht welche hinausposaunen!“

„Na ja, wenn wir rausfliegen, brauchen wir heute wenigstens nicht mit auf dieses furchtbare Land“, platzte Meerfenchel trotzig heraus. Mehrere Papageitaucher hoben die Köpfe ans Licht.

„Sieh, was du angerichtet hast“, klagte Seeampfer. Einige Vögel schwammen näher, neugierig, was sich hier abspielte. „Es tut mir leid“, entschuldigte er sich bei den anderen. „Wir wollten euch nicht stören.“ Sie blinzelten, und er fuhr seine Gefährtin an: „Im Namen der Goldenen Königin, nimm dich jetzt zusammen, Fenchel. Sonst weckst du auch noch den Meister auf, und dann ...“

„Was, und dann?“ Die tiefe Stimme kam von weiter hinten über das Meer.

„O nein!“ stöhnte Seeampfer vor Schreck. Er schwamm aufgeregt im Kreis. „Da haben wir’s. Jetzt ist er wach.“

„Allerdings“, dröhnte die Stimme über das Wasser. Sie klang schon ganz nah.

„Jetzt rede dich heraus, wenn du kannst“, sagte Seeampfer barsch zu seiner Gefährtin.

„Genau das werde ich tun“, gab Meerfenchel zurück. „Einer aus dem Schwarm muß mich anhören, wenn du es schon nicht tust.“

Seeampfer konnte nichts mehr erwidern. Ein großer, ausgewachsener Papageitaucher kam aus dem Dunkel gepaddelt, machte vor ihnen halt und starrte finster von einem zum anderen.

„Muß sich was anhören, junger Schwärmer?“ fragte der große Vogel herablassend. Meerfenchel schluckte ein paarmal, als er den Schnabel ins Wasser tauchte und den farbigen Ring an seinem Bein zurechtrückte. „Nun? Ich warte“, sagte er laut und schüttelte die Wassertropfen vom Schnabel.

„Es tut mir leid – es ... es ist was Persönliches, wirklich ...“, stotterte Seeampfer.

„Dann muß ich mich verhört haben“, schnaubte der große Papageitaucher und plusterte die Federn, „denn für mich und jeden Vogel, den ihr gerade gestört habt, klang es sehr öffentlich.“

Einige der Zuschauer schnatterten amüsiert. Sie bildeten jetzt einen Kreis um Seeampfer und Meerfenchel. Keiner wollte sich etwas entgehen lassen.

„Was gibt es da zu glotzen?“ fragte Seeampfer wütend. „Kann man nicht mal mit seiner Partnerin reden, ohne daß sich gleich der ganze Schwarm dafür interessiert?“ Und zu Meerfenchel gewandt fauchte er: „Siehst du, was habe ich gesagt? Aber du mußtest ja deinen großen Schnabel aufreißen!“

„Aber, aber, so benimmt man sich doch nicht an einem Tag wie diesem“, tadelte der große Vogel. Doch er klang schon versöhnlicher. „Wir sind alle nervös vor dem An-Land-Gehen. Wir müssen lernen, damit umzugehen.“

„Es tut mir leid, Meister, aber es war einfach zu viel für mich ...“ Seeampfer versagte die Stimme. Der große Papageitaucher gluckste mitfühlend. Einer der Zuschauer wurde plötzlich von hinten gestoßen und drückte Seeampfers Schwanzfedern zusammen.

Seeampfer fuhr blitzschnell herum. „Verschwinde!“ zischte er den erschrockenen Übeltäter an. „Und ihr anderen verschwindet auch. Jagt Sandaale, dann seid ihr beschäftigt. Aber mich laßt gefälligst in Ruhe.“

„Jetzt ist es endgültig genug – und das gilt für alle.“ Der Meister übertönte das Murren, das sich aus den Reihen der Zuschauer erhoben hatte. „Aber Seeampfer hat recht – ihr solltet euch um das Futter kümmern. Wir müssen beim ersten Strahl der Königin an Land fliegen. Wir dürfen Sie nicht warten lassen.“

Sofort herrschte wieder Ordnung. Eine Gruppe nach der anderen tauchte die Schnäbel ins Wasser, dann die kurzen Flügel, und endlich verschwanden auch die geplusterten Schwänze unter der Wasseroberfläche. Die Vögel schossen in die Tiefe.

„Na also", strahlte der Meister, offensichtlich von seiner eigenen Autorität begeistert. „Jetzt können wir drei uns in Ruhe unterhalten." Er blickte Seeampfer an, der freudlos ins Wasser starrte. Meerfenchel vermied es ängstlich, einen der beiden anzusehen.

„Nun?" fragte der Meister.

Seeampfer sah auf. „Es tut mir leid, daß ich so laut war", entschuldigte er sich. „Es ist nur ... nur ..."

„Es ist nur *was*?"

„Ich glaube, ich bin einfach nur müde vom vielen Graben gestern."

„Und?"

„Was und?"

„Du willst mir doch nicht weismachen, daß ihr zwei euch angeschrien habt, nur weil ihr müde seid", sagte der Meister kalt. „Ihr habt den ganzen Schwarm in Aufruhr gebracht, obwohl jeder vor dem heutigen Tag Angst hat. Und jetzt soll ich euch glauben, das sei nur passiert, weil ihr gestern ein bißchen graben mußtet? Für wie dumm haltet ihr mich eigentlich?"

Seeampfer war fassungslos. Meerfenchel, die sich nach ihrem Ausbruch von vorhin etwas beruhigt hatte, fing erneut an zu zittern. Der Meister seufzte.

„Irgend etwas ist doch nicht in Ordnung, oder?" wollte er wissen.

„Nun, es ist eigentlich ... nichts", stotterte Seeampfer.

Mit einer so direkten Frage hatte er nicht gerechnet. „Na ja, wenigstens nichts Ernstes."

„Dann laß es mich hören", zischte der Meister. „Vielleicht können wir uns dann *alle* um das Futter kümmern und zur Insel fliegen, bevor die Brutzeit beginnt."

Seeampfer sah, daß Meerfenchel zunehmend stärker zitterte.

„Nun, genau darum geht es."

„Worum, zum Donnerwetter? Seid ihr mit eurer Bruthöhle unzufrieden? Wer zum ersten Mal brütet, muß sich nun mal am Rand der Kolonie durchschlagen. Das war schon immer so." Er schnaubte und nahm einen Schluck Wasser.

„Nein, das ist es nicht. An unserer Bruthöhle ist nichts auszusetzen – sie liegt zentral und nicht in der Nähe des Mantelmöwennestes." Seeampfer zögerte unter dem strengen Blick des Meisters.

„Und, was ist es dann? So kommen wir heute nie und nimmer an Land!"

„Das ist das Problem", sagte Seeampfer schnell.

„Was?"

„Das Land."

„Das Land?"

„Ja, das Land."

„Was ist denn damit? Ich weiß, daß jeder von uns lieber ohne Land auskommen würde. Aber Meeresvögel müssen nun mal irgendwo ihre Eier legen, und die Königin hat beschlossen, daß wir unsere dort drüben auf der Insel legen. Ihr habt eure ersten drei Jahre auf dem offenen Meer genießen dürfen. Niemand hat etwas von euch verlangt. Aber jetzt müßt ihr eure Pflicht tun."

„Darum geht es hier auch", fügte Seeampfer hinzu, „um das Eierlegen, meine ich. Um genau zu sein, es ist das eigentliche Problem."

„Habt ihr euch etwa noch nicht gepaart?" blitzte der Meister sie wütend an.

„O doch, das ist es nicht", beeilte sich Seeampfer zu sagen, ängstlich bestrebt, den Meister nicht noch mehr zu verstimmen – zu ängstlich, fand Meerfenchel und warf ihm einen zornigen Blick zu.

Der Meister stöhnte auf. „Warum sagst du mir nicht klipp und klar, was los ist? Wo liegt das Problem?"

Seeampfer wich Meerfenchels kaltem Blick aus und sah dem Meister in die Augen. „Es geht um die Botschaften, die Meerfenchel erhält ..."

Der Meister wurde hellhörig.

„Botschaften? Was für Botschaften?" fauchte er. Meerfenchel sah ihm zum ersten Mal in die Augen. Noch nie hatte sie den Anführer des Schwarms so bestürzt gesehen.

„Ich weiß nicht, wie ich es sagen soll", erwiderte Seeampfer.

„Raus damit!" donnerte der Meister. Seine Besorgnis war jetzt offenkundig, und sie wuchs noch, als er merkte, daß er sie nicht verbergen konnte. Plötzlich ließ Meerfenchels Angst nach.

„Ich erhalte die Botschaften im Traum", sagte sie kalt und sah in die weit aufgerissenen Augen des Meisters. „Botschaften von schrecklichen Ereignissen, für den Fall, daß wir heute an Land gehen."

Der große Papageitaucher warf einen Blick in den Morgenhimmel. Dann fuhr er Seeampfer an: „Wissen die Ältesten davon?"

„Nein.“

Der Meister beruhigte sich etwas.

„Wir fürchteten, die anderen zu erschrecken. Deshalb haben wir keinem auch nur ein Wort erzählt“, fügte Seeampfer schnell hinzu. Meerfenchel stellte fest, daß er jetzt fast selbstzufrieden wirkte.

„Gut, gut“, meinte der Meister zerstreut und wandte sich an Meerfenchel. „Nun, meine Liebe“, begann er leichthin, „schildere mir mal diesen... diesen Traum, wie du ihn nennst, hm?“ Seine Nervosität war einer fahrigen Fröhlichkeit gewichen – ein Umstand, den er sichtlich genoß. Er strahlte Meerfenchel an.

Sie erwiderte ruhig seinen Blick, sah kurz zu Seeampfer hinüber und holte tief Luft. Dann erzählte sie:

„Es begann an dem Tag, als wir zum ersten Mal zum Land hinüberflogen und über der Insel kreisten, um festzustellen, ob sie noch vom Festland getrennt sei. Na ja, und am nächsten Morgen hatte ich dann so ein Gefühl – nichts Bestimmtes. Ich dachte auch nicht weiter darüber nach. Wir flogen wieder zur Insel, wählten Brutplätze aus und kehrten am Abend zum Schlafen hierher zurück.

Doch als ich am nächsten Morgen erwachte, schwirrte mir der Kopf von Dingen, die keinen Sinn ergaben – furchtbare Dinge. Ich erzählte Seeampfer davon, aber er riet mir nur, sie zu vergessen. In der Nacht darauf kam es dann wieder, nur wußte ich diesmal nach dem Aufwachen noch, wie die Dinge im Traum zusammenhingen. Ich konnte mich genau an die Bilder erinnern. Und heute nacht – heute morgen – war alles noch deutlicher. Schrecklich, einfach schrecklich.“

Seeampfer befürchtete, die langatmige Geschichte könnte die Geduld des Meisters auf eine harte Probe stellen.

„Verzeih, wenn ich dich unterbreche, Liebes", sagte er vorsichtig, „aber wäre es nicht besser, du würdest dem Meister einfach deinen Traum schildern? Er wird schon wissen, was er davon zu halten hat."

„Ganz recht, ganz recht", stimmte ihm der Meister zu und nickte feierlich. Seeampfer versuchte vergeblich, sich gelassen zu geben. Wie benommen blickte er von einem zum anderen. Meerfenchel zögerte – einerseits wollte sie den Traum vergessen, aber der Drang, ihn mitzuteilen und auszusprechen war einfach stärker. Sie holte noch einmal tief Luft und fuhr fort:

„Wir waren schon viele Tage an Land. Die Bruthöhlen waren gegraben und die Eier gelegt. Dann, eines Nachts – lange nachdem die Goldene Königin uns der Fürsorge der Sterne überlassen hatte – begannen sich die Wände unserer Bruthöhle zu bewegen, zuerst nur wenig, aber dann bebten sie förmlich. Ich wandte mich zu Seeampfer um, konnte ihn jedoch nirgends entdecken. Und als ich mich umwandte, spürte ich, daß mein Ei unter mir davonglitt und fortrollte, hinauf zum Eingang der Höhle." Meerfenchel sah, wie der Meister aufblickte. „Ja, es rollte tatsächlich den Gang *hinauf*. Ich wollte es mit dem Schnabel festhalten, aber jetzt bebte auch der Boden. Ich verlor das Gleichgewicht. Je mehr ich mich bemühte, das Ei einzuholen, um so schneller rollte es davon. Ich versuchte es mit den Füßen aufzuhalten, mit den Flügeln, doch jedes Mal wich es mir aus und rollte weiter den Gang hinauf, hinaus in die Nacht."

Der Meister schnaubte und zupfte nachdenklich an seinem Brustgefieder.

„Ich rannte ihm nach, so schnell ich konnte, doch immer wieder prallte ich gegen die Wände, die stärker und stärker bebten. Endlich gelang es mir, nach draußen zu kommen. Doch ich konnte nichts erkennen, weil die Königin Wolken vor die Sterne und den Silbernen Mond geschoben hatte. Außerdem hatte Sie einen kräftigen Wind geschickt, um mich in die Höhle zurückzutreiben. Doch ich wehrte mich. Ich stemmte mich gegen Ihren Wind und klammerte mich am Eingang der Höhle fest.

Und dann sah ich es. Es kauerte direkt vor mir. Der Wind zerrte an seinem häßlichen Kleid – es bestand weder aus Federn noch aus Daunen. Es saß mir halb zugewandt, und seine tiefliegenden roten Augen funkelten, obwohl es dunkel war. Dann sperrte es seinen langen Schnabel auf. Es hatte keine Flügel – es war kein Vogel, aber auch kein Vierfüßler. Und da entdeckte ich mein Ei. Es lag zwischen den Beinen des Tieres. Mit seinen nach innen gedrehten Füßen hielt es die Schale umklammert. Ich stürmte vorwärts, doch der Wind warf mich zurück. Machtlos mußte ich zusehen, wie das Tier mein Ei hochhob und in seinem Schnabel zerdrückte. Ich rief nach Seeampfer und wollte mich auf das Tier stürzen. Doch diesmal packte mich der Wind, zog mich empor und wirbelte mich hoch in die Luft über der Insel. Da sah ich, wie sich die Insel aus dem Meer hob – das Wasser stürzte mit unbeschreiblichem Getöse von den Felsen zurück. Und dann bewegte sich die Insel seitlich auf das Festland zu. Dort sank sie zurück ins Wasser."

Meerfenchel zitterte wieder am ganzen Körper. Seeampfer starrte vor sich hin. Er wagte nicht, den Meister anzusehen. Meerfenchel fuhr hastig fort:

„Unsere Insel war keine Insel mehr. Sie war zu einem Teil des Festlandes geworden. Wo vorher noch der schmale Kanal gewesen war, floß jetzt kein Tropfen Wasser mehr. Und dann sah ich – dieses Tier war nicht allein. Es gab viele. Sie rannten wie Vierfüßler und kamen aus allen Richtungen vom Festland herüber. Sie fielen in die Bruthöhlen ein, schleppten die Eier heraus und zerbrachen sie. Kein Ei blieb verschont – nicht eines! Es war furchtbar, einfach furchtbar."

Meerfenchel keuchte und rang nach Worten, doch sie brachte keinen Ton mehr heraus. Seeampfer sah nicht auf, aus Angst, er könnte dem Blick des Meisters begegnen. Aber jetzt war es heraus. Er zog den Kopf ein und wartete. Jeden Moment mußte der Wutausbruch seines Anführers kommen. Er schielte zu seiner Gefährtin hinüber. Sie zitterte jetzt so heftig, daß sich um sie herum das Wasser kräuselte.

Dann kam der Schock.

Zuerst war es nur ein unterdrücktes Glucksen. Dann schwoll es rasch zu einem Gelächter an. Seeampfer traute seinen Ohren nicht. Er sah auf. Es war nicht zu fassen – der Meister saß da und strahlte.

„Also, ich muß schon sagen!" lachte er. „Ihr seid mir vielleicht ein komisches Paar!"

Erschrocken schaute auch Meerfenchel auf und sah, wie der Meister fröhlich sein Federkleid zurechtzupfte. Ihr Erstaunen verwandelte sich rasch in Zorn. Seeampfer bewegte sich unruhig hin und her. Der Meister plusterte sich auf, dann glättete er sein Gefieder.

„Und deswegen stört ihr meinen Schlaf? Nur um mir das zu sagen?"

Das war mehr, als Meerfenchel ertragen konnte.

„Was heißt hier *nur!*" rief sie wütend. „Ich berichte von den Plänen finsterer Mächte, die uns vernichten wollen – und du sagst ‚nur'!"

„Fenchel, bitte! Bedenke, mit wem du sprichst", flehte Seeampfer und bat den Meister mit einem Blick um Entschuldigung. Aber der ältere Papageitaucher war zu erheitert über das, was er gehört hatte, um beleidigt zu sein. Er lachte, obgleich er die Angst in Meerfenchels Augen sah.

„Tut mir leid, meine Liebe. Du mußt mich jetzt für gefühllos halten. Aber ihr habt so herumgedruckst, daß ich mit etwas viel Schlimmerem gerechnet habe. Na ja, eine Insel, die sich aus dem Wasser hebt und durch die Luft schwebt... ein bißchen dick aufgetragen, findet ihr nicht? Die Goldene Königin hat Ihr festes Land noch nie so bewegt und wird es wohl auch nie tun. Eher würde es abbrechen und auf den Grund des Meeres sinken." Seeampfer ertappte sich dabei, wie er zustimmend nickte.

„Wenn die Königin es für nötig hält, das Land zu bewegen, dann macht Sie das ganz, ganz langsam. Das dauert viele Jahre – Jahre ohne Zahl –, und keines Ihrer Geschöpfe wird es jemals bemerken. Außerdem ist das Land dazu da, daß es Ihren Geschöpfen dient, und nicht umgekehrt. Meinst du nicht auch, Seeampfer?"

Seeampfer strahlte den Anführer an und blickte dann zu seiner Gefährtin. Meerfenchel schmollte. Seeampfer sagte: „Ich bin sicher, daß wir uns jetzt viel besser fühlen werden, jetzt, wo wir mit dir gesprochen haben. Albernes Zeug, solche Träume." Der Meister erstarrte, und Seeampfer fügte schnell hinzu: „Albern, wenn ein Schwärmer sie hat, wollte ich sagen. Die Träume eines *Anführers* sind natürlich etwas ganz anderes. Die schickt ja die Königin, nicht wahr?"

„Gewiß, gewiß", tat der Meister die Bemerkung ärgerlich ab.

„Bestimmt ist alles nur Einbildung“, beharrte Seeampfer. „Schließlich ist es für uns ein ungewohnter Anblick, wenn sich die Wellen an den Felsen brechen. Es gehört nicht viel Phantasie dazu, sich den Rest einzubilden, nicht wahr?“

„So ist es“, sagte der Meister rasch und drehte sich zum Meer hin. „Noch keine Spur von den anderen. Ich wette, sie haben da unten einen Schwarm Sandaale gefunden, der mehrere Flügelspannen groß ist. Höchste Zeit, daß auch wir hinuntertauchen.“ Er wandte sich dem jungen Paar zu. „Ein kräftiges Frühstück ist sehr wichtig, wenn wir später bei unserem Flug keine Nachzügler haben wollen. Gerade auf die Nachzügler haben es die Mantelmöwen abgesehen.“

Seeampfer quakte Meerfenchel zärtlich ins Ohr: „Komm jetzt, Liebes. Es ist vorbei. Wenn der Meister sagt, daß alles in Ordnung ist, dann ist es das auch.“ Sie sah traurig zu ihm hoch. Er knabberte zärtlich an ihrem Halsgefieder. „Es wird ihr bald wieder besser gehen“, sagte er zum Meister. „Sie braucht nur etwas Zeit, um sich zu fassen.“

Die Antwort des Meisters blieb unausgesprochen, denn in diesem Moment schoß ein glänzender Blitz auf sie zu, hüllte sie in seine Wärme ein und streute sein Licht wie glitzernde Nadeln über die matte See. Ein glühend orangeroter Ball tauchte hinter dem Horizont herauf und stieg langsam in den blaßblauen Himmel.

Der Meister wandte sich an das junge Papageitaucherpaar, das in seinem langen, tanzenden Schatten schwamm. „Die Goldene Königin hat sich erhoben“, verkündete er mit gewölbter Brust. „Sie kommt, um uns an Land zu rufen. Ihr Segen ist mit uns!“

Seeampfer seufzte erleichtert. Meerfenchel aber zitterte, trotz der wärmenden Strahlen.

Kapitel 2

Ein schwarzer Schatten glitt über den Boden vor Seeampfers Nisthöhle und wurde um so dichter, je kleiner er wurde. Hastig schlüpfte Seeampfer zurück in den Eingang und spähte nach oben. Da erkannte er die Gestalt, die sich gegen den Himmel abhob.

„Sanddistel! Was . . .?"

„Keine Zeit für lange Begrüßungen. Folge mir! Der Meister will dich sprechen – und bleibe dicht hinter meinen Schwanzfedern!"

Der große Papageitaucher schlug kräftig mit den Flügeln, glitt über die Spitze der Klippe hinweg und segelte hinunter zum Meer. Seeampfer folgte ihm ungelenk über die Klippe. Er war einfach noch nicht richtig wach. Als er in die Tiefe schoß, plusterte der Wind sein Brustgefieder. Er mußte einen Bogen fliegen, denn Sanddistel hatte kurz vor den Wellen abgedreht und strich jetzt mit kräftigen Schwüngen an den Klippen entlang. Er hielt auf die Spitze der Insel zu, die am weitesten ins Meer hinausragte, umkurvte sie und flog dann auf der gegenüberliegenden Seite wieder zurück.

Auf halbem Weg bog er scharf zur Insel hin ab und steuerte die Klippe gegenüber an. Doch im letzten Moment schoß er mit schnellen Schlägen nach oben. Seeampfer tat es ihm nach. Er wollte ihm gerade zum Gipfel des Felsturms folgen, als er begriff, daß der ältere Vogel direkt auf das Mantelmöwennest zuhielt. Er ließ sich zurückfallen.

„Ist schon in Ordnung“, rief Sanddistel über die Schulter, „sie sind auf dem Meer – dort drüben.“ Seeampfer drehte den Kopf und sah, daß die riesigen Möwen draußen im Wasser ihre Schnäbel ausspülten. Eine Augenblick später landete er auf einem Vorsprung, etwa auf halber Höhe des Felsturms. Sanddistel beeilte sich, den Landeplatz zu räumen.

„Komm“, keuchte Sanddistel und verschwand unter einer vertrockneten Strandnelke, die von oben herabhing. Seeampfer folgte ihm in die schmale Felsöffnung. Sie war kaum breiter als ein Papageitaucher und erweiterte sich im Innern zu einem Kessel, der etwa die Größe seiner eigenen Nisthöhle hatte. Als sich seine Augen an das Dunkel gewöhnt hatten, entdeckte er auf einem erhöhten Platz an der Rückwand der Höhle die ovale Form eines Eis.

„Fenchels Ei!“ stieß er hervor und tapste über den trokkenen Steinboden. „Es muß Fenchels Ei sein.“ Er beugte sich vor und berührte es mit der Wange.

„Ganz recht“, sagte eine vertraute Stimme aus dem Dunkel hinter ihm. Seeampfer fuhr herum. Vor ihm stand der Meister und musterte ihn aufmerksam.

„Aber es ist ja kalt“, klagte Seeampfer. „Warum hat sie es im Stich gelassen, da sie doch einen so sicheren Nistplatz gefunden hat?“

„Das weiß nur die Goldene Königin“, antwortete Sanddistel mit einem Achselzucken.

Der Meister warf ihm einen giftigen Blick zu. „Ich dachte, du wolltest die Mantelmöwen im Auge behalten“, fuhr er ihn an und deutete mit dem Kopf zu dem matten Lichtschein, der durch die überhängende Strandnelke am Eingang hereinfiel. „Tut der ranghöchste Älteste überhaupt nichts mehr, um seinem Schwarmführer zu helfen? Muß ich alles selbst machen?“

Sanddistel starrte ihn trotzig an und murrte. Dann schob er wütend die Strandnelke zur Seite und trat hinaus auf das Felsgesims.

Der Meister wandte sich wieder an Seeampfer: „Sie hat es nicht im Stich gelassen“, sagte er ernst. „Komm mit.“ Seeampfer taumelte hinter ihm ins Freie. „Da unten!“ rief der Meister in den Wind. „Sieh da hinunter!“ Seeampfer spähte über die Kante, und dort, tief unter ihnen, dort, wo sich das Schlickgras im Wind wiegte, lag die Haut eines Papageitauchers. Sie war nach außen gestülpt, das Innere war aufgefressen.

„Mantelmöwen!“ stieß Seeampfer hervor.

„Ja, Mantelmöwen“, murmelte der Meister. „Ich fürchte, Meerfenchel haben die Lebenskräfte verlassen.“ Er sah hinaus auf das Meer, wo sich die Mantelmöwen gerade putzten. „Sie müssen über sie hergefallen sein, als sie zu dir flog, um dir Neuigkeiten von dem Ei zu berichten. Ich weiß schon lange von dieser kleinen Höhle. Allerdings war mir nicht bekannt, daß jemand sie als Bruthöhle benutzt hat. Sie muß große Angst gehabt haben, sonst wäre sie nie auf die Idee gekommen, hier oben ihr Ei abzulegen.“ Er sah Seeampfer fest in die Augen: „Die Königin fordert einen hohen Preis von einem Vogel, der es zuläßt, daß sein Glaube ins Wanken gerät – und obendrein versucht, bei den anderen Zweifel zu säen.“

Sanddistel stöhnte laut, aber der Meister ignorierte die Störung. „Es ist eine Sache, wenn jemand behauptet, er habe einen Traum gehabt – eine ganz andere ist es, wenn er dem ganzen Schwarm davon erzählt und die anderen dazu überreden will, das Land zu verlassen", sagte er und kehrte Sanddistel absichtlich den Rücken zu. „Nur Schwarmführer haben Träume, aber nicht die gewöhnlichen Schwärmer. Meerfenchel hätte gut daran getan zu schweigen." Er reckte sich und schniefte. Seeampfer starrte noch einmal hinunter auf die Überreste seiner Gefährtin. Der Meister klapperte laut mit dem Schnabel. Seeampfer sah zu ihm auf.

„Was vorbei ist, ist vorbei", fuhr der Meister fort. Er räusperte sich und äugte zu Sanddistel hinüber, der ihm jedoch nur einen flüchtigen Blick schenkte und sich gleich wieder der Beobachtung der Mantelmöwen auf dem Meer widmete. Der Meister wandte sich erneut an Seeampfer: „Wenn sich Meerfenchel auch freiwillig dem Zweifel ausgeliefert hat, so hat sie doch für diese Torheit bezahlt. Und nicht nur das. Sie hat dir sogar die Möglichkeit gegeben, alles wiedergutzumachen." Seeampfers Augen leuchteten auf. „Ja, das hat sie – du darfst keine Zeit verlieren, wenn aus dem Ei da drinnen ein Küken schlüpfen soll. Was zählt, sind die Lebenden, nicht die Toten. Die Goldene Königin nimmt, aber Sie gibt auch. Und dir hat Sie das Ei gegeben. Und was Sie uns gibt, dürfen wir nicht zurückweisen."

Sanddistel stöhnte erneut, ließ die Mantelmöwen aber keine Sekunde aus den Augen.

„Weil nun deine Partnerin tot ist, mußt du das Ei allein ausbrüten", fuhr der Meister fort, „aber ich bin überzeugt, daß du das kannst. Die Lebenskräfte müssen respektiert werden, das weißt du." Seeampfer nickte. Der Meister drehte sich um, brummte etwas zu Sanddistel und machte Anstalten, wegzufliegen. „Oh, fast hätte ich's vergessen." Er wandte sich noch einmal an Seeampfer: „Ich habe beschlossen, daß du sterben mußt." Sanddistel schrak zusammen.

Seeampfer fuhr zurück. Fast hätte er auf dem schmalen Sims den Halt verloren. „Sterben!" stieß er hervor.

Zum ersten Mal vergaß Sanddistel die Mantelmöwen und sah herüber. Er starrte den Anführer ungläubig an.

„Oh, keine Sorge, ich werde dir nichts tun", sagte der Meister schnell, als er das Entsetzen auf den beiden Gesichtern sah. „Schließlich muß das Ei ausgebrütet werden. Aber mit Rücksicht auf den Schwarm halte ich es für das Beste, wenn du verschwindest. Dein Verbleib in der Papageitaucherkolonie würde die anderen schmerzlich daran erinnern, daß sie für einen Augenblick schwach geworden sind – bei deinem Anblick müßten sie immer daran denken, daß deine Gefährtin sie fast dazu überredet hätte, aufs Meer zurückzukehren, statt dem Ruf der Königin zu folgen. Außerdem soll niemand erfahren, daß wir ein Ei von Meerfenchel gefunden haben, wenigstens vorläufig noch nicht. Ich weiß nicht, wie der Schwarm ein Küken von ihr aufnehmen würde. Immerhin hat sie mit dem Gerede von ihrem angeblichen Traum versucht, die anderen gegen mich aufzubringen."

Sanddistel murrte etwas in sein Brustgefieder. „Ich muß dafür sorgen, daß möglichst viele Küken überleben", fuhr der Meister trotz der Unterbrechung fort. „Das ist meine Aufgabe, denn ohne neues Leben sind wir nichts." Sanddistel scharrte mit seinen Krallen am Felsen. „Schon gut, schon gut, ich komme ja", sagte der Meister barsch. An Seeampfer gewandt, fuhr er fort: „Ich werde dem Schwarm sagen, daß dich eine Mantelmöwe erwischt hat. Bei Dunkelheit wird niemand mehr erkennen, wem die Haut da unten gehört hat. Wenn sie einer entdeckt und Fragen stellt, werde ich sagen, daß es deine ist.

Und noch etwas: Sanddistel hat Anweisung, dich jeden Tag zu besuchen, heimlich natürlich. Er wird mir Bescheid geben, wenn das Küken geschlüpft ist. Es wird ein Nachzügler und viel lernen müssen, bevor du es sich selbst überlassen und dem Ruf der Königin aufs offene Meer folgen mußt. Und wenn es flügge ist ... nun ..." Der Meister biß fest in den Ring an seinem Fuß. „Wenn die Königin die Jungen ruft, damit sie uns folgen, wird es dein Nachkomme schwerer haben als die anderen. Er wird sehr klein sein. Deshalb habe ich die Absicht, persönlich hier heraufzukommen, um ihm alles beizubringen, was ich weiß." Er steckte den Schnabel in sein Gefieder. „Ich will gar nicht leugnen, daß meine Entscheidung etwas mit den Sünden seiner Mutter zu tun hat. Sie hat sehr wohl damit zu tun. Ich will nicht noch einen Vogel in meinem Schwarm haben, der meint, Träumen sei eine Tugend."

„Mantelmöwen, schnell!" rief Sanddistel dazwischen. „Sie kommen zurück!"

„Geh' erst fischen, wenn du genau weißt, daß sie Beute gemacht haben", rief der Meister, sprang von dem Sims und flatterte Sanddistel nach. „Dann hast du nichts zu befürchten. Und laß dich nicht in der Nähe der Papageitaucherkolonie blicken – du bist tot, vergiß das nicht!"

Seeampfer starrte ihnen nach, wie sie zum Meer hinuntersegelten, abdrehten und die Klippen entlangflogen. Gerade noch rechtzeitig kam er wieder zu sich und rannte zurück in die kleine Höhle. Das Pfeifen mächtiger Schwingen kündigte die Rückkehr der Mantelmöwen zu dem Nest auf der Spitze des Felsturms an.

Das Ei glänzte grau-violett, als er sich ihm näherte.

Ohne darüber nachzudenken, was er tat, schob Seeampfer seinen Körper auf die kalte Schale und ließ sich vorsichtig darauf nieder. Er hielt das Ei mit den Füßen fest, bis er einen der beiden warmen Brutflecken auf seiner Bauchseite gefunden hatte.

Schon bald begann sich das Ei zu erwärmen.

Kapitel 3

Die meisten Vögel empfanden Seeampfers angebliches blutiges Ende durch die Mantelmöwen als gerechte Strafe für die Sünden seiner Gefährtin. Nur ein paar Neugierige fragten sich, ob er Meerfenchel nicht vielleicht in eine andere Papageitaucherkolonie auf einem fernen Eiland gefolgt war, wo sich die beiden vor allen wirklichen und eingebildeten Gefahren sicher fühlten. Doch als die Jungen geschlüpft waren und viele hungrige Mäuler gestopft werden wollten, hatten auch sie keine Zeit mehr, solchen Gedanken nachzuhängen.

Der Meister behielt die räuberischen Mantelmöwen scharf im Auge, denn jedes Küken, das nach Verrichtung seines Geschäfts nicht rasch genug in seine Nisthöhle zurückkroch, wurde blitzschnell, noch bevor sich seine Augen an das Tageslicht gewöhnt hatten, von kräftigen Schnäbeln gepackt und verschlungen. Oft waren die Eltern gerade auf dem Meer, um Futter zu beschaffen. Und wenn sie dann zurückkamen, die Schnäbel voller Fische, irrten sie in der Kolonie umher und begriffen nicht, was geschehen war. Die

Nachbarn schwiegen: Sie hatten sich mit dem plötzlichen Tod abgefunden und führten weiter ihr gewohntes Leben. Der Tod lauerte überall, aber solange er sie selbst verschonte, ignorierten sie ihn. Der Meister hatte immer wieder gepredigt, daß man die Lebenskräfte in Ehren halten müsse, bis einem die Goldene Königin das Leben nahm. Die Papageitaucher hatten ihn das so oft sagen hören, daß sie nie auf den Gedanken kamen, es könnte anders sein.

Der Meister verfolgte eine Silbermöwe durch das weiche Gras: „Verschwinde, du Schmarotzer!“ kreischte er. „Scher dich zurück zu den Müllhalden auf dem Festland, wo du hingehörst! Ich habe meinen Schwarm nicht zum Vergnügen an Land gebracht – wir müssen schwer arbeiten für unseren Lebensunterhalt!“

Die Silbermöwe hüpfte leichtfüßig zur Seite und verschlang auch noch den letzten Sandaal, den ein heimkehrendes Papageitaucherpaar vor Schreck hatte fallen lassen. „Reg dich nicht auf! Was ist denn gegen ein bißchen Spaß einzuwenden?“ lachte sie, stieg mit einem leichten Flügelschlag in die Luft und legte sich regungslos in den Wind, genau über des Meisters Schnabel, der nach ihr hackte. „Wo die herkommen, gibt es noch viel mehr!“

„Dann flieg doch raus und fisch dir selbst welche“, schrie der Meister. „Du bist noch schlimmer als die Mantelmöwen.“ Die Silbermöwe lachte ihn aus und schoß mit einem einzigen Flügelschlag direkt auf einen Papageitaucher zu, der quer im Schnabel mehrere frische Fische trug.

„Kjau!“ kreischte die Möwe und flatterte dicht am Kopf des verdutzten Ankömmlings vorüber. Der Papageitaucher schlug wie wild mit seinen kurzen Flügeln. Doch schon einen Moment später war die Möwe hinter ihm und trieb ihn mit einem kräftigen Stoß ihres furchtbaren Schnabels in die Höhe. „Kjau!" Der junge Papageitaucher hackte mit seinem Schnabel nach ihr und ließ dabei seine Beute fallen.

Darauf hatte die Möwe nur gewartet. Sie schnappte nach den Fischen und erhaschte drei oder mehr, noch bevor sie zu Boden fielen. Dann war sie wieder in der Luft und verschlang kaum eine halbe Schwanzfederlänge über dem Schnabel des Meisters noch einen Fisch. „Fang mich doch, alter Lund, wenn du kannst", höhnte sie. „Kjau!"

„Du hast vielleicht große Flügel, aber das Wohlwollen der Königin hast du nicht", rief der Meister, machte einen Satz und stieß nach dem schlanken weißen Körper.

„Und dumm bin ich nicht", krächzte die Möwe und sauste auf ihn herab. Der Meister mußte sich ducken, um ihr auszuweichen. „Ich vergnüge mich, wo ich kann. Ihr kleinen Alke solltet das auch mal versuchen. Aber ihr tut ja so, als sei die Welt nur für euch gemacht worden." Sie spritzte einen weißen Strahl hoch über des Meisters Kopf. Dann ließ sie sich vom Wind über die Klippe hinaus aufs Meer tragen und flog in Richtung Steilküste davon, wo sie in einer Felsspalte ihr Nest hatte.

Der Meister hüpfte zur Seite. Der weiße Dreck klatschte vor ihm ins Gras. „Als hätten wir nicht schon genug Arbeit mit unseren Küken", brummte er und verdrückte sich zu seiner Höhle. „Sollen wir jetzt auch noch für ein paar unverschämte Silbermöwen fischen?"

Am Rande der Kolonie, gut versteckt hinter einem Büschel Schlickgras, saß eine Mantelmöwe, die alles beobachtet hatte. Sie blinzelte, legte sich auf den Bauch und wartete ab.

Kapitel 4

Für Seeampfer auf der anderen Seite der Insel waren die letzten Tage eintönig verlaufen. Tagsüber hatte er sich in der dunklen kleinen Höhle versteckt, und erst wenn die Nacht hereinbrach, hatte er sich ins Freie gewagt und war von dem Felsturm zum Meer hinabgeflattert, um zu fischen.

Auch heute nacht hatte er wieder einen solchen Ausflug unternommen, und als er in seine kleine Höhle zurückkehrte, empfand er zum ersten Mal ein Wohlbehagen – ein Gefühl, das er seit Meerfenchels Traum nicht mehr verspürt hatte. „Wahrscheinlich gewöhne ich mich an das Alleinsein“, murmelte er vor sich hin und drehte das warme Ei unter sich geschickt mit den Füßen. „Ein voller Magen hilft natürlich auch ...“ Er wollte das Ei noch einmal drehen und sah an sich hinunter, aber es war zu dunkel, um etwas zu erkennen. Vorsichtig schob er den Schnabel unter den Bauch. Es war kein Ei mehr da! Wo er gerade noch die harte Schale gespürt hatte, saß jetzt das kleinste und wärmste Geschöpf, das er je gesehen hatte. „Die Goldene Königin sei gelobt“, sagte er leise, „ich hab's geschafft!“

Vorsichtig rückte er etwas zur Seite und zupfte behutsam die glänzenden Splitter der Schale aus den feinen Daunen des kleinen Körpers. Obwohl das Küken vom Aufbrechen der Schale ganz erschöpft war, pickte es in Seeampfers Richtung und verlangte Futter.

Weder am nächsten noch am übernächsten Tag erschien Sanddistel zur gewohnten Zeit. Mehrere Tage vergingen. Dann, an einem sonnigen Morgen, landete er endlich vor Seeampfers Höhle unterhalb der Mantelmöwennestes und erkundigte sich nach dem Ei. In seinem Ton lag eine gewisse Überheblichkeit, die Seeampfer ärgerte.

„Es ist schon vor Tagen ausgeschlüpft", sagte er ungehalten. „Ich hetze die Küste rauf und runter, damit er sein Futter bekommt. Er ist einfach unersättlich. Wo bist du nur die ganze Zeit gewesen?"

„Ich habe meinen Schwarm geführt!"

Seeampfer war wütend. „Und Meerstern löchert mich inzwischen mit Fragen. Ich sehe nicht ein, warum ich ..." Er verstummte. „*Dein* Schwarm? Wie soll ich das verstehen, *dein* Schwarm?"

„Wie ich es sage", antwortete Sanddistel leichthin. Er sah hinab zu dem Küken auf dem nackten Felsen. „Sein Name ist also Meerstern? Wir wollen unbedingt alte Erinnerungen wachhalten, wie?"

„Du mußt der Meister sein", piepste das Küken. „Und bestimmt bist du gekommen, um mir den Glauben zu bringen. Ich brauche den Glauben, damit ich diese komische Höhle verlassen kann, wenn die Goldene Königin mich ruft, mich und die anderen jungen Papageitaucher. Dann sammeln wir uns und schwimmen aufs Meer hinaus."

„Sei still, du Grünschnabel, das ist nicht der Meister",

zischte Seeampfer. „Das ist nur Sanddistel, der Schwarmälteste.“ Er wandte sich Sanddistel zu: „Wo ist der Meister?“

„Die Mantelmöwen haben ihn erwischt!“ sagte Sanddistel leichthin.

„Die Mantelmöwen?“

„Ich finde das nur gerecht, wenn du mich fragst – wenn ich nur daran denke, daß er dich gezwungen hat, allein an diesem gefährlichen Ort zu bleiben.“

„Der Meister tot“, stöhnte Seeampfer und sank zu Boden. „Wer wird jetzt Meersterns Lehrer?“

„So gut wie tot zumindest“, meinte Sanddistel.

Seeampfer sah auf: „Heißt das, er lebt noch?“

„Ja, aber er wird wahrscheinlich nie wieder fliegen können. Er hat seine Schwungfedern verloren.“

Das Küken sah bestürzt von einem zum anderen: „Und woher bekomme ich jetzt meinen Glauben?“ klagte es. Die beiden älteren Vögel beachteten es nicht.

Seeampfer sank zurück und schob dem Küken gedankenverloren ein Stück Sandaal hin. Es fraß gierig und verlangte sofort nach mehr.

Sanddistel sah ihn an und meinte: „So wie du frißt, wirst du keinen Glauben brauchen, du Grünschnabel. Das einzige, worüber du dir Gedanken machen mußt, ist, wie du diesen lächerlichen Platz verläßt und wohlbehalten das Meer erreichst, wenn die Zeit dafür gekommen ist.“

Seeampfer überhörte die Provokation. „Wie ist es denn passiert? Hast du es gesehen?“ fragte er.

„Sagen wir, es war nicht zu überhören“, antwortete Sanddistel. „So ein Gekreisch und Geschrei hat es noch nie gegeben. Sogar diese lästige Silbermöwe hat einen gehörigen Schrecken bekommen. So schnell wagt die sich nicht mehr her, das kannst du mir glauben."

„Von welcher Möwe sprichst du?"

„Von der, die ständig unsere Kolonie belästigt. Kommt regelmäßig zur Fütterungszeit vom Festland herüber und stiehlt uns Fische.

An besagtem Morgen – es ist schon ein paar Tage her – hielt sie den Meister wieder mal zum Narren. Sie hatte drei oder vier Papageitauchern die Beute abgejagt, und als der Meister sich darüber beschwerte, versuchte sie, ihren Strahl auf ihn zu richten. Sie verfehlte ihn, aber trotzdem zog sich der Meister in seine Höhle zurück, ich nehme an, um darüber nachzugrübeln, wie es diesen Schmarotzern von Möwen gelungen war, der Goldenen Königin die großen, prächtigen Flügel abzuschwatzen. Deshalb bekam er nicht mit, was dann geschah.

Aus dem Augenwinkel heraus sah ich es zuerst. Ich war gerade dabei, mein Küken in die Höhle zurückzuscheuchen – du weißt ja, wie gefährlich das ist, wenn sie bei ihrem Geschäft herumtrödeln –, da bemerkte ich, daß sich im Schlickgras etwas bewegte. Eine Windböe, dachte ich zuerst, doch dann sah ich das Auge – eiskalt und in der Mitte ein wilder schwarzer Punkt. Ich wußte sofort, daß es eine Mantelmöwe war, und sie wußte, daß ich sie entdeckt hatte. Wie der Blitz schoß sie aus dem Versteck hervor. Gerade noch rechtzeitig schubste ich das Küken in die Höhle und schlüpfte hinter ihm hinein.

Als ich mich umdrehte, sah ich, wie zwei dünne Beine am Eingang vorbeirannten, und dann hörte ich ein Geschrei, wie man es von normalen Vögeln nicht kennt. Ich kroch zurück zum Eingang und spähte hinaus. Die Möwe schnappte gerade nach dem Schwanz des Kükens von nebenan. Sie erwischte es nicht, obwohl es nicht gerade zu den Schnellsten gehört. Dann ging sie auf mich los. Noch nie zuvor hatte eine Mantelmöwe aus solcher Nähe nach mir geschnappt. Mir lief ein eiskalter Schauer über den Rücken, das kannst du mir glauben. Sie sperrte den Schnabel auf und warf mir wüste Beschimpfungen an den Kopf.

Sie schimpfte so laut, daß es auch der Meister in seiner Höhle gehört haben muß. Jedenfalls war er im nächsten Moment wieder draußen und schrie über den Grasstreifen herüber – zu meinem Glück, denn die Möwe hackte mit dem Schnabel nach mir, und ich war drauf und dran, meine sonstige Vorsicht zu vergessen und sie anzugreifen.

Doch dazu kam es nicht. Blitzschnell zog sie den Kopf aus meiner Höhle und sauste über das Gras. Der Meister war völlig verdutzt. Wir alle waren verdutzt. Die anderen Schwärmer waren längst von der Futtersuche in ihre Höhlen zurückgekehrt, aber neugierig, wie sie nun mal sind, hatten einige die Schnäbel ins Freie gestreckt, um zu sehen, was draußen vor sich ging.

Zuerst sahen wir nur ein Knäuel aus Federn und hörten ein Kreischen und Zetern, aber bald war klar, wer die Oberhand gewann. Der Mantelmöwe war es gelungen, den Meister mit ihrem Schnabel am Nacken zu packen. Sie riß ihn vom Boden hoch. Ich schloß die Augen – jetzt gab es keine Rettung mehr. Dann ein schriller Schmerzensschrei. Ich öffnete die Augen, fest davon überzeugt, daß alles vorbei war. Aber nein! Es war die Möwe, die so geschrien hatte. Der Meister hatte die Beine angezogen und seine Krallen in ihr Brustgefieder gebohrt. Dann bekam er mit einem Ruck seinen Hals frei. Ich weiß bis heute nicht, wie er das geschafft hat. Eigentlich hätte ihm das den Rest geben müssen – nur die Goldene Königin weiß, wie er das überlebt hat. Er fiel zu

Boden. Keuchend und hustend landete er in einem Haufen zerdrückter Federn.

Doch die Mantelmöwe ließ nicht locker. Im Gegenteil, die Schmerzen schienen ihre Angriffslust zu verdoppeln. Sie stürzte sich auf den Meister. Doch der hatte die Gelegenheit nicht ungenutzt verstreichen lassen, war sofort wieder auf die Beine gesprungen und rannte auf seine Höhle zu. Er würgte und spuckte, weil er den Schnabel voller Möwenfedern hatte.

Er war schon fast in der Höhle, doch irgendwie schaffte er es nicht, die Flügel rechtzeitig einzuziehen. Er blieb hängen. Da sah die Mantelmöwe natürlich ihre Chance. Diese Beute wollte sie sich nicht auch noch entgehen lassen. Sie schnappte zu und erwischte den Meister an den Schwungfedern seines herabhängenden Flügels.

Und diesmal ließ sie nicht mehr los. Je mehr der Meister zerrte, um so fester biß sie zu. Sie versuchte, ihn ins Freie zu ziehen.

Die anderen waren mittlerweile wieder aus ihren Höhlen gekrochen und spazierten seelenruhig im Gras umher – sie waren überzeugt, daß die Möwe ihre Mahlzeit bekommen würde und deshalb nichts mehr von ihr zu befürchten sei. Aber sie waren im Nu wieder verschwunden, denn der riesige Vogel schoß plötzlich rückwärts durch das Gras und landete auf dem Bürzel. Aus seinem Schnabel ragten die Schwungfedern des Meisters.

Du kannst dir nicht vorstellen, mit welchen Ausdrücken uns die Möwe beschimpfte. Sie rappelte sich auf und flog davon, aber nicht so elegant wie sonst, denn auch ihre Flügel hatten etwas abbekommen.

Der Meister strahlte natürlich, als er endlich herauskam und sich den Schmutz aus dem Gefieder klopfte. Er wollte gerade zu einer Rede ansetzen und den anderen erzählen, daß die Goldene Königin ihn auserwählt habe, um der Möwe eine Lehre zu erteilen, da entdeckte er seine Schwungfedern im Gras, dort, wo die Möwe sie ausgespuckt hatte. Ich sah ihm an, daß jede Erklärung überflüssig war. Er hatte begriffen. Alle seine Bemühungen waren umsonst gewesen. Er war nicht besser dran als die Riesenalken, über die er sich so oft lustig gemacht hatte.

Na ja, und deshalb muß ich jetzt den Schwarm führen. Seit ein paar Tagen sorge ich für Ordnung. Das ist gerade kein Spaß, das kannst du mir glauben!"

Als Sanddistel mit seinem Bericht endete, bemerkte Seeampfer den selbstzufriedenen Ausdruck in seinem Blick und sah ihn kalt an.

„Na, so schlimm ist es doch nicht", sagte Sanddistel. „Zumindest nicht für dich. Bald bist du wieder mit den anderen draußen auf dem Meer."

„Nicht so schlimm, sagst du?" fragte Seeampfer verstimmt. „Schlimmer hätte es kaum kommen können. Der Meister wollte heraufkommen, um Meerstern zu unterrichten. Ich will nicht, daß er wie die Riesenalken endet."

„Ich bitte dich, Seeampfer, glaubst du denn immer noch an den ganzen Unsinn?"

„Und ob ich das tue!" entgegnete Seeampfer böse.

„Dann sieh zu, wie du das Beste daraus machst, bevor du aufs Meer hinausfliegst", sagte Sanddistel verächtlich. „Erzähle dem Küken ruhig die Geschichten von den alten Alken. Der Meister hätte ihm damit den Kopf vollgestopft. Nur zu, wenn der Kleine sie unbedingt hören will. Aber eines sage ich dir, meine Jungen verschone ich mit diesem Kram. Wohin hat uns der Glaube denn gebracht?"

Kapitel 5

Ein Sturm blies vom Meer her, fegte über das Land und drückte alles nieder, was ihm im Weg stand. Grasbüschel, deren Wurzeln die Papageitaucher beim Graben im Frühjahr gelockert hatten, rollten über die Insel, gerieten in die Aufwinde am anderen Ende und wirbelten durch die Luft. Die Überreste des Mantelmöwennestes auf dem Felsturm waren längst schon verschwunden. Äste, Zweige, Steine – alles war davongetragen worden, und Meerstern, der tief in seiner Höhle saß, war es so vorgekommen, als reiße der Sturm den ganzen Felsen mit sich fort. Jetzt kauerte er in der Ecke und horchte auf den Wind, der ächzend und heulend über die Klippen strich. Allmählich fürchtete er, es könnte nie mehr aufhören.

Er wußte nicht, wie lange es her war, daß Seeampfer ihn zum letztenmal gefüttert hatte. Vielleicht war er schon dem Ruf der Königin gefolgt und mit den anderen Schwärmern aufs offene Meer hinausgeflogen. Nur eines wußte er sicher: Er hatte schrecklichen Hunger. Sein Magenknurren war fast so laut wie das Heulen des Windes.

Vor zwei Nächten war der Sturm losgebrochen, und seitdem hatte Meerstern keinen Strahl der Goldenen Königin mehr gesehen. Unaufhörlich wälzten sich schwere Wolken landeinwärts, und der Regen, den sie mit sich führten, durchnäßte ihn jedesmal, wenn er auf den Felsvorsprung trat, um seine Flügel zu dehnen. Obwohl er Angst hatte, befolgte er Seeampfers Anweisungen: Jede Nacht kroch er hinaus ins Freie, streckte und putzte sich und fettete seine neuen Federn mit Öl aus der Bürzeldrüse ein. So bereitete er sich darauf vor, zu den anderen Jungen der Kolonie zu stoßen, um mit ihnen aufs Meer hinauszufliegen, sobald die Königin sie rief.

Doch jetzt war die Königin so zornig, daß Meerstern kaum noch auf Ihren Ruf zu hoffen wagte. Im ersten Morgengrauen hatte Sie grelle Blitze Ihres weißen Lichts geschickt und die Wolken versengt, um sie zu bestrafen, weil sie Ihr im Weg waren. Die Wolken hatten vor Schmerzen gegrollt. Und jetzt tobte dieser schreckliche Sturm.

Meerstern kauerte in der Höhle und rief: „Bitte, Goldene Königin, sei mir nicht böse. Ich will ja an Dich glauben und Dir vertrauen – nur weiß ich nicht wie. Du hast meinen Vater aufs Meer gerufen, bevor er mir beibringen konnte, was ich wissen muß."

Er schmiegte sich noch dichter an den Boden und knabberte an einer Fischgräte, die in dem matten Licht schimmerte, das durch den Eingang fiel. Der Wind pfiff durch die Felsspalten und jagte die Luft durch die Höhle, daß die Wände ächzten. Meerstern liefen kalte Schauder über den Rücken.

„Ich bin nicht wie die Riesenalken, edle Königin", hörte er sich rufen. „Ich weiß, daß sie Böses getan und Dich enttäuscht haben. Aber was es auch war, ich werde es nicht tun – ich werde fest an Dich glauben."

Er hatte die Worte kaum ausgesprochen, da ließ der Wind nach, zumindest kam es Meerstern in seiner Höhle so vor. Er lauschte angestrengt und kroch dem grauen Licht am Eingang entgegen. Eine kräftige Brise zerrte an den wenigen Daunen, die noch zwischen den schönen, kräftigen Federn hingen, die jetzt seinen Körper bedeckten. Das Heulen hatte aufgehört. Neugierig spähte er nach draußen. Die dichte, dunkle Wolkendecke hatte sich etwas gelichtet. Hier und dort entstanden Löcher, einzelne Wolken zeichneten sich ab. Dann sah Meerstern, wie in den Löchern hellere Wolken zum Vorschein kamen, durch die das Licht der Goldenen Königin schimmerte.

Meerstern trat hinaus auf den Felsvorsprung; sogar der Wind hatte jetzt nachgelassen. Er sah zum Himmel. Da riß das Grau der Wolken auf, und ein wundervoller Strahl goldenen Lichts fiel auf die See. Meerstern spürte ein aufregendes Prickeln. Er sog die frische, klare Luft ein. Sie schien seinen ganzen Körper bis in die Flügelspitzen zu durchströmen. Dann lösten sich die Wolken endgültig voneinander, und goldenes Licht hüllte Meerstern ein, tauchte ihn in ein Meer von Wärme und durchflutete seinen Körper mit einem Gefühl des Wohlbehagens, das er nie für möglich gehalten hätte. Am liebsten wäre er vor Freude in die Luft gesprungen.

„Sie hat mir etwas geschenkt!" rief Meerstern auf die See hinaus. „Die Goldene Königin hat mir ein Stück Glauben geschenkt – ich fühle es!"

Er schlug mit den kurzen Flügeln und wackelte mit den Schwanzfedern. Die Wolken zogen rasch zum Horizont und gaben den Blick frei auf die Weite des Himmels, dessen Blau sich nun leuchtend im Meer spiegelte. Noch nie hatte das

Tosen der Brandung am Fuß des Felsturms so verlockend geklungen.

Meerstern wußte, daß der Augenblick gekommen war: Die Goldene Königin rief ihn vom Land. Es war Zeit, zum Meer hinunterzufliegen.

Kapitel 6

Das purpurne Abendrot war tiefschwarzer Nacht gewichen, und der Silberne Mond stand noch nicht am Himmel, als Meerstern zum letzten Mal auf den Vorsprung hinaustapste. Der Fels unter seinen Füßen war noch warm von den Strahlen der Königin, und Meerstern fühlte, wie eine Welle von Energie in seine Flügel strömte. Diesen Moment hatte er immer gefürchtet – den Moment, wo er zur Erde hinabfliegen sollte. Doch jetzt sprang er ab, ohne zu zögern. Sein kleiner Körper schwirrte durch die Luft, die bei jedem schnellen Flügelschlag an seinen Ohren vorbeipfiff. Seine Flügel waren noch nicht kräftig genug, um ihn zu tragen, doch sie verhinderten, daß er zu schnell fiel und sich bei einer Landung auf hartem Grund verletzte. Es war genau, wie Seeampfer vorausgesagt hatte.

Plötzlich war der Flug zu Ende – da war keine Luft mehr, durch die er fallen konnte. Aber seltsamerweise war er noch nicht auf dem Boden. Der Boden war hart, aber das, worauf er gelandet war, war weich und federnd, und wenn er sich bewegte, bewegte es sich mit. Er pickte mit dem Schnabel danach und knickte dabei einen dünnen, trockenen Halm ab. Ein schwacher Duft stieg auf und kitzelte in seinen Nasenlöchern. Meerstern spähte in die Dunkelheit und tastete sich mit dem Fuß voran. Er versank in etwas Weichem und Warmem. War das Erde? Dann begriff er, worauf er stand.

„Das ist Gras", rief er. „Hier wächst Gras aus der Erde. Es ist weich, ganz anders als der harte Fels dort oben." Er knabberte an einem anderen Halm. Wieder hüllte ihn der Duft ein. Er sah zum Himmel: Die Sterne funkelten über dem zackigen Felsen, den er für immer verlassen hatte. Aber das war ihm jetzt gleichgültig. Was er fühlte, war stärker als alle seine bisherigen Zweifel. Es zog ihn zu dem Geräusch der Brandung hin.

Geschickt bahnte er sich einen Weg durch das Schlickgras, das sich eng um seinen Körper legte. Er suchte festen Boden. Dann plötzlich war er da, stark und stützend – harter Fels hatte die Erde abgelöst. Er stand auf der Klippe.

Ein kräftiger Wind blies von unten herauf, plusterte sein Gefieder auf, riß und zerrte an ihm. Unter seinen Füßen spürte er die Vibrationen der Brecher, die gegen den Felsen schlugen.

„O meine Königin, das Meer! Ich bin am Meer!" Der Felsblock endete knapp eine Flügelspanne vor ihm und fiel dann jäh ab – in ein Dunkel, das weiße Schaumkronen umspielten.

Meerstern ging vor an den Rand. Der Wind fuhr ihm entgegen und nahm ihm den Atem. Sein Herz pochte. Dann, ganz plötzlich, wandte sich der Wind und zog Meerstern über den Rand der Klippe und hinunter in prickelnde Luftströmungen. Sie warfen ihn vor und zurück, gaben ihn wieder frei, doch gleich darauf erfaßten ihn andere und legten sich schwer um seinen ganzen Körper.

Er keuchte, hustete, kämpfte sich nach oben, rang nach Atem. Dann war er in ruhigerer Luft, und der Wind pfiff wieder in seinen Ohren. Jetzt flog er, ohne daß er sich anzustrengen brauchte. Er kreiste und wendete mit einer neuen Leichtigkeit, die ihn überraschte. Dann spürte er etwas unbekanntes Weiches an den Füßen. Er tauchte den Schnabel hinab. Es war flüssig. Es war salzig. Es war köstlich.

„Das Meer! Das Meer!" rief er und schüttelte sich den Schaum von den Schwingen. „Und ich schwimme darin, ohne daß ich es gelernt habe! Danke, Goldene Königin, Du hast mich sicher ins Meer gebracht!"

Meerstern war so aufgeregt, daß er nicht bemerkte, wie seine starken Füße ihn drehten und mit kräftigen Stößen landwärts trieben.

Kapitel 7

Der neue Tag sandte seine ersten Strahlen über den Himmel, als Meerstern um die Landzunge paddelte und erschöpft den Kiesstrand auf der gegenüberliegenden Seite der Insel ansteuerte. Den ganzen Weg über hatte er gegen die Strömung angekämpft, und das hatte seine Enttäuschung noch vergrößert: Seeampfer hatte gesagt, es würde ihm nicht schwerfallen, seinen ersten Fisch zu fangen – er brauche nur zu tauchen und im Schnabel einen heraufzuholen. Doch es hatte nicht geklappt. Zwei Sandaale hatte er verfolgt, und beide waren ihm entwischt. Am Ende war er noch müder gewesen als zuvor – und doppelt so hungrig. Und jetzt, als er im ruhigen Wasser unterhalb der Papageitaucherkolonie anlangte, sah er seine schlimmsten Befürchtungen bestätigt.

„Ich wußte es doch“, rief er verzweifelt und suchte das Wasser vor dem Kiesstrand ab. „Die jungen Papageitaucher der Kolonie sind ohne mich hinaus aufs offene Meer. Ich bin ganz allein!“

„Na, dann sind wir ja schon zu zweit“, hörte er eine ernste Stimme hinter sich. Meerstern wirbelte herum. Vor ihm lag ein Tier im Wasser, das größer war, als er es sich jemals hätte vorstellen können. Seine graue Haut war glatt und glänzte vom Schwanz bis zu der nassen, mit Schnurrhaaren versehenen Nase. Es schwamm um ihn herum, und Meerstern bemerkte, daß es matte, traurige Augen hatte.

„Wer bist du?“ fragte er.

„Das könnte ich dich auch fragen“, antwortete das Tier verärgert. „Aber damit kämen wir auch nicht weiter. Wir sind hier, das allein zählt.“

Meerstern blinzelte. Das Tier umkreiste ihn noch einmal und rollte sich dann auf den Rücken.

„Sei mir nicht böse. Ich wollte nicht unhöflich sein“, sagte es. „Ich habe ein Problem. Ich kann mein Junges nicht finden. Ein paar große Landkreaturen haben es fortgeschleppt. Ich habe keine Ruhe, bis ich es gefunden habe. Übrigens, ich bin eine Robbe. So etwas wie mich hast du bestimmt noch nie gesehen.“

„Nein“, flüsterte Meerstern, „nein, wirklich nicht.“ Er schluckte schwer. „Es tut mir leid, wenn ich etwas grob war, aber du hast mich erschreckt. Es ist mein erster Tag auf dem Meer.“ Die Robbe blinzelte einen Wassertropfen aus dem glanzlosen Auge. „Weißt du, wann die jungen Papageitaucher der Kolonie auf das Meer hinausgeflogen sind? Die Goldene Königin hat mich gerufen. Ich hätte sie heute morgen hier treffen sollen, aber ich bin etwas spät dran.“

„Würde mich nicht wundern, wenn sie alle in ihren Nisthöhlen ertrunken sind“, antwortete die Robbe trocken. „Das war vielleicht ein Sturm gestern! Sechs Jahre bin ich jetzt auf dem Meer, aber einen solchen Regen habe ich noch nie erlebt. Der Blitz hat irgendwo da oben auf der Insel eingeschlagen. Es hat fürchterlich gekracht.“

„Die Goldene Königin war böse auf mich, weil ich an Ihr gezweifelt habe", sagte Meerstern. „Sie hat weiße Lichtstrahlen geschickt, um mir den Glauben zu schenken."

Die Robbe hatte ihn neugierig betrachtet, während er sprach. Jetzt prustete sie los. Feine Salzwassertropfen regneten auf die beiden nieder. „Waaas!" brüllte sie, warf ihren Kopf zurück und überschlug sich im Wasser.

„Die Goldene Königin, Sie..."

„Hab 'schon verstanden", grölte die Robbe und schlug mit den Flossen auf das Wasser. „Hab' schon verstanden!" Sie verschluckte sich und schnaubte das Wasser heraus. „Ihr Vögel seid einfach unglaublich! Ihr haltet euch tatsächlich für etwas Besonderes, nicht wahr?" Sie schnaubte wieder. „Weiße Lichtstrahlen, um dir den Glauben zu schenken! So ein Unsinn! Reiner Unsinn! Wenn du wissen willst, wo deine Freunde sind, schlage ich vor, du steigst den Weg zwischen den Klippen hinauf und suchst sie. Hilf dir selbst, dann hilft dir die Königin." Die Robbe klatschte wieder die Flossen auf das Wasser.

„Paß doch auf!" rief Meerstern empört und schüttelte sich die Tropfen aus den Augen. Aber die Robbe war schon verschwunden. Nur ein Strudel verriet die Stelle, wo sie untergetaucht war.

„Ungläubiges Geschöpf!" brummte Meerstern und paddelte auf den Strand zu. „Wie kann sie es wagen, so zu reden!"

Der Strand war glitschig, und Meerstern rutschte mehrmals auf dem glatten Kies aus, als er aus dem Wasser watschelte und zu dem schmalen Pfad ging, der sich zwischen den Felsen hinaufschlängelte.

Er kletterte nach oben. Rings um ihn wuchsen Pflanzen, die er noch nie gesehen hatte. Bernsteinfarbene Tautropfen glitzerten im Morgenlicht auf tiefgrünen und saftig rosafarbenen Blättern. Meerstern pickte einen an. Er zerplatzte, und ein kleines silbernes Bächlein lief den Stengel hinunter und verlor sich im steinigen Grund.

Vom Strand tönte ein Plätschern herauf. Meerstern rannte los und suchte Deckung. Wieder plätscherte es. Im Laufen drehte er sich um – zwei riesige Vögel wateten durch das seichte Wasser, putzten ihre großen, dunklen Schwungfedern und tauchten ihre leuchtenden Schnäbel immer wieder ins Wasser. „Mantelmöwen!" stöhnte Meerstern und kämpfte sich das letzte Stück des Weges hinauf, der unter der Spitze der Klippe breiter wurde.

Dann war er oben. Überall um ihn herum wuchs struppiges, saures Gras, hier und dort auch ein Büschel Schlickgras, das dem feinen Salzregen der Gischt widerstanden hatte. Unter einem Büschel entdeckte er eine halbfertige Nisthöhle und dahinter – er blieb überrascht stehen.

„Oh, was ist das?" keuchte er und wollte sich abwenden.

Was immer es war, es lag überall verstreut, und der Wind blies es auf der Klippe hin und her – wie orangebraune Grasbüschel. Vorsichtig sog Meerstern die Luft ein. Ein Schauder überkam ihn – kein angenehmer wie am Vortag, vielmehr einer, der ihm riet, keinen Schritt weiterzugehen.

„Vielleicht weht es vom Festland herüber, und ich bin nur nicht daran gewöhnt", murmelte er vor sich hin. „Aber wenn ich nicht bald die Nisthöhlen der Papageitaucher finde, dann weiß ich nicht, wie ich von der Insel fortkommen soll."

Er zwang sich, weiter dem Pfad zu folgen, bog um einen kleinen Felsblock – und blieb wie angewurzelt stehen. Doch nur für einen Moment. Dann hatte er begriffen, was er vor sich sah. Er rannte los. Sein Herz schlug wie wild. Er flüchtete sich in die nächstbeste Papageitaucherhöhle am Wegesrand, ein paar Flügelspannen landeinwärts.

„Große Königin!" keuchte er und sank auf den feuchten Boden. „Was war das?"

„Die Rache der Königin!" erklärte eine Stimme feierlich aus dem Dunkel. Meerstern fuhr herum.

„Wer ist da? Wer ist da?"

„Ein Freund, kein Feind!"

Meerstern erkannte eine Papageitaucherstimme. Er seufzte vor Erleichterung. „Hast du mir aber einen Schrecken eingejagt! Keiner von euch war am Strand, und deshalb dachte ich schon, ich hätte euch verpaßt. Der Königin sei Dank, daß ich mich geirrt habe!" Er tapste tiefer in die Höhle. „Warum bist du noch nicht unten am Meer? Ich dachte, ihr seid alle da unten, wenn ich ankomme."

„Kein schöner Anblick, leider", sagte die Stimme. „Besonders jetzt, nachdem die Mantelmöwen Mahlzeit gehalten haben. Du mußt versuchen, den Anblick zu vergessen. Du hast so schon genug Schwierigkeiten."

„Was für Schwierigkeiten?" fragte Meerstern.

Wenn eine Antwort gegeben wurde, so nahm Meerstern sie nicht wahr, denn in diesem Moment löste sich eine Gestalt aus dem Dunkel – kein Jungvogel wie er selbst, sondern ein großer, ausgewachsener Papageitaucher. Meersterns Herz schlug noch wilder.

„Ich nehme an, du bist einigermaßen überrascht, mich hier anzutreffen", sagte der große Vogel. Er hob vorsichtig einen Flügel, der am Boden schleifte, und zog ihn an seine Seite. „Du mußt Meerstern sein, Seeampfers und Meerfenchels Sohn. Meerfenchel – ich bin nicht würdig, ihren Namen auszusprechen!"

„Der Meister!“ stieß Meerstern hervor. „Bist du der Meister?“ Der große Vogel nickte. Er hob den lahmen Flügel. Eine tiefe Fleischwunde kam darunter zum Vorschein. Meerstern wandte sich ab.

„Nein, schau sie dir an“, verlangte der Meister. „Das ist die Strafe dafür, daß ich nicht auf die Warnung deiner Mutter gehört habe. Sie haben den Muskel durchgebissen, damit ich nicht wegfliegen kann.“

„Von wem sprichst du?“

„Von den Ratten.“

„Ratten! Was sind Ratten?“

„Vierfüßler. Sie waren heute nacht da. Da draußen liegt eine. Du hast sie ja gesehen. Sie ist tot. Die Ratten sind die Geißel des Landes. Die Goldene Königin hat sie geschickt, um mich zu bestrafen.“ Der Meister sah Meerstern, dem der Schnabel aufstand, durchdringend an. „Nun, hast du gar nichts dazu zu sagen?“

Meerstern schluckte. Der Meister stöhnte, als er den verletzten Flügel einzog. „Ich fürchte, ich habe alles durcheinandergebracht. Ich habe meine Höhle wohl zu früh verlassen, um zu den anderen zu stoßen. Und dabei dachte ich, ich würde für meinen Glauben belohnt werden ...“

„Glauben!“ schnaubte der Meister. „Belohnung!“

„Aber ...“

„Ich weiß, ich weiß“, lenkte der Meister ein und stöhnte, weil er den verletzten Flügel zu hastig bewegt hatte. „Ich weiß, du hast gelernt, den Glauben über alle anderen Dinge zu stellen. Aber wenn in einer einzigen Nacht alle Küken ausgelöscht werden, dann gibt das einem alten Vogel wie mir schon zu denken.“

„Ausgelöscht?“

„Ja, mein Kleiner, ausgelöscht! Oder glaubst du etwa, die Ratten sind nur herübergekommen, um an meinem Flügel zu knabbern?“

Meerstern gab keine Antwort. Der Meister stieß an die Wand der Höhle und zuckte vor Schmerz zusammen. „Und ausgerechnet in der Nacht, in der die Königin sie gerufen hat.“ Er sah Meerstern an. „Warum mußte Sie mich durch ihren Tod bestrafen? Warum nur?“

„Ich verstehe nicht ganz.“

„Die Königin, liebes Kind, die Königin“, seufzte der Meister. „Warum hat Sie meine Küken ausgerechnet in jener Nacht getötet, die Sie gewählt hatte, um sie aufs offene Meer zu rufen?“

Meerstern seufzte erleichtert: „Also hatte ich doch recht!“

„Recht?“ Der Meister sah ihn scharf an. „Recht womit?“

„Mit dem Ruf – ich dachte schon, ich hätte mich geirrt!“

Der Meister schien zu lachen – ein lautloses Lachen, das seinen ganzen Körper schüttelte. Sein Kopf wackelte hin und her. Meerstern wurde es unbehaglich. Dann seufzte der Meister und starrte den kleinen Papageitaucher an. „Nein, du hast dich nicht geirrt, Grünschnabel, und du kannst ganz beruhigt sein. Die Goldene Königin hatte nicht die Absicht, Meerfenchels Sohn mit den anderen zu vernichten. Das ist aber auch das einzig Tröstliche, das ich dir berichten kann.“

Meerstern sah zum Meister auf, aber der große Vogel starrte nur zu Boden und murmelte: „Wenn Sanddistel davon erfährt...“ Er schüttelte den Kopf. „Na ja, ich werde sowieso nicht mehr da sein. So bleibt mir wenigstens sein selbstzufriedenes Gesicht erspart. Ich kann nur hoffen, daß sie heute nacht zurückkommen und mir den Rest geben!“

„Daß wer zurückkommt?“

„Die Ratten natürlich“, brauste der Meister auf. „Ich verstehe nicht, warum sie es nicht schon getan haben. Aber vielleicht glaubt die Königin auch, daß der Tod eine zu milde Strafe für mich wäre. Vielleicht bin ich so tief in Ungnade gefallen.“

„Aber warum fliehen wir nicht zusammen – jetzt gleich?“ fragte Meerstern plötzlich. „Ich weiß, daß du nicht fliegen kannst, aber ich kann es auch nicht. Wir könnten den Pfad nehmen.“

Der Meister sah ihn ernst an und seufzte. „Mein lieber, ahnungsloser Meerstern, du kannst es schaffen, aber meine Chancen stehen schlecht. Ich mache mir da nichts vor. Ratten sehen vielleicht nicht besonders gut, aber wenn der Wind richtig steht, wittern sie eine offene Wunde über eine Entfernung von fünfzig Flügelspannen. Ich würde sie nur auf deine Spur bringen. Nein, du mußt allein gehen. Jemand muß aufs Meer hinaus und den Rest des Schwarmes warnen – und dieser Jemand bist du. Wenn die Ratten eine Kolonie entdeckt haben, geben sie keine Ruhe mehr. Wenn unser Schwarm in der nächsten Brutzeit zurückkehrt, werden sich die Ratten jedes Ei holen, und die Eltern gleich dazu, wenn sie dumm genug sein sollten, sich auf dem Land herumzutreiben!“

„Ich? Ich soll allein aufs Meer hinaus?“ keuchte Meerstern.

Aber der Meister hörte nicht zu: „Sag ihnen, sie sollen nicht zu hart mit mir ins Gericht gehen. Ich war überzeugt, das Richtige zu tun, nur deshalb habe ich sie dazu überredet, nicht auf deine Mutter zu hören und auf der Insel zu bleiben.“ Er starrte wieder zu Boden und lachte gequält. Erschrocken rückte Meerstern ein Stück von ihm ab. „Wenigstens kann sich Sanddistel freuen“, fuhr der Meister fort, „er hat sich sowieso immer für den besseren Anführer gehalten.“

Meerstern sah hinaus in das graue Licht am Eingang, dann wandte er sich wieder an den Meister: „Wie sind die Ratten überhaupt hierhergekommen?“ fragte er beunruhigt.

„Natürlich hat ihnen die Goldene Königin geholfen“, antwortete der Meister bestimmt. „Sie hat einen Blitz Ihres weißen Lichtes gesandt, um den Felsen zu spalten, der seit der Erschaffung des Landes die Festlandseite überragt hat. Ein langes Stück fiel quer über das Wasser und bildete eine Brücke zwischen der Papageitaucherinsel und dem Festland. Die Ratten auf der anderen Seite brauchten nichts weiter zu tun, als ihrer Nase zu folgen. So leicht kamen sie noch nie zu einer Mahlzeit.“

Meerstern erschauerte. Er hatte geglaubt, die Goldene Königin habe das weiße Licht gesandt, um ihn für seine Zweifel zu bestrafen. „Was ist passiert?“ brachte er mühsam hervor.

„Es begann eigentlich wie immer, wenn uns die Königin aufs offene Meer ruft – du kennst ja das Gefühl. Alle waren aufgeregt und froh, daß sich der Sturm gelegt hatte. Sie standen vor ihren Höhlen, schlugen mit den Flügeln und fetteten ihr Gefieder ein. Die Nacht war schön und sternenklar. Ich wollte mich nützlich machen und bin herumgegangen, um den Ängstlichen Mut zuzusprechen. Ich hatte gerade den hinteren Teil der Kolonie besucht und befand mich auf dem Rückweg – da wurde ich plötzlich von hinten an den Schwanzfedern gepackt. Ich drehte mich um, aber das Ding an meinem Schwanz drehte sich mit. Im ersten Moment dachte ich, ich hätte mich in einer Distel verfangen, in einer großen, schweren Distel. Aber Disteln haben keine Füße, und ich konnte deutlich hören, wie Krallen über den Boden scharrten und im Kies nach Halt suchten, während ich mich drehte.

Dann, als ich mich erneut drehte, sah ich sie – dunkle Gestalten, die unter dem Schlickgras Deckung suchten. Sie schienen keine Beine zu haben, denn sie huschten nur so über die Kieselsteine dahin. Dann fühlte ich einen heißen Atem, und etwas stieß gegen meinen Schnabel. Ich schnappte danach. Das Etwas sprang zurück und rief dem anderen, das meinen Schwanz festhielt, irgend etwas zu. Zumindest war das mein Eindruck, und ich hatte mich nicht getäuscht, denn im nächsten Moment fühlte ich, wie mein Flügel von einem scharfen Schnabel gepackt wurde. Ich fuhr herum und wollte nach dem Angreifer hacken, doch mit einem Ruck zog er den Flügel zwischen sich und mich. Da kam ihm der andere zu Hilfe und biß tief in das Fleisch unter meinem Flügel. Der Schmerz war unbeschreiblich. Ich fühlte viele kleine Stiche, als hätte ein ganzer Schwarm Vögel gleichzeitig in ein und dieselbe Stelle gehackt. Aber damit nicht genug – ohne den Biß zu lockern, sprang das Tier zurück und riß eine klaffende Wunde in mein Fleisch. Ich fühlte, wie das Blut herausschoß.

Dann spürte ich wieder den heißen Atem in meinem Gesicht, und im Sternenlicht sah ich – vielleicht war es auch das Licht des Silbernen Mondes, ich weiß nicht mehr genau – jedenfalls sah ich, wie sich das Tier mit seiner rosafarbenen Zunge Blut von den scharfen gelben Zähnen leckte – mein Blut. Die Zähne saßen in einem spitz zulaufenden

Gesicht, das an einen Schnabel erinnerte, aber es war kein Schnabel. Als sich das Tier setzte, sah ich, daß es kein Vogel war. Es hatte vier Füße, zwei standen auf der Erde, und mit den anderen beiden begann es die langen Haare zu putzen, die zu beiden Seiten seines Mundes sprossen. Der boshafte Blick seiner Augen läßt sich nicht beschreiben – sie waren beide zu sehen, beide saßen vorn am Kopf, und der Kopf war hinter dem spitzen Gesicht ziemlich flach.

Der Vierfüßler drehte sich um und flüsterte einem anderen, der sich in der Nähe herumtrieb, etwas zu – zu mir sagte er kein Wort. Der andere nickte stumm und rannte zu einer kleinen Gruppe, die ein Stück weiter bei einem Büschel Schlickgras wartete. Sie tuschelten so leise miteinander, daß ich nicht verstehen konnte, was sie sagten. Dann machten sie kehrt und schlichen durch das Gras zu den Nisthöhlen.

Inzwischen hatte sich mein erster Schock über die Schmerzen gelegt, obwohl mir immer noch Blut am Bein herunterlief. Ich fragte den Vierfüßler, was sie vorhatten. Er lachte mir nur ins Gesicht. Sein Atem stank nach faulem Fleisch. Mit der Vorderpfote gab er dem anderen, der immer noch meinen Schwanz festhielt, ein Zeichen. Dann ließ er sich auf alle viere fallen, drehte sich zu einem dritten um, den ich bisher nicht bemerkt hatte, und flüsterte ihm etwas zu.

Gleich darauf verschwand der erste in Richtung Kolonie, während der andere, mit dem er geflüstert hatte, auf mich zukam, meinen verletzten Flügel packte und mich fortzog.

Ich weiß nicht, wie ich den Weg hierher überstanden habe – die Schmerzen waren unbeschreiblich. Aber ich weiß noch genau, daß sich vor jeder Nisthöhle, an der wir vorüberkamen, einige dieser Tiere herumtrieben und über die flatternden Körper von Jungvögeln herfielen, wie du einer bist.

Manche konnten vor Entsetzen nicht einmal schreien. Vielleicht wußten sie auch, daß es zwecklos war, oder sie wollten schnell sterben und ihre Leiden verkürzen. Aber andere wehrten sich. Das machte für mich alles nur noch schlimmer. Es war grauenhaft. Während sie mit ihren kleinen Schnäbeln versuchten, die Ratten abzuwehren, riefen sie nach mir – nur die Goldene Königin weiß, woher sie wußten, daß ich da war, obwohl das Blut so vieler Papageitaucher die Luft mit seinem Gestank erfüllte. Sie schrien und wollten von mir wissen, was das alles zu bedeuten habe und warum ich ihnen nicht gesagt hätte, daß die Nacht, in der sie aufs Meer gerufen wurden, so schrecklich sein würde. Du mußt wissen, daß Sanddistel dagegen gewesen war, sie in Glaubensfragen und ähnlichen Dingen zu unterrichten, folglich hatten sie keine Ahnung, was sie von der Goldenen Königin zu erwarten hatten, als der Hauptschwarm fortzog. Erst als die anderen fort waren, rückte ich die Dinge ins rechte Licht und gab die alten Lehren der Papageitaucher, über die sich Sanddistel immer lustig gemacht hatte, an sie weiter. Ich hatte mich ganz einfach nützlich machen wollen, bis meine Schwungfedern nachgewachsen waren.

Aber was sollte ich ihnen jetzt sagen? Daß dies nicht zum Plan der Königin gehörte? Daß alles meine Schuld war, weil ich den Schwarm zum Bleiben überredet hatte, obwohl die Goldene Königin deiner Mutter einen Traum gesandt hatte, um uns davor zu warnen, dieses Land zu betreten?“ Der Meister klapperte abwesend mit dem Schnabel. „Nein, ich konnte nichts tun. Ich hörte, wie die Hilferufe in ihren

Kehlen erstarben, und ich versuchte wegzuhören, als ihnen die Ratten am Ende das Fleisch von den Knochen rissen."

Meerstern zuckte zusammen, aber der Meister beachtete ihn nicht. „Einmal versuchte ich, mich loszureißen und ihnen zu Hilfe zu eilen. Doch die Ratte, die meinen verletzten Flügel hielt, riß mich zurück. Der Schmerz war unerträglich, und eine Weile nahm ich kaum noch wahr, was um mich herum vorging. Dann, irgendwann, hörte ich, wie sie mich anbrüllten, ich solle schneller gehen. Doch gleich darauf hielten wir an. Die Ratte, die mich gebissen hatte, tauchte ganz plötzlich aus der Dunkelheit auf und flüsterte einem meiner Peiniger etwas zu. Und im selben Augenblick hörte ich die Stimme – sie war mir vertrauter als jede andere. Ich drehte mich um. Eine Ratte riß an meinem Flügel. Mein ganzer Körper brannte vor Schmerzen, doch ich hatte bereits erkannt, wo wir waren – direkt vor meiner Nisthöhle. Und eine dieser schleichenden Kreaturen hatte einen Jungvogel gebissen, der wie wild mit den Flügeln flatterte. Mein eigenes Junges.

Natürlich schrie ich. Ich wollte wissen, ob das Junge noch lebte. Aber es war zu spät. Sie hatten ihm das Genick gebrochen, wie allen anderen auch. Das Flattern, das ich gesehen hatte, war nur das letzte Aufbäumen der Lebenskräfte, bevor sie den Körper verlassen.

Dann schleppten sie mich weiter. Der Schmerz in meiner Seite hatte sich jetzt als dumpfes Klopfen über den ganzen Körper ausgebreitet. Trotzdem hörte ich überall um mich herum aufgeregte Stimmen. Sie pfiffen in so schrillen Tönen, daß ich sie manchmal kaum noch wahrnehmen konnte. Und wohin ich auch sah, überall waren diese zukkenden Nasen mit den Schnurrhaaren. Einige versuchten, unter meinen Flügel zu schlüpfen, doch die große Ratte, die mich gebissen hatte, fuhr dazwischen, und die anderen suchten winselnd das Weite. Plötzlich war sie mein Beschützer – die Goldene Königin weiß, warum. Inzwischen war ein heftiger Streit zwischen den Ratten entbrannt. Jeden Moment war ich darauf gefaßt, daß mir eine das Genick durchbeißen würde, doch dazu kam es nicht. Die große Ratte hielt mir tatsächlich alle Angreifer vom Leib. Sie war es auch, die mich in die Bruthöhle hinabstieß, als eine andere – Knöterich hieß sie, wenn ich bei dem Lärm richtig verstanden habe – meinen sofortigen Tod verlangte.

Was weiter geschah, weiß ich nicht. Unten in der Höhle konnte ich nicht hören, was oben vor sich ging. Tja, und jetzt stehen wir hier, und ein neuer Tag bricht an. Ich lebe noch, aber ich hoffe, die Goldene Königin sorgt dafür, daß ich schnell sterbe."

Meerstern stand der Schnabel offen. Seine Kehle war ganz trocken. „Sind ... sind alle tot?" krächzte er schließlich.

„Alle", antwortete der Meister. „Das Pfeifen der Ratten wurde immer lauter, die entsetzten Schreie der Papageitaucher verstummten. Sie haben keinen übersehen. Was für ein Schlag! Seit dem Tag, an dem der Silberne Mond das Meer in den Kanal leitete, der uns vom Festland trennt, hatte kein Vierfüßler mehr die Papageitaucherinsel betreten." Der Meister sah hinunter auf sein Bein. „Bis auf einen!" Wütend hackte er gegen den Ring an seinem Knöchel. Er bewegte dabei den verletzten Flügel und zuckte zusammen. „Und sicher werden jetzt einige behaupten, daß sein Kommen die Katastrophe ausgelöst hat."

Meerstern schluckte. „Was meinst du damit?"

„Das ist eine lange Geschichte. Sie ist jetzt nicht mehr wichtig", sagte der Meister knapp. „Wenn du die Fischgründe der kalten Jahreszeit erreicht hast, wird Sanddistel sie dir bestimmt erzählen, schadenfroh, wie er ist."

„Wo sind sie jetzt?" fragte Meerstern leise.

„Die Ratten?"

Meerstern nickte nur. Er bekam keinen Ton heraus.

„Sie durchstöbern die Nisthöhlen", sagte der Meister tonlos. „Sie sammeln Daunen, um daraus Nester für ihre Jungen zu bauen."

Meerstern wollte sich räuspern. Es gelang ihm nicht. Der Meister sah ihn an.

„O ja, wenn sie etwas tun, dann gründlich", sagte er bitter. „Ich habe einmal von einem ähnlichen Fall gehört. Sie werden hier junge Ratten zur Welt bringen, bevor der Silberne Mond auch nur einmal zu- und wieder abgenommen hat. Und schon nach der Hälfte der Zeit werden sich diese Jungen ihrerseits paaren." Der Meister wandte sich ab. Der Kleine bekam immer noch kein Wort heraus.

„Wieso bist du überhaupt heraufgekommen?" wollte der Meister wissen, während er versuchte, den Ring von seinem Fuß zu streifen. „Du hättest allein aufs offene Meer ziehen sollen, auch ohne Begleitung der anderen."

„Die Robbe hat gesagt, daß ich hier oben..." Er verstummte.

„Ha! Das hätte ich mir denken können. Wenn du auf die Robben hörst, bist du immer schlecht beraten. Die können doch nicht mal auf ihre eigenen Jungen..." Der Meister verstummte und sah Meerstern beschämt an. Er schnaubte verächtlich und starrte nachdenklich zu Boden. „Na, wenigstens ist deine Mutter nicht umsonst gestorben, Meerstern.

Sie hat dein Ei an einer Stelle gelegt, wo sie dich nicht erwischen konnten. Sie hat dafür gesorgt, daß *du* überleben konntest." Er klapperte gereizt mit dem Schnabel. „Und jetzt ist es deine Pflicht, aufs Meer hinauszufliegen und die anderen zu warnen. Aber du hast nicht mehr viel Zeit. Du mußt los, bevor dich die Ratten hier entdecken."

„Wir haben ihn schon entdeckt!"

Die kalte Stimme kam von außerhalb der Höhle. Die beiden Papageitaucher erstarrten.

„Still!" zischte der Meister. „Sag kein Wort!"

„Zwecklos", sagte die kalte Stimme. „Wir wissen, daß er da unten steckt. Ich rate ihm, ganz schnell herauszukommen."

Meerstern sank zu Boden und sah den Meister flehend an.

„Es ist besser, wenn du rausgehst. Wenn du es nicht tust, kommen sie herein und brechen dir das Genick, wie den anderen. Aber wenn du draußen bist, springst du bei der ersten Gelegenheit von der Klippe und fliegst hinunter zum Meer. Wenn die Goldene Königin keine anderen Pläne mit dir hat, wird Sie dir beistehen. Viel Glück!"

Meerstern rührte sich nicht. Der Meister schubste ihn mit dem Schnabel. „Geh, kleiner Schwärmer! Es ist deine einzige Chance – du hast keine andere Wahl! Geh und suche Sanddistel. Sage ihm, daß er den Schwarm nächstes Jahr zu einem anderen Brutplatz führen muß. Sonst müssen alle hier sterben!"

Der Meister wandte sich von Meerstern ab, der ihn flehend ansah, und schlurfte in den hinteren Teil der dunklen Höhle. „Denk nicht zu schlecht von mir, Meerstern", murmelte er. „Ich war überzeugt, ich hätte recht und deine Mutter unrecht."

Meerstern wußte nicht warum, aber bei diesen Worten fühlte er plötzlich ein Feuer in seiner Brust. Wild entschlossen stand er auf und drehte sich zum Licht.

„Ich komme jetzt“, schrie er trotzig. „Ich komme raus!“

„Gut!“ greinte die Stimme am Höhleneingang. „Du ersparst uns unnötigen Ärger, wenn du herauskommst. Aber beeil' dich!“

Meerstern warf einen letzten Blick zurück in die dunkle Höhle, in der der Meister, wie er wußte, auf den Tod wartete. Er richtete sich auf, holte tief Luft und watschelte den kurzen Gang entlang. Dann trat er hinaus in das Licht des Morgens.

Kapitel 8

Meerstern hatte noch nie eine Ratte gesehen, doch er zweifelte keinen Augenblick daran, daß er jetzt eine vor sich hatte. Sie war fast doppelt so groß wie er. Sie saß auf ihrem breiten rosa Hinterteil und klopfte sich mit blaßroten, dicken Vorderpfoten die sandige Erde aus dem orangebraunen Fell. Braune Augen lugten nervös aus dem spitzen Gesicht. Der Blick wirkte fast sanft auf Meerstern. Da öffnete die Ratte plötzlich den Mund und zeigte zwei Reihen spitzer gelber Zähne.

„Gut so", pfiff sie mit dünner Stimme. „Besser, man sieht den Tatsachen ins Auge, oder?"

Meerstern schwieg. Er lauschte auf das Meer. Es rauschte in einiger Entfernung, dort hinter der Klippe, wo der verstümmelte Körper lag – eine tote Ratte, wie er jetzt wußte. Sollte er sofort fliehen? Oder noch einen Moment warten? Vielleicht, wenn er zur Seite rannte ...?

„Hat wohl gedacht, er sei uns entwischt, der Grünschnabel", greinte eine Stimme dicht neben Meersterns Ohr. Er fuhr herum, sein Herz schlug wie wild. Er stand Schnabel an Schnauze mit einer zweiten Ratte.

„Dreh dich um!“ schrie sie ihn an. Dann bückte sie sich und beschnüffelte sein Gefieder. Meerstern drehte sich wieder der ersten Ratte zu. „Los geht's!“ quiekte sie. „Beweg deinen Hintern, Bilsenkraut, etwas schneller, wenn ich bitten darf!“ Die zweite Ratte murmelte etwas in die Schnurrhaare und biß mit ihren scharfen Zähnen vorsichtig in Meersterns Schwanzfedern. „Und du, Vogel, sieh nach vorn! Keine Sorge, er wird sie schon nicht abbeißen – zumindest jetzt noch nicht!“ Meerstern hörte hinter sich ein teuflisches Kichern:

„Es sei denn, ich kriege sie in die Nase und reiße sie beim Niesen aus!“

„Laß den Unsinn, Bilsenkraut. Folgt mir jetzt. Das bringt mir eine Beförderung ein, ihr werdet schon sehen!“

Mit diesen Worten ließ sich die erste Ratte auf alle viere fallen und suchte sich schnüffelnd einen Weg auf dem felsigen Boden. Ihre Schnurrhaare zuckten unablässig. Zu Meersterns Entsetzen kehrten sie dem Meer den Rücken zu und gingen in die entgegengesetzte Richtung. Er krächzte vor Verzweiflung.

„Ruhe!“ befahl die Ratte hinter ihm. Sie näselte, weil sie den Mund voller Federn hatte. „Schneller, wenn du den morgigen Tag noch erleben willst!“ Sie stieß Meerstern vorwärts und drückte ihm dabei die Schwanzfedern in den Leib. Es tat so weh, daß er wohl oder übel schneller gehen mußte.

Zum ersten Mal bekam er jetzt eine Papageitaucherkolonie zu Gesicht. Hinter jedem Grashügel befand sich eine Nisthöhle, oft lagen zwei nebeneinander. Während sie sich zwischen ihnen hindurchwanden, versuchte Meerstern, sie zu zählen, doch er gab es bald auf, als ihm das ganze Ausmaß des Schreckens klar wurde. Aus jeder Höhle, der sie sich näherten, spähte eine Ratte und schnupperte. Doch kaum hatten sie Meersterns Eskorte erblickt, verschwanden ihre Köpfe wieder blitzschnell in den Löchern.

„Zurück an die Arbeit, ihr Faulpelze! Wir brauchen Stuben für unsere Kinder!" brüllte die erste Ratte. Dann rief sie Bilsenkraut, der zweiten Ratte, einen Befehl zu. Bilsenkraut blieb sofort stehen.

„Au!" entfuhr es Meerstern. Die Ratte hatte ihn am Schwanz zurückgerissen.

„Hör auf zu jammern", murrte Bilsenkraut. „Du lebst sowieso schon länger als die anderen. Tu, was man dir sagt, vielleicht hast du dann noch eine Chance!" Meerstern drehte sich halb um. „Sieh nach vorn!" fuhr Bilsenkraut ihn an. „Und jetzt vorwärts – man erwartet dich da unten!" Meerstern gehorchte. Die erste Ratte, die ein Stück weiter in eine Höhle gekrochen war, tauchte jetzt wieder auf und winkte ihnen.

„Beeilt euch!" rief sie. „Der Rudelführer hat es nicht gern, wenn man ihn warten läßt!"

Sie wanderten weiter, bis sie die Nisthöhle erreichten, vor der die erste Ratte hockte. „So, Vogel, und jetzt gehen wir hinunter. Wenn wir in der großen Kammer sind, redest du nur, wenn du gefragt bist! Ist das klar?"

Meerstern folgte ihr stolpernd in die dunkle Höhle. Sie gingen einen breiten Tunnel entlang, in den mehrere Seitengänge mündeten. Aus allen Winkeln beobachteten ihn funkelnde Augenpaare. Plötzlich blieb die Ratte vor ihm stehen. Meerstern tat es ihr gleich, doch der unglückselige Bilsenkraut, der seinen Biß gelockert hatte, rannte mit der Schnauze in Meersterns empfindliche Federn. Meerstern zuckte zusammen. Bilsenkraut murrte und mußte niesen.

„Rudelführer Knöterich, wir haben den Missetäter“, pfiff die Ratte in die Dunkelheit. Meerstern konnte nichts sehen, weil sie ihm die Sicht versperrte, doch aus dem Echo schloß er, daß sie sich am Eingang zu einer geräumigen unterirdischen Kammer befanden.

„Dann bring ihn her“, befahl eine dumpfe Stimme. Die Ratte sprang gewandt zur Seite und stieß Meerstern mit ihrer feuchten, warmen Pfote vorwärts. Die Kammer war riesengroß, und in dem Licht, das durch die Eingänge auf beiden Seiten hereinfiel, konnte Meerstern erkennen, daß sie noch erweitert wurde. Arbeiterratten waren gerade dabei, die Wände zu glätten, von denen sie die feuchte Erde abgekratzt hatten.

„Du bist also der Kerl, der Panthrax ermordet hat?“

Meerstern bemühte sich, in dem trüben Licht etwas zu erkennen. Eine fette Ratte rekelte sich in der Ecke und sah mit halbgeschlossenen Augen zu ihm herüber. Ihre Schnauze lag auf dem Rand eines prächtigen Nestes, das mit den feinen Daunen junger Papageitaucher gepolstert war. Meersterns Mut sank.

„Los, antworte!“ fuhr ihn die Ratte ungeduldig an.

„Mord! Mord? Wieso Mord?“ preßte Meerstern hervor.

„Herr!“ rief eine andere Stimme dazwischen, noch kälter als die erste. „Du hast Rudelführer Knöterich mit ‚Herr‘ anzureden!“

„Ja, Herr“, sagte Meerstern.

Gelächter dröhnte durch die Kammer. Meerstern zuckte zusammen. Jetzt erst bemerkte er, daß überall auf dem Boden fette Ratten lagen, die ihn träge anblinzelten.

„Ich bin kein ‚Herr‘“, sagte die zweite Stimme verärgert. „Den Rudelführer mußt du so anreden.“

„Ja, Herr", antwortete Meerstern nervös. Wieder hörte er das Kichern.

„Mach dich ruhig über mich lustig! Du wirst schon sehen, was du davon hast!" zischte die Stimme. Der Besitzer der Stimme bahnte sich einen Weg zu Meerstern. Bewegung kam in die behäbigen Körper auf dem Boden. Meerstern stockte der Atem. Vor ihm baute sich eine riesige Ratte auf. Sie war mit Abstand die größte in der Kammer, und als einzige hatte sie ein glänzend schwarzes Fell.

„Vergebung, Herr, ich wollte nicht unhöflich sein."

Die Ratten auf dem Boden kicherten.

„Oh, im Namen der Finsternis, Bubo, laß uns fortfahren", forderte Knöterich und rieb sich ungeduldig an dem Nest. „Ich habe nicht den ganzen Tag Zeit. Meine Frauen warten." Er blickte Meerstern zum ersten Mal in die Augen: „Was hast du zu dem Mord zu sagen, hm?"

„Herr, ich habe niemanden umgebracht. Ich habe noch nicht einmal meinen ersten Fisch gefangen", sagte Meerstern schnell. Die Ratten pfiffen vor Entzücken.

„Ruhe!" donnerte die schwarze Ratte und peitschte ihren Schwanz durch die Luft.

„Schon in Ordnung, Bubo", besänftigte ihn Knöterich. „Er hat es bestimmt nicht böse gemeint."

Die schwarze Ratte beachtete ihn nicht: „In dieser Kammer hat Ruhe zu herrschen!" rief sie barsch und sah einen nach dem anderen an. „Und wenn der Gefangene noch so dumm ist, wir werden ihn anhören!"

„Ganz recht", stimmte Knöterich zu. „Genug herumgealbert." Er wandte sich wieder an Meerstern: „Bekennst du dich schuldig oder nicht schuldig?"

Die schwarze Ratte wandte sich flüsternd an den Anführer: „Bei allem Respekt, Herr, aber es liegt noch keine Anklage vor.“

„Das ist doch nebensächlich“, tat Knöterich die Bemerkung mit einer Bewegung seiner Pfote ab. „Du behauptest also, du hast Panthrax nicht umgebracht, oder? Wer war es dann? Raus mit der Sprache.“ Die schwarze Ratte unterdrückte ein Seufzen.

„Nun, Herr, ich glaube, die Mantelmöwen waren es“, antwortete Meerstern. „Ich sah, wie sie im Meer ihre Schnäbel putzten. Kurz darauf habe ich den Toten entdeckt – vielmehr das, was von ihm übrig war ...“

„Aber man hat dich gesehen, als du von der Leiche weggerannt bist. Außerdem hat man euch belauscht, dich und den alten Papageitaucher. Ihr habt ein Komplott geschmiedet.“ Die Ratte, die Meerstern festgenommen hatte, strahlte bei diesen Worten voller Genugtuung.

„Ich weiß, Herr, aber zu dem Zeitpunkt wußte ich nicht einmal, wie eine Ratte aussieht.“ Meerstern konnte nicht sagen warum, aber mit einem Mal bekam er wieder Selbstvertrauen. Bubo flüsterte Knöterich etwas ins Ohr, und dann musterten sie Meerstern von Kopf bis Fuß. Knöterich nickte: „In Anbetracht deiner Größe vermuten wir, daß du die Wahrheit sprichst. Panthrax konnte es mit jeder Ratte aufnehmen, erst recht mit einem jungen Lund. Er hätte dich mit Leichtigkeit besiegt.“

Einen Moment lang strahlte Meerstern – bis er das Funkeln in Bubos Augen sah, als dieser sich zu dem Anführer hinüberbeugte und ihm etwas ins Ohr flüsterte. Knöterich nickte, räusperte sich und setzte sich auf das Nest. Die anderen Ratten folgten seinem Beispiel und nahmen eine sitzende Stellung ein. Meerstern fühlte, daß dies ein bedeutsamer Augenblick war. Seine Krallen bohrten sich in den Boden.

„Wir befinden den Angeklagten im Sinne der Anklage für nicht schuldig“, verkündete Knöterich, „doch wir glauben, daß er die Aufmerksamkeit der Mantelmöwen auf den Verstorbenen gelenkt hat und somit der Mittäterschaft schuldig ist.“ Bubo nickte bei diesen Worten. Auch die anderen Anwesenden nickten zustimmend. Meerstern schwante nichts Gutes. Knöterich streckte sich selbstgefällig zu seiner vollen Größe.

„Das Urteil wird morgen früh im Morgengrauen vollstreckt. Und zwar durch einen Zweikampf auf Leben und Tod zwischen dem angeklagten Papageitaucher und einer Ratte meiner Wahl.“

Sofort lief ein aufgeregtes Flüstern durch den Raum.

„Ruhe!“ zischte Bubo. Er grinste Meerstern höhnisch an.

Knöterich fuhr fort: „Und die Ratte, die ich für diesen Zweikampf auswähle, ist der unbestrittene Meister der Küste, mein treuer Freund und Adjutant, der über den Ozean zu uns kam, um uns Aufschwung und Wohlstand zu bringen...“ Er machte eine kurze Pause. Meerstern schloß die Augen – tief in seinem Innern wußte er, was jetzt kommen würde. „...meine Wahl fällt auf die Ratte Bubo.“

Meerstern nahm kaum wahr, wie ihn Bilsenkraut wieder am Schwanz packte, umdrehte und in einen Seitengang schob. In diesem Augenblick war er keiner Empfindung mehr fähig.

Kapitel 9

Meerstern zuckte zusammen. Schon wieder hatte ihn Bubo, die schwarze Ratte, gepackt – doch diesmal unklammerte sie ihn so fest, daß ihm die Luft wegblieb. Er schrie.

„Das reicht jetzt da unten! Soll das ewig so weitergehen?"

Meerstern schreckte aus seinem Traum hoch. „Tut mir leid", rief er. „Ist es schon dunkel?"

„Ja, und wenn du morgen beim Kampf auch nur den Hauch einer Chance haben willst, solltest du jetzt schlafen. Aber komm mir nicht auf die Idee, den Schlafwandler zu spielen. Wir haben Befehl, dir sofort das Rückgrat zu brechen, wenn du deinen Schnabel zum Loch hinausstreckst."

Meerstern hörte die Wachen kichern, sehen konnte er sie nicht, dazu war es zu dunkel. Er war allein; ihn nervte der ekelhafte Rattengestank, der an ihm haften geblieben war, obwohl er sich immer wieder geputzt hatte. Es bedrückte ihn, daß er den Meister enttäuscht hatte. Mehr als einmal hatte er mit dem Gedanken gespielt, sich einen Tunnel aus der Höhle zu graben, in der er gefangen saß. Aber in welche Richtung hätte er graben müssen, um ans Meer zu gelangen? Es hatte keinen Sinn, auf gut Glück einen Versuch zu unternehmen. Das Risiko war zu groß. Womöglich würde er in Knöterichs Nest landen. Und das wäre sein sofortiger Tod.

Plötzlich war Bubo wieder da und griff nach ihm. Er packte noch fester zu als vorher, und diesmal versuchte er, Meerstern zu erwürgen.

„Verschwinde!" keuchte Meerstern. „Laß mich in Ruhe!"

„Im Namen der Finsternis, sei still!" zischte eine Stimme in sein Ohr. „Willst du, daß sie uns töten?" Die Stimme war so nah, daß Meerstern aus dem Schlaf hochfuhr. Es war kein Traum. Er wurde wirklich erdrückt, und zwar von einer Ratte – einer großen, stinkenden Ratte! Er schlug auf sie ein und versuchte, sie zurückzustoßen.

„He, du da unten, ich sage es dir jetzt zum letzten Mal – gib endlich Ruhe und schlaf! Es ist schon fast Mitternacht."

„Kein Wort!" befahl die Ratte neben Meerstern. „Sie dürfen nicht merken, daß ich hier unten bin." Meerstern wich vor den Schnurrhaaren in ihrem Gesicht zurück.

„Tut mir leid, daß ich dich so gedrückt habe. Es mußte sein."

„Wer bist du?" fragte Meerstern. „Und was willst du?"

„Ich will dich hier rausbringen", flüsterte die Ratte. „Dein Leben und das vieler anderer steht auf dem Spiel. Also hör genau zu, was ich dir sage."

„Aber . . ."

„Kein Aber . . . Fragen kannst du später stellen. Bleib jetzt dicht hinter mir und zieh den Kopf ein. Du kannst dich an meinem Schwanz festhalten. Wir dürfen keine Zeit verlieren."

„Und die Wachen?" gab Meerstern zu bedenken.

„Wir nehmen diesen Weg“, sagte die Ratte und rannte zur Rückwand der Höhle. Meerstern sah sich um – die Ratte war verschwunden. Er blinzelte in die Dunkelheit.

„Hier entlang!“ zischte eine Stimme aus dem hinteren Teil der Höhle. „Los, komm!“ Undeutlich machte Meerstern eine Pfote aus. Sie winkte aus einem schmalen, frisch gegrabenen Loch, das in einen Gang mündete.

„Aber ...“

„Sei still, Vogel, und komm! Es tut mir leid, daß es hier so eng ist, aber wir hatten nur wenig Zeit. Wir Ratten können nicht so gut graben wie ihr Vögel.“ Meerstern zwängte die Flügel durch die Öffnung. Als er mit den Füßen einen Halt suchte, lösten sich ein paar Steine und kullerten zurück in die Höhle.

„Vorsicht, sonst hören sie dich“, flüsterte die Ratte. Meerstern wollte den Schnabel öffnen, doch sie kam ihm zuvor: „Kein Wort mehr jetzt. Los!“ Sie drehte sich um und kroch den schmalen Gang entlang. „Es ist nicht weit. Folge mir, so schnell du kannst.“ Einen Augenblick später fand sich Meerstern in einer anderen Nisthöhle wieder. Die Ratte sah ihn an. Der Gestank war unerträglich.

„Es tut mir leid, aber ich mußte dich so schnell wie möglich herausschaffen. Ich heiße Zaunrübe. Ich soll dich zu unserem Anführer Seidelbast bringen.“ Meerstern sah, daß sie eine schöne Ratte war, trotz ihres schmutzigen Fells. Aber aus welchem Grund half sie ihm? Er wollte sie fragen, doch Zaunrübe hielt ihm mit ihrer sanften Pfote den Schnabel zu. Meerstern fuhr zurück. „Bitte, keine Fragen – jetzt noch nicht.“ Sie wirkte besorgt.

„Wir müssen über die Brücke zum Festland hinüber. Es könnte Schwierigkeiten geben, wenn die feindlichen

Wachen den Geruch eines Papageitauchers wittern. Deswegen habe ich mich an dir gerieben. Falls sie aufwachen, werden sie nur Rattengeruch wittern, so hoffe ich wenigstens. Vorhin, als ich herüberkam, haben sie noch fest geschlafen."

„Feindliche Wachen?"

„Komm jetzt, hinaus ins Freie", drängte Zaunrübe. „Bleib dicht hinter mir und gib keinen Laut von dir."

Meerstern nickte. War das auch nur ein Traum? Zaunrübe hastete durch die Nisthöhle, lauschte kurz und kroch dann hinaus in die Nacht. Meerstern stolperte hinter ihr her. Seine Gedanken überschlugen sich. Was ging hier vor?

Die Luft war kühl und roch nach dem Gestank in der Höhle angenehm frisch. Meerstern atmete tief durch, hielt sich aber dicht an Zaunrübes Schwanz und schlängelte sich hinter ihr durch das hohe Gras. Hinter jedem Büschel erwartete er, in das funkelnde Augenpaar einer Ratte zu blicken.

„Da drüben ist die Brücke", flüsterte Zaunrübe und schnupperte. „Los, komm!"

Sie suchten sich einen Weg zwischen den großen Felsbrocken, die überall verstreut lagen und im Sternenlicht glitzerten. Meerstern spürte scharfkantige Steine unter seinen Füßen. Sie schnitten in seine Schwimmhäute.

Dann lag sie plötzlich vor ihnen, die schmale Steinbrükke, die ins Unbekannte führte. Wie das Mondlicht, das über die Meeresrinne herüberstrahlte, so verband sie jetzt die Insel mit dem Festland. Sie hatte der Papageitaucherinsel Tod und Vernichtung gebracht. Meerstern wich einen Schritt zurück.

„In Seidelbasts Namen, komm!" zischte Zaunrübe und

zerrte ihn am Flügel. „Die Wachen schlafen, aber wer weiß, wie lange noch. Wenn sie erwachen, bevor wir die Brücke überquert haben, ist alles verloren!“

Vor ihnen lagen zwei Ratten auf dem Weg. Sie schliefen dicht aneinandergekauert. Ein eiskalter Wind blies von der aufgewühlten See über die steilen Felswände herauf und zauste ihre Felle. Meerstern überlief es kalt, als er das Rauschen des Meeres unter sich hörte.

„Die Goldene Königin schütze uns“, flüsterte er. Sie schoben sich dicht an den schlafenden Ratten vorbei und schlichen hinaus in den reißenden Wind auf der Brücke. Meerstern hatte plötzlich das Verlangen, zum Wasser hinunterzuflattern, doch die Wellen schlugen so drohend gegen den Felsen, daß er darauf verzichtete. Es wäre sein sicherer Tod gewesen.

Und dann waren sie auf der anderen Seite. Zaunrübe rannte voraus und tuschelte mit zwei anderen Ratten, die aus der Dunkelheit aufgetaucht waren.

„Wir sind bei Freunden“, rief sie Meerstern durch den Wind zu. „Trotzdem dürfen wir keine Zeit verlieren. Seidelbast erwartet uns hinter dem Hügel.“

Sie legte eine schnelle Gangart vor, und Meerstern hastete ihr nach, halb rennend, halb flatternd. Der Weg führte durch pfeifendes Schwingelgras, dann abwärts durch Farngestrüpp und schließlich über kurze Stoppeln, die Meerstern an den Füßen kitzelten. Noch während sie rannten, nahm Meerstern Düfte wahr, die süßer und schöner waren als alles, was er kannte. Sie wehten von großen Gräsern herab, die ganz anders waren als das rauhe Gestrüpp auf der Insel. Es waren breite, weiche Halme, die einen feuchten, köstlichen Geruch verströmten. Meerstern wollte niesen, um die

Nase freizubekommen. Der süße Duft kam ihm vor wie eine Warnung, nicht weiter landeinwärts zu gehen.

Aber er blieb nicht stehen. Er zwang seine müden Beine weiterzurennen, obwohl das Gras immer dichter wurde und er bei jedem Schritt fürchtete, hängenzubleiben und zu straucheln. Zaunrübe mit ihren vier Beinen kam schneller voran. Sie huschte vor ihm durch das Gras, bis sie irgendwann seinen Blicken entschwunden war. Meerstern kämpfte sich weiter und versuchte verzweifelt, sie einzuholen. Plötzlich verlor er den Halt, schlug einen Purzelbaum und glitt in die Tiefe ... tiefer und immer tiefer.

Kapitel 10

„Geht es ihm gut? Er ist ziemlich schwer gestürzt."

„Er ist etwas mitgenommen, aber wer wäre das nicht, wenn man ihn aus der Zelle holt und bei Nacht hierherschleppt. Der arme Kerl ist wahrscheinlich noch nie in seinem Leben so weit gelaufen."

„Da – er kommt zu sich."

Meerstern schlug die Augen auf. Er konnte in der Dunkelheit nichts sehen, aber er fühlte, wie Schnurrhaare nervös über sein Gesicht tasteten.

„Wo bin ich?"

„Du bist an Seidelbasts Hofe, mein Lieber", erklärte Zaunrübe. „Ich fürchte, deine Ankunft erfolgte etwas zu rasant. Ich hätte dich warnen sollen, daß der Eingang ziemlich steil ist. Aber jetzt will dich unser Rudelführer sehen."

„Du brauchst keine Angst zu haben, Kleiner. Wir wollen dir nichts Böses." Es war eine sanfte Stimme, die jetzt zu ihm sprach. „Ich weiß, du willst eine Erklärung von mir. Ich schlage vor, wir gehen nach draußen." Die Stimme verstummte. Nur Meersterns schwerer Atem erfüllte die stikkige kleine Kammer. „Meine Liebe, würdest du unseren kleinen Freund auf die Terrasse führen?"

Meerstern spürte Zaunrübes weiche Pfoten. Sie führten ihn durch ein Loch nach draußen, das kaum größer war als er selbst. Es war noch immer Nacht. Seine Füße versanken im trockenen Gras. Weiches weißes Licht fiel von oben durch die hohen Farnwedel, die sich leicht im Wind wiegten.

„Der Silberne Mond!" keuchte Meerstern, immer noch atemlos durch den Sturz.

„Wie bitte? Was hast du gesagt?" fragte Seidelbast, der Meerstern gefolgt war und sich nun neben ihn ins trockene Gras setzte.

„Oh, nichts, Herr", sagte Meerstern schnell. „Ich habe mich nur umgesehen."

„Tu das", sagte Seidelbast und sah Meerstern gütig an. „Es ist schön hier draußen. Hier wird uns niemand stören." Er war Knöterich nicht unähnlich, soweit sich Meerstern erinnerte, vielleicht etwas größer, aber gewiß nicht so träge. Seidelbast zwirbelte mit geübter Pfote seine Schnurrhaare und lehnte sich zurück.

„Sicher fragst du dich, weshalb wir dich hierhergebracht haben?"

„Ja, Herr", erwiderte Meerstern zögernd. Seidelbast hob die Pfote.

„Du brauchst mich nicht mit ‚Herr' anzureden", sagte er sanft. „Meine Freunde nennen mich ‚Rudelführer', und ich zweifle nicht daran, daß wir Freunde werden." Meerstern blinzelte.

„Das Schicksal hat euch Papageitauchern in den letzten Tagen übel mitgespielt, hm?" Meerstern sah auf. „Und mir leider auch", murmelte Seidelbast. „Aber ich glaube, es gibt da einen Weg, wie wir einander aus unseren Schwierigkeiten helfen können. Wie würde dir das gefallen?"

„Sehr gut, Herr – äh, Rudelführer", stotterte Meerstern. „Aber ich begreife nicht, was du für ein Interesse daran hast, mir zu helfen."

Seidelbast hob die Pfote. „Dazu kommen wir später. Im Moment gibt es Wichtigeres zu klären." Er faltete die Pfoten.

„Ich kenne dein Problem, aber bevor ich dir sage, wie man es meiner Meinung nach lösen könnte, will ich dir von meinem erzählen." Meerstern wurde ruhiger. Der Anführer der Ratten zwirbelte die Schnurrhaare und blickte durch die Farnwedel zu den Sternen hinauf.

„Wie du weißt, heiße ich Seidelbast. Ich habe die Ehre, ein hervorragendes Rudel Ratten zu führen. Einige von ihnen hast du ja unglücklicherweise bereits kennengelernt."

„Aber Zaunrübe war sehr rücksichtsvoll", warf Meerstern schnell ein. Seidelbast hob die Pfote.

„Du mißverstehst mich, Kleiner", sagte er geduldig. „Gewiß, daß du meiner Gefährtin begegnet bist, könnte sich noch als besonderer Glücksfall für dich erweisen. Aber sie habe ich nicht gemeint. Nein, ich rede von Knöterich und seiner Bande, den Ratten auf der Papageitaucherinsel. Du weißt es vielleicht noch nicht – wie solltest du auch –, aber sie gehören auch zu meinem Rudel."

Meerstern erstarrte. Seidelbast tat so, als habe er es nicht bemerkt.

„Ich weiß, das kommt dir seltsam vor, denn sie haben dich sehr schlecht behandelt. Aber etwas anderes wird dir noch seltsamer vorkommen: Knöterich ist keine böse Ratte, er ist nur in schlechte Gesellschaft geraten. Er ist übrigens mein Neffe.

Wir haben hier lange in Frieden gelebt. Drüben in der Menschensiedlung gibt es immer viel Korn um diese Jahreszeit. Wir können uns vermehren und unseren Bestand sichern. Wir genießen einen Luxus, von dem meine Vorfahren – sie mögen in Frieden ruhen – nur träumen konnten." Für einen Augenblick schien er den Faden verloren zu haben. Dann sah er auf Meerstern hinunter.

„Du mußt wissen, daß wir bei Ihr noch nie in besonderer Gunst standen. Von Beginn an, als die Territorien verteilt wurden, fühlten wir uns übergangen. Doch wenn Sie zufrieden war, waren auch wir zufrieden. Wir besiedelten ein Land und begnügten uns mit dem, was alle anderen verschmähten. So haben wir es bis heute gehalten.

Es gibt keinen Flecken auf der Erde, den unsere Art noch nicht kolonisiert hätte, so heißt es zumindest. Wie mein Vater mir erzählte, zog unser Rudel hierher, um den Füchsen aus dem Weg zu gehen, die vor ein paar Jahren plötzlich Jagd auf uns machten. Das war, als die Kaninchen sich aufblähten und starben. Auch uns hätte es erwischen können, aber wir ließen es nicht soweit kommen. Wenn es Probleme gibt, ziehen wir weiter. Das ist die einzig richtige Antwort." Seidelbast nickte und sann einen Augenblick über die Weisheit seiner Bemerkung nach. Dann wandte er sich wieder an Meerstern.

„Vor vielen Jahren mußten meine Vorfahren in den heißen, trockenen Ländern jenseits der südlichen Meere leben. Die Legende erzählt, daß sie in großen, graslosen Wüsten wohnten und eine Kälte ertragen mußten, die nachts Wasser in Stein verwandelte. Und tagsüber soll es so heiß gewesen sein, daß sie sich auf dem Boden die Pfoten verbrannten." Seidelbast unterbrach sich, als er Meersterns Verwirrung bemerkte.

„Entschuldige, ich bin etwas vom Thema abgekommen." Er sah wieder in den Nachthimmel. „Wie gesagt, wir lebten hier zufrieden – bis zu dem Schiffsunglück." Er sah Meerstern an. „Weißt du was Schiffe sind?" Meerstern wollte antworten. „Natürlich weißt du es – die Dinger, mit denen die Menschen über die Meere reisen. Nun, manchmal gehen sie zwar unter, aber mit ihrer Hilfe konnten auch wir Ratten die Weltmeere überqueren." Seine Augen glänzten vor Stolz, und voller Genugtuung über diese Leistung nickte er mit dem Kopf. Dann besann er sich wieder und fuhr fort: „Den Schiffen verdanken wir unser Leben. Nicht schlecht, wenn man bedenkt, daß wir ganz klein auf der zentralen Landmasse angefangen haben, nicht wahr? Heute bevölkern wir den gesamten Erdball."

Meersterns Aufmerksamkeit wurde durch Zaunrübe abgelenkt, die aus der Dunkelheit aufgetaucht war und zu Seidelbast ging. Sie flüsterte so laut, daß Meerstern sie verstehen konnte. „Wenn du so weiterfaselst, wird es bald nichts mehr geben, wofür du dich bedanken kannst", zischte sie ihm ins Ohr. „Manchmal hast du den Verstand eines Mäusejägers. Wir müssen schnell handeln. Es geht um Leben und Tod." Sie drehte sich um und merkte, daß Meerstern mitgehört hatte: „Unser Rudelführer ist so stolz auf die Leistungen früherer Jahre, daß er darüber manchmal vergißt, was als nächstes getan werden muß", meinte sie lächelnd. Doch ihr kalter Blick strafte ihre sanften Worte Lügen, als sie gleich wieder ihren Gefährten anfuhr: „Machst du weiter, oder soll ich für dich reden?" Seidelbast hob beschwichtigend die Pfote.

„Ich fürchte, meine Gefährtin hat recht", sagte er nachdenklich und wandte sich wieder Meerstern zu. „Ich habe dich viel zu lang mit meinen Geschichten aufgehalten. Es wird Zeit für dich, zurückzukehren."

Meerstern fuhr auf. „Zurückkehren? Wohin zurück?"

„Oh, nicht für lange", sagte Seidelbast freundlich, „nur bis morgen."

„Zur Papageitaucherinsel? Zurück in mein Gefängnis?" Meerstern zitterte.

„Ja, ja", antwortete Seidelbast und hob abwehrend die Pfote. „Aber laß mich ausreden. Du wirst sehen, daß die Dinge nicht so schlecht stehen, wie es jetzt den Anschein hat, vorausgesetzt natürlich, wir werden uns einig."

„Einig?" fragte Meerstern ungläubig. „Einig worüber?" Seine Beine knickten unter ihm weg, und das unvertraute Gras stach ihn in den Bauch. „Wozu hast du mich gerettet, wenn du mich jetzt dorthin zurückschickst, wo mich der sichere Tod erwartet?" Geistesabwesend knabberte er an dem störenden Gras.

„Das tue ich keineswegs", schnaubte Seidelbast.

„Warum läßt du mich dann nicht gehen und aufs Meer hinausschwimmen?" Der Duft des Grases verursachte ihm Übelkeit.

„Im Namen der Finsternis, sag es ihm endlich", seufzte Zaunrübe verärgert. „Sonst stehen wir noch im kalten Tageslicht hier."

Seidelbast seufzte und hob wieder die Pfote, um seine Gefährtin zu beruhigen. Er holte tief Luft, seufzte noch einmal und starrte Meerstern an: „Wäre das gerecht? Zaunrübe riskiert ihr Leben für dich, und du glaubst, du brauchst nichts dafür zu tun?"

Meerstern brachte keinen Ton heraus. Wut und Enttäuschung stiegen in ihm auf.

Seidelbast setzte sich auf und rieb sich die Pfoten: „Und ganz davon abgesehen: Hat dir denn jemand versprochen, daß du gerettet wirst, hm?“ Er pflückte Grashalme aus seinem Fell. Meerstern lief es kalt den Rücken herunter. Freundliche Ratten – das wäre zu schön gewesen, um wahr zu sein.

„Nehmen wir mal an, ich tue nicht, was du von mir verlangst?“ hörte er sich fragen.

Seidelbast schaute auf, widmete sich aber gleich wieder seiner Körperpflege: „Du weißt doch noch gar nicht, worum ich dich bitten möchte. Willst du mir nicht erst einmal zuhören?“

„Ich werde davonlaufen“, platzte Meerstern heraus.

„Ich bin schneller als du“, entgegnete Seidelbast.

„Dann fliege ich.“

Seidelbast sah ihn an: „Wenn du fliegen könntest, mein gefiederter Freund, wärst du schon lange nicht mehr hier.“ Er lächelte und zeigte die Zähne. „Können wir nicht Freunde werden? Du hast nichts mehr zu verlieren, aber alles zu gewinnen.“

„Was soll ich denn tun?“ wollte Meerstern wissen.

„Du wirst mir nicht glauben“, sagte Seidelbast und strahlte, „aber ich will nur, daß du die Papageitaucher in der nächsten Brutzeit von der Insel fernhältst. Du sollst aufs Meer hinaus und ihnen sagen, daß sie nicht zurückkommen dürfen!“

„Aber genau das wollte ich doch tun!“

„Natürlich, mein Lieber“, lachte Seidelbast. „Habe ich dir nicht gesagt, daß wir einander helfen können?“

„Aber warum nicht schon heute nacht?“

„Weil sonst herauskommen könnte, daß wir dir geholfen

haben. Das würde meinen ganzen Plan durchkreuzen", sagte Zaunrübe scharf. „Ich meine Seidelbasts Plan", verbesserte sie sich schleunigst, als sie sah, daß ihr Gefährte Unbehagen zeigte.

„Was für einen Plan?" fragte Meerstern mutlos.

„Wenn du mich vorhin nicht unterbrochen hättest, wüßtest du schon längst Bescheid", sagte Seidelbast ärgerlich.

„Dann erzähl!" erwiderte Meerstern genauso ärgerlich.

„Gerne, aber keine Unterbrechungen, wenn ich bitten darf. Es wird bald hell." Meerstern versprach es. Seidelbast setzte sich zurück ins Gras. Zaunrübe stieß einen lauten Seufzer aus, blickte zu den Sternen und faltete die Zehen ihrer Vorderpfoten zu einer festen rosa Kugel.

„Nun, wie ich schon sagte, hat sich da unten vor dem Strand ein Schiffsunglück ereignet. Das Schiff war nicht sehr groß. Später erfuhr ich, daß die Menschen diese Art von Schiffen nur benutzen, um sich von größeren Schiffen zu retten, wenn diese im Meer versinken. Mein Stellvertreter Panthrax entdeckte es, als es an Land trieb. Wir gingen zusammen hinunter, um es uns anzusehen. Wunderbare Düfte stiegen uns in die Nasen. Es mußte etwas Kostbares geladen haben. Aber ein anderer Geruch war noch stärker – meine Nackenhaare stellten sich auf. Es war der Geruch fremder Ratten.

Du wirst es nicht wissen, aber wir Ratten haben keine besonders scharfen Augen. Wir verlassen uns lieber auf unsere Tasthaare und unsere Nasen. Wenn wir einen Fremden in unserem Territorium wittern, der nicht zu unserem Rudel gehört, machen wir kurzen Prozeß. Die meisten Eindringlinge suchen sofort das Weite, wenn sie uns erblicken. Sie wissen, daß wir jedem, der sich hier herumtreibt, das Genick brechen, besonders wenn wir Weibchen mit Jungen haben.

Aber hier standen wir vor einer völlig neuen Situation. Der Geruch fremder Ratten war in unser Territorium eingedrungen, doch die Ratten selbst blieben in ihrem Territorium – auf dem Boot. Keiner von uns wollte es unbefugt betreten, und die auf dem Boot wollten nicht an Land kommen.

Doch Panthrax ließ es keine Ruhe. Das Futter an Bord roch zu verlockend. Er meinte, die Ratten könnten mit den Menschen untergegangen sein und nur ihren Geruch hinterlassen haben. Also kletterte er auf das Boot und sprang hinein.

Ein unbeschreiblicher Lärm brach los, so etwas hast du noch nicht gehört. Ich dachte, eine Wildkatze hätte ihn gepackt. Na ja, um es kurz zu machen, es war nur eine Ratte an Bord – die größte Ratte, die wir je gesehen hatten. Vom sicheren Boot aus rief sie zu uns herüber und schlug vor, Panthrax am Leben zu lassen und das Futter mit uns zu teilen – und es war eine ganze Menge an Bord, wie Panthrax uns zurief. Als Gegenleistung sollten wir sie in unser Rudel aufnehmen. Ich willigte ein. Die fremde Ratte kam also an Land, und schon bald war ihr Geruch von unserem nicht mehr zu unterscheiden – sie war ein Mitglied des Rudels geworden.

Eine Zeitlang ging alles sehr gut, bis ich eines Tages feststellte, daß der Neue versuchte, sich bei meiner Familie einzuschmeicheln. An dieser Stelle sollte ich vielleicht einflechten, daß die Familie des Anführers in einem Rattenrudel gewöhnlich auch den nächsten Anführer sowie dessen sämtliche Nachfolger stellt. Der Eindringling wußte das natürlich, und ich war davon überzeugt, daß er darauf aus war, sich mit einer meiner Töchter zu paaren, um sich im Rudel eine gute Position zu sichern.

Ich warnte ihn, und er schien sich zu fügen. Dann aber stellte ich fest, daß er ständig mit meinem Neffen Knöterich zusammensteckte. Knöterich ist leider kein besonders heller Kopf. Wie ich später erfuhr, trieben sie sich häufig unten an der Küste herum, und die fremde Ratte erzählte Knöterich Geschichten von ihrem Leben in Übersee. Angeblich hatte sie dort in einer großen Menschensiedlung gewohnt, in der es nie Nacht wurde.

Jedenfalls fand Knöterich mehr und mehr Gefallen an der Idee, eines Tages selbst den Ozean zu überqueren. Er wurde der großen, fremden Ratte immer höriger, und sie überschüttete den dummen Kerl bei jeder sich bietenden Gelegenheit mit Lob, und wenn er nur eine lahme Heckenbraunelle gefangen hatte." Seidelbast lächelte verlegen: „Ich will niemanden beleidigen, versteh mich nicht falsch, aber von irgend etwas müssen wir schließlich alle leben." Meerstern nickte.

„Schon bald hatten sie eine eigene Bande um sich versammelt, mit der sie die Gegend durchstreiften. Junge Ratten, die bei den Weibchen keinen Erfolg hatten, und dann natürlich Weibchen, die nicht viel besser waren – du verstehst schon.

Schließlich mußte ich dem Treiben ein Ende machen und sie zur Ordnung rufen. Der Zusammenhalt im Rudel schien in Gefahr. Das war vor zwei Tagen, und was dann geschah, brauche ich dir ja nicht zu sagen. Panthrax erzählte mir von dem Felsen, der über die Meeresrinne gestürzt war. Außerdem hatte er belauscht, daß die fremde Ratte Knöterich dazu überredete, eine Gruppe junger Ratten auf die Insel zu führen und nachzusehen, was dort zu holen sei. Natürlich handelten sie ohne Befehl. Ich schickte Panthrax hinüber, um sie zurückzuholen. Doch da war es bereits zu spät. Sie hatten die Bruthöhlen deines Schwarms gestürmt und kurzen Prozeß gemacht. Vollgefressen und selbstzufrieden lachten sie Panthrax hämisch ins Gesicht und erklärten, sie seien jetzt frei und könnten tun und lassen, was ihnen beliebt."

„Aber Panthrax ist tot", sagte Meerstern.

„Ich weiß", sagte Seidelbast traurig. „Sie behaupten, die Mantelmöwen hätten ihn erwischt, doch ich habe den Verdacht, daß da mehr dahintersteckt."

„Aber Panthrax ist nicht zurückgekommen. Woher weißt du, was ihm zugestoßen ist?"

„Wie, glaubst du, habe ich von dir erfahren? Ich habe natürlich meine Spione drüben – Ratten, die mir treu ergeben sind. Sie haben Knöterich weisgemacht, sie wollten sich ihm anschließen. Diese Spione werden dir morgen früh helfen, seiner Bande zu entkommen und aufs Meer zu fliehen."

Meerstern zitterte. „Ich muß also wirklich zurück?"

„So leid es mir tut. Wenn du dich weigerst, mir zu helfen, muß ich dich töten und zur Brücke schaffen lassen. Einer meiner Spione wird Knöterich sagen, er habe dich bei einem Fluchtversuch erwischt."

Meerstern seufzte. „Und was ist mit dem Meister? Was haben sie mit ihm gemacht?"

„Nichts", erwiderte Seidelbast. „Er lebt, und sie wollen ihn auch am Leben lassen. Sie sind überzeugt, daß du den morgigen Zweikampf nicht überleben wirst und dann keiner mehr da ist, der die Papageitaucher vor einer Rückkehr nächstes Jahr warnen könnte. Und wenn sie dann zurückkommen, werden sie den Meister friedlich vor seiner Bruthöhle sitzen sehen und das als Zeichen werten, daß sie ohne Gefahr landen können."

„Und dann?“

„Attacke! Sofort nach der Landung werden die Ratten über sie herfallen und sie zermalmen. Sie werden ihre Speisekammern auffüllen, die säugenden Weibchen füttern und bald darauf neue Junge in die Welt setzen. Noch vor Mitte nächsten Jahres werden sie so stark sein, daß sie uns angreifen können.“

„Sie müssen uns Papageitaucher wirklich für dumm halten“, sagte Meerstern zornentbrannt.

„Leider ja“, erwiderte Seidelbast.

„Wir sind aber nicht dumm! Wenigstens nicht alle! Wie komme ich aufs Meer?“

„Alles zu seiner Zeit“, warnte ihn Seidelbast. „Zuerst muß ich dir noch den Rest des Plans erklären.

Wenn die Ratten da drüben merken, daß die Papageitaucher nicht zurückkommen, werden sie weniger Junge in die Welt setzen und hoffentlich irgendwann ganz damit aufhören – von Luft allein können sie schließlich nicht leben. Und wenn meine Rechnung aufgeht, wird sie der Hunger aufs Festland treiben. Ich nehme sie wieder in mein Rudel auf, und zwar zu meinen Bedingungen.“ Zaunrübe stöhnte.

„Aber warum läßt du mich nicht sofort gehen? Du könntest der fremden Ratte sagen, daß die Papageitaucher nicht zurückkehren werden. Dann muß sie nachgeben“, schlug Meerstern vor.

Seidelbast schüttelte den Kopf. „Du kennst ihn nicht. Er macht keinen Rückzieher. Wir müssen warten, bis ihn die Lebenskräfte zum Einlenken zwingen, und das beste Mittel ist immer noch ein leerer Magen. Aus diesem Grund dürfen die Papageitaucher nicht zurückkehren.“

„Und wenn sie es doch tun, bedeutet das nicht nur für sie,

sondern auch für uns das Ende“, warf Zaunrübe ein. Sie stand auf und reckte sich. „Jede Ratte, die drüben auf der Insel zur Welt kommt, riecht anders als wir. Wenn sie ihren Nachwuchs großgezogen haben und ihre Jungen gegen unsere antreten, wird es ein Blutvergießen geben, wie wir es noch nie erlebt haben.“ Seidelbast nickte bestätigend.

„Wenn er wirklich so ist, wie du glaubst, wird er nie zurückkommen“, meinte Meerstern.

„Es gibt keine andere Möglichkeit“, sagte Zaunrübe entschieden. „Auch ein Bubo kann sich nicht über die Lebenskräfte hinwegsetzen.“

„Bubo? Hast du Bubo gesagt? Das ist die Ratte, gegen die ich morgen früh kämpfen sollte“, jammerte Meerstern.

„Nicht sollte, du *wirst* gegen sie kämpfen“, sagte Seidelbast und erhob sich. „Aber du brauchst keine Angst zu haben. Unsere Spione auf der Insel sind in diesem Moment dabei, alle notwendigen Vorkehrungen zu treffen. Du mußt nur Augen und Ohren offenhalten. Den Rest erledigen sie.“

Kapitel 11

Meerstern zog die letzte Schwanzfeder durch den Schnabel und putzte sich noch einmal gründlich am ganzen Körper. Dann brachte er wieder Ordnung in seine Federn. Als er sie endlich wie einen Fächer aufstellte und unter Schwanzwackeln wieder zurückschnappen ließ, lag eine fein säuberlich über der anderen.

Seit ihn Zaunrübe über die Brücke in seine Gefängnishöhle zurückgebracht und das Loch in der Rückwand wieder mit Erde aufgefüllt hatte, war er nicht untätig gewesen. Er hatte sich geputzt und eingefettet, um den verräterischen Rattengeruch loszuwerden.

Doch seine Hochstimmung war verflogen. Beim ersten Lichstrahl, der am Morgen durch den Gang in die Höhle fiel, fragte er sich, ob er die Ereignisse der letzten Nacht nicht bloß geträumt hatte. Geträumt? Allein der Gedanke machte ihn noch nervöser, als er ohnehin schon war.

Zwei Ratten begrüßten einander vor der Höhle, und dann vernahm Meerstern Bilsenkrauts unverwechselbares Schniefen. Ein Gesicht schob sich vor den Eingang und verdunkelte die Höhle. „Los!“ rief eine bekannte Stimme. „Rauskommen, aber ein bißchen plötzlich!“

Meerstern sprang auf. Er fühlte, daß er sich ins Unvermeidliche fügen mußte. Und das gab ihm plötzlich den Mut, den Kampf durchzustehen.

„Guten Morgen, Vogel“, schniefte Bilsenkraut, als Meerstern ans Licht trat. „Ich hoffe, du hast gut geschlafen? Die Wachen sagen, du hast dich nicht gemuckst.“ Meerstern fixierte Bilsenkraut. Hatte die Ratte Verdacht geschöpft?

„Na ja, ist auch gut so“, rief eine Stimme. Die zweite Ratte, die gestern bei Meersterns Festnahme geholfen hatte, kam gerade hinter einem Grasbüschel hervor. „Hoffen wir, daß er Kräfte gesammelt hat.“ Sie sprang Meerstern vor die Füße, grinste und drehte sich um. Über die Schulter rief sie: „Folge mir, Vogel! Ich führe dich in die Arena. Bilsenkraut, nimm seinen Schwanz.“

Vor diesem Augenblick hatte es Meerstern gegraut. Er hielt die Luft an, als die schniefende Ratte die Schnauze in seine Schwanzfedern steckte. Bilsenkraut murrte vor sich hin. Wenn er doch nur still wäre, dachte Meerstern. Da wurde aus dem Murren ein Flüstern. Es übertönte kaum den Wind, der über die Gräser strich: „Ich weiß, daß es weh tut. Geh einfach vor mir her. Ich tue so, als hätte ich dich fest am Schwanz.“ Meerstern traute seinen Ohren nicht und drehte sich halb um.

„Sieh nach vorn, Vogel!“ befahl Bilsenkraut und packte Meersterns Schwanz. Meerstern kreischte vor Schmerz.

„Macht er wieder Zicken?“ fragte die andere Ratte. „Zeig ihm, wer hier das Sagen hat!“

„Wage ja nicht noch einmal, dich umzudrehen“, knurrte Bilsenkraut und fügte flüsternd hinzu: „Geh einfach nur geradeaus, und hör mir gut zu. Eine falsche Bewegung, und es ist aus mit uns." Meerstern schluckte schwer. „Hinter dem nächsten Felsen liegt die Arena. Zuerst wird Bubo seine Schau abziehen. Alle abtrünnigen Ratten werden da sein, und Bubo kann einfach nicht widerstehen, wenn er Publikum hat. Bevor es ernst wird, wird dich ein anderer Spion Seidelbasts ansprechen." Meerstern rang nach Luft. Er hatte die Ereignisse der Nacht also nicht geträumt. „Aber merke dir: Wenn er dir Anweisungen gibt, mußt du sie sofort befolgen, egal, was es ist! Sofort, verstehst du? Dein Leben hängt davon ab!" Meersterns Herz schlug höher. Er konnte nicht anders – er mußte sich umdrehen. Bilsenkraut hustete und nieste gleichzeitig los.

„Augen nach vorn, Vogel!" keuchte er. „Kannst du nicht hören?" Meerstern fing ein verschwörerisches Augenzwinkern seines merkwürdigen Verbündeten auf und sah wieder nach vorn.

Er folgte der ersten Ratte flink über eine Bodenerhebung. Sie fiel auf der anderen Seite steil in eine Mulde ab, die in der Mitte von Gras und Steinen gesäubert worden war. Drumherum saßen dichtgedrängt und lärmend mehr Ratten, als Meerstern zählen konnte. Es schnürte ihm die Kehle zu.

„Aus dem Weg!" befahl die erste Ratte. „Zurück! Macht Platz!" Sie schnappte nach denen, die nicht schnell genug zur Seite sprangen. Erschreckt wichen sie zurück, traten dabei aber auf ihre Nachbarn und handelten sich dafür Bisse ein. Die erste Ratte drehte sich zu Meerstern um: „Vorwärts! Nicht trödeln!" Bilsenkraut gab ihm einen Stoß.

„Vergiß nicht – Augen und Ohren offenhalten!" zischte er. „Denk daran!" Meerstern sah sich um, aber Bilsenkraut war bereits in der Menge verschwunden, die jetzt nach vorn drängte, um die entstandene Lücke wieder zu schließen. Behaarte Schnauzen schnüffelten an Meersterns Beinen. Jeder Fluchtversuch war aussichtlos.

„Freunde, meine lieben Freunde“, übertönte eine Stimme den Lärm. Sie kam vom Rand der Arena, wo Knöterich auf einem Grashaufen thronte, flankiert von zwei riesigen Ratten. Eine war Bubo. Sein schwarzes Fell hob sich glänzend gegen das Gras ab. Knöterich richtete sich auf und bat die Zuschauer mit erhobener Pfote um Ruhe. „Meine lieben Freunde“, wiederholte er. Der Lärm ebbte ab. Knöterich räusperte sich.

„Bevor der Kampf beginnt, habe ich eine wichtige Mitteilung zu machen. Ich möchte bekanntgeben, daß ich heute morgen einen neuen Stellvertreter ernannt habe, – jemand, der sogar noch größer ist als unser lieber dahingegangener Panthrax, und der mir bei der Führung des Rudels auf der Papageitaucherinsel zur Seite stehen wird.“ Knöterich blickte strahlend in die Runde. „Ich weiß, daß ihr ihn ebenso schätzt wie ich. Ich spreche von unserem lieben Freund, der über den großen Ozean zu uns gekommen ist und nachher gegen den gefangenen Papageitaucher antreten wird.“ Er machte eine Pause und kostete den Augenblick aus. Dann verkündete er triumphierend: „Hier ist er: mein geschätzter Kamerad, Kommandant Bubo!“

Die große Ratte sprang auf, und die Zuschauer kreischten vor Entzücken. Bubo sprang mit einem Satz in die Arena. Meerstern fühlte, wie seine Beine nachgaben.

„Der Kampf beginnt!“ schrie Knöterich durch den Jubel. „Auf daß der Bessere gewinne!“

Bubo trappelte in die Mitte der Arena, setzte sich auf die

Hinterbacken und glättete mit geübter Pfote die Schnurrhaare an seiner Schnauze. Meerstern zupfte geistesabwesend an einem Grashalm vor seinen Füßen. Dann, ohne jede Vorwarnung, spürte er einen heftigen Schlag am Ohr – Bubo war herübergesprungen, hatte ihn geohrfeigt und trabte schon wieder zur Mitte zurück. Er badete sich im Jubel der Menge. Meerstern rappelte sich auf. Wieder preschte die Ratte vor, doch diesmal war Meerstern darauf gefaßt. Bubo ballte die rosa Pfoten, doch der kleine Vogel tauchte unter den Fäusten weg. Gerade als die riesige Ratte an ihm vorbeischoß, fuhr Meerstern herum, schnappte blitzschnell nach ihrem Schwanz und biß fest zu.

Bubo heulte vor Schmerz auf.

Die Menge wurde unruhig. Knöterich zischte Meerstern feindselig an, und sofort stimmten alle anderen ein.

Bubo war am Rande der Arena zu Fall gekommen, kurz vor der ersten Zuschauerreihe. Jetzt richtete er sich wieder auf. Er drehte sich um und funkelte seinen Gegner an. Seine Schnurrhaare wirbelten.

„O nein, das hätte ich nicht tun sollen", hauchte Meerstern und wich zurück. „Jetzt tötet er mich."

„Nein, das wird er nicht tun." Die Stimme kam aus der Reihe hinter ihm. Er drehte sich um und wäre fast in die Menge gestolpert. Wieder ertönte das Flüstern, diesmal dicht an seinem Ohr. „Siehst du Bilsenkraut da drüben vor der Menge? Wenn ich *jetzt* sage, rennst du so schnell wie möglich zu ihm hinüber. Achte nicht auf Bubo, ganz gleich, was er tut!" Meerstern schluckte. War das alles? Gut, er sah Bilsenkraut auf der anderen Seite der Arena, aber was konnte ihm das nützen? Gleich würde Bubo ihn töten!

Die große Ratte kam langsam und vorsichtig näher.

„Diesmal kriegt er mich", murmelte Meerstern und plusterte seine Federn auf.

„Nein, das wird er nicht", flüsterte die Stimme, „weil du zu Bilsenkraut rennen wirst . . . *jetzt*."

Das letzte Wort klang so gebieterisch in Meersterns Ohr, daß er schon unterwegs war, bevor er wußte, wie ihm geschah. Er rannte direkt auf Bilsenkraut zu. Bubo beschleunigte seine Schritte und schnitt ihm den Weg ab. Einen Moment lang stand er unbeweglich auf allen vieren, doch dann, offenbar verunsichert durch den direkten Angriff, wich er einen Schritt zurück. Aber Meerstern rannte unbeirrt auf ihn zu. Jetzt faßte Bubo wieder Mut und stellte sich auf die Hinterpfoten. Er zeigte seine Zähne und ballte die Vorderpfoten, um den Angreifer zu empfangen.

„Und jetzt?" keuchte Meerstern. „Ich renne ihm geradewegs in die Klauen."

Im nächsten Augenblick spürte er einen heftigen Stoß gegen die Brust. Und gleich darauf noch einen. Seine Beine sackten unter ihm weg, alles wurde schwarz. Er taumelte, und dann wurden ihm die Flügel in die Seiten gerammt, Schläge prasselten auf seinen Kopf. Er verlor das Gleichgewicht. Er spürte, daß er fiel. Dann erhielt er einen Stoß, der ihm den letzten Rest Luft nahm. Er war auf dem Boden aufgeschlagen.

Er stöhnte und keuchte. Das Geschrei der Ratten steigerte sich zu einem schrillen Pfeifen, doch es drang nur schwach an sein Ohr.

„Ich sterbe", jammerte er. „Goldene Königin, ich sterbe." Er versuchte, die Flügel zu bewegen. Sie gehorchten ihm nicht. Er schlug die Augen auf, doch er konnte nichts sehen. „Ich muß . . . ich muß schon tot sein."

Dann wurde das Geschrei der Ratten wieder lauter. Es dröhnte in seinem Kopf. Aber – er schüttelte ja den Kopf! Er konnte also nicht tot sein! Und wie er den Kopf schüttelte, bemerkte er direkt über sich ein grelles Licht – einen scharfen dünnen Strahl, der vor seinen Augen auf und ab tanzte. Und dann regneten große Tropfen auf ihn herab. Regentropfen waren es nicht, nein, sie waren hart und prallten von ihm ab. Sie schmerzten noch mehr als Bubos Schläge.

„Wenn er glaubt, er kann uns entwischen, dann täuscht er sich gewaltig", brüllte eine Stimme über ihm. Meerstern erkannte sie sofort – es war Knöterichs Stimme. Er sah nach oben. Kein Zweifel, das war Knöterich, der aus dem Lichtkreis weit oben auf ihn herunterglotzte. „Es ist zu steil, um dir nachzuklettern. Trotzdem bist du so gut wie tot, als hätte dir Bubo das Genick gebrochen." Knöterich blickte zur Seite, und Meerstern sah, daß er den anderen Ratten Zeichen gab, die sich oben um das kleine Loch in der Arena versammelt haben mußten.

„Los, Kameraden, begrabt ihn lebendig!" schrie Knöterich.

Meersterns Augen gewöhnten sich allmählich an die Dunkelheit. Er war in einen senkrechten, mehrere Flügelspannen tiefen Schacht gefallen, und er lebte – die Schmerzen am ganzen Körper ließen daran keinen Zweifel. Aber wozu hatte sich Seidelbast all die Mühe gegeben, wenn sie ihn jetzt bei lebendigem Leib begruben? Denn die Bruthöhle einer Papageitaucherfamilie war das nicht, worin er steckte. Der Schacht war zu tief und zu steil. Und die Kratzspuren an der Wand stammten ohne Zweifel von den Krallen einer Ratte. Da wurde es dunkel über ihm. Er sah nach oben, zog aber sofort wieder den Kopf ein. Große, harte Erdklumpen hagelten von oben herab, begleitet vom dumpfen Jubelgeschrei der Ratten. Panische Angst überfiel ihn. Mit aller Kraft stemmte er sich gegen das drückende Gewicht. Dann prasselte eine zweite Ladung auf ihn nieder. Er bekam keine Luft mehr. Verzweifelt tastete er mit dem Schnabel nach einem Ausweg.

„Ich werde nicht sterben!“ keuchte er. „Ich werde nicht zulassen, daß sie unseren Schwarm vernichten!“ Ein dritter Hagel folgte. Er verlor das Gleichgewicht und fiel auf die Seite. Da bekam er etwas Luft in die Lungen. Sie war kühl – und frisch.

Frische Luft? Meerstern kämpfte, um wieder auf die Beine zu kommen. Er stieß gegen die Seitenwand. Erde bröckelte ab, und dann sah er es, überglücklich. Es drang durch einen schmalen Gang zu ihm herein, und mit ihm die würzigste Meeresluft, die er je geatmet hatte – das wundervolle Licht der Goldenen Königin.

„Goldene Königin, ich bin gerettet!“ stieß er hervor und zwängte sich durch den Spalt in den langen Tunnel. Überall an den Wänden entdeckte er Spuren von Krallen, während er dem Licht am anderen Ende zustrebte.

„Gesegnet seien Seidelbasts Spione!“ brummte er und kämpfte sich vorwärts. Der Tunnel war noch enger als der, den Zaunrübe letzte Nacht gegraben hatte, doch es störte ihn nicht. Er war außer sich vor Freude, daß es überhaupt einen Tunnel gab.

Als er das letzte Stück zurücklegt hatte und auf einen sicheren Felsvorsprung hinaustrat, bot sich ihm ein überwältigender Anblick. Er mußte laut schreien. Der Tunnel mündete in eine kleine Nische mitten in einer glatten Felswand. Hier konnte ihn kein Landbewohner entdecken. Er sprang vom Felsen und flatterte hinunter zum Meer.

Mit schnellen Stößen drückte er seinen kleinen Körper unter Wasser und schoß in die Tiefe, nur weg vom Land. Erst als er meinte, seine Lungen müßten platzen, tauchte er wieder auf und wagte einen Blick zurück.

Die Insel hob sich scharf gegen den Morgenhimmel ab, dessen fahles Grau sich landeinwärts in ein wärmeres, freundliches Rosa verfärbte. Meerstern drehte sich um und sah auf das Meer hinaus. Goldene Strahlen kamen vom Horizont herüber.

„Die Goldene Königin sei gelobt!" jauchzte er. „Sie mag vergeben, daß ich je an Ihr gezweifelt habe!"

Kapitel 12

Welch bezaubernd schöner Platz das Meer doch war – eine flüssige Bruthöhle, in der Meerstern untertauchen konnte, sobald von oben Gefahr drohte. Und jetzt hatte er sogar, ohne sich dessen bewußt zu sein, seinen ersten Fisch gefangen.

„Bei allen Wassern dieser Welt, wie habe ich das gemacht?“ lachte er. Ein Sandaal zappelte in seinem Schnabel.

„Die Lebenskräfte!“ sagte eine bekannte Stimme hinter ihm. Meerstern drehte sich um. Es war die Robbe.

„Oh, guten Tag“, zwitscherte er und schluckte den kleinen Fisch hinunter, um das quälende Loch in seinem Magen zu stopfen. „So, jetzt geht es mir wieder besser.“

„Das will ich gern glauben“, sagte die Robbe und rollte sich neben Meerstern im Wasser. „aber ich bezweifle, daß der Sandaal das genauso sieht.“

Meerstern hustete. „Ich finde das nicht nett von dir, so etwas zu sagen!“

„Sei nicht so empfindlich“, schnaubte die Robbe. „Sandaale fressen andere Tiere, so wie wir sie fressen. Und wenn wir nicht aufpassen, werden wir selbst von größeren Tieren gefressen. Das ist nun mal der Kreislauf des Lebens."

„Trotzdem, du hättest es nicht ausgerechnet jetzt sagen müssen", ärgerte sich Meerstern. „Das war nicht nett."

„Das Leben ist nicht nett", entgegnete die Robbe traurig. „Es ist hart hier draußen. Nur die Stärksten überleben."

„Das hat mir mein Vater auch erzählt", meinte Meerstern. „Das gehört alles zum Plan."

„Plan? Zu welchem Plan?" fragte die Robbe und sprühte eine Wasserfontäne in die Luft.

„Zum Plan der Goldenen Königin natürlich", belehrte sie Meerstern und schüttelte das Wasser aus seinen Schwingen.

Wieder prustete die Robbe los. „Ach so!" Sie tauchte unter, überschlug sich und besprühte Meerstern von neuem. „Ich kann nicht behaupten, daß mir das Zeug viel bedeutet. Wenn Sie so klug ist, deine Goldene Königin, warum kümmert Sie sich dann nicht um meine Heuler und läßt zu, daß die großen Landkreaturen sie mitnehmen? Kannst du mir das erklären?"

Meerstern tauchte den Schnabel ins Wasser.

„Kannst du nicht, siehst du!" höhnte die Robbe. „Ihr Vögel geht mir auf die Nerven!"

„Du mußt daran glauben", wagte Meerstern zu sagen.

„Glauben!" schnaubte die Robbe und schlug mit den Flossen aufs Wasser. „Willst du mir etwa weismachen, daß dich der Glaube vor den Ratten gerettet hat, hm?"

„Woher weißt du davon?" fragte Meerstern. Seine Federn stellten sich auf.

„Ist doch egal, woher ich das weiß. Beantworte meine Frage. Hat dich der Glaube aus ihren Krallen befreit?"

Meerstern stierte aufs Wasser. „Nun, er hat mir sicher geholfen."

„Das sagst du jetzt, aber ich wette, daß du dir da oben nicht so sicher warst, als es dir ans Leben ging."

„Wenn du auf der Klippe warst, warum hast du mir dann nicht geholfen?"

„Ich? Dort oben? Das ist stark!" brüllte die Robbe und warf den Kopf zurück. Wieder spritzte das Wasser hoch. Meerstern zuckte zurück. „Und wie, glaubst du, habe ich meinen schweren Körper dort hinaufgeschleppt?"

„Es gibt einen Pfad", sagte Meerstern mürrisch.

„Und den soll ich hinaufgeklettert sein? Deine Königin hat unsereins nicht so großzügig mit Beinen und Flügeln ausgestattet."

„Und woher weißt du dann das mit den Ratten?" fragte Meerstern.

„Du bist nicht der einzige Vogel, mit dem ich mich unterhalte – ich erfahre so einiges. Ich habe viele Freunde."

„Und wenn du gar keine Freunde hättest, würde mich das auch nicht wundern. Wenn du mit jedem so redest wie mit mir ...", gab Meerstern zurück.

„Du wirst es schon noch lernen", sagte die Robbe. „Solche Ideen sind ja schön und gut, solange man in einer warmen Höhle hockt. Aber hier draußen heißt es: fressen oder gefressen werden. Überleg mal, was du von deinem Glauben hast, wenn du zum ersten Mal einem Seeteufel begegnest. Ob dir das paßt oder nicht, es wird auch dein letztes Mal sein."

Meerstern sah durch das sich kräuselnde Wasser auf seine Füße. Die Robbe wandte sich ab. „Ich kann nicht den ganzen Tag mit dir vertrödeln – ich muß zurück an den Strand, zu den anderen Kühen, sonst verpasse ich die Gelegenheit, mich mit dem besten Bullen zu paaren. Das nächste Mal will ich keinen schwachen Heuler. Nur die Starken überleben."

„Was ist mit deinem Heuler? Hast du die Suche nach ihm aufgeben?"

„Ich habe ihn heute morgen gefunden", sagte die Robbe. „Er braucht meine Milch nicht mehr."

„Warum nicht?"

„Die großen Landkreaturen haben ihm das Fell abgezogen."

„Aber dann friert er doch. Ich hätte gedacht, daß er ohne Fell besonders viel Milch brauchen würde."

„Oh, halt den Schnabel!"

Meerstern fuhr zurück, verdutzt über den plötzlichen Zornesausbruch der Robbe. Sie blitzte ihn an, soweit sie das überhaupt konnte.

„Du lächerlicher Vogel!" brüllte sie. „Er ist tot – tot! Verstehst du? So tot wie der Sandaal, den du gerade gefressen hast! Wohl noch nie etwas von den Lebenskräften gehört, was? Fressen oder gefressen werden?"

„Aber die Lebenskräfte sind gut!" protestierte Meerstern. „Das hat mein Vater gesagt. Sie werden mich hinaus aufs Meer führen, damit ich die anderen Papageitaucher vor den Ratten warnen kann, die unsere Kolonie überfallen haben. Die Goldene Königin schickt die Kräfte, um uns zu führen!"

„Erzähl das dem nächsten Fisch, den du fängst!" brüllte die Robbe. „Erzähl es ihm, bevor du ihn tötest und auffrißt. Frag ihn, was *er* von den Lebenskräften hält!"

Meerstern öffnete den Schnabel, um etwas zu erwidern. Doch die Robbe war schon verschwunden. Nur ein Strudel verriet, wo sie eben noch im Wasser gelegen hatte.

Kapitel 13

Verwirrt sah Meerstern hinauf zu den Sternen. Kein Zweifel, er hielt immer noch Kurs auf das offene Meer. Und doch, irgend etwas stimmte nicht. Angenommen, er schwamm in die richtige Richtung – wie war es dann möglich, daß ihn hier draußen, mehrere Tagesreisen vom Land entfernt, Stimmen von Landvögeln geweckt hatten?

Und es waren nicht etwa nur zwei oder drei – es war ein ganzer Schwarm, und Meerstern hörte an ihrem Gezwitscher, daß sie sehr aufgeregt waren. Und ihre schrillen Stimmen kamen immer näher. Aber nicht sehr schnell. Diese Vögel flogen nicht. Nein, sie hatten hier in der Nähe ihren Ruheplatz.

„Ob es mich an Land zurückgetrieben hat?" murmelte Meerstern und schüttelte den Kopf, um munter zu werden.

„Oh, was ist denn das?"

Im Nebel, der tief über dem dunklen Wasser hing, tauchten die Umrisse eines Tieres auf, das größer war als alle, die ihm bisher begegnet waren. Der Kopf des Tieres verlor sich in den Sternen, und seine riesigen Beine, die wie vier steinerne Pfeiler im Wasser standen, schienen bis auf den Meeresgrund zu reichen.

Meerstern wartete nicht, bis das Tier ihn entdeckte. Bei Gefahr mußt du wegtauchen, hatte ihm sein Vater eingeschärft. Fressen oder gefressen werden, hatte die Robbe gesagt. Er schoß in die dunkle Tiefe, so schnell er mit Flügeln und Schwimmfüßen paddeln konnte.

Doch es blieb nicht dunkel unter Wasser. Gerade als er untertauchte, zuckte ein greller, orangefarbener Blitz durch die See, als hätte die Goldene Königin beschlossen, sich mitten in der Nacht von Ihrem Lager jenseits des Meeres zu erheben. Dann, so schnell wie es aufgeflammt war, erlosch das Licht wieder.

Meersterns Lungen platzten fast. Er schoß zurück an die Wasseroberfläche. „Meine Königin, ich wollte nicht an Dir zweifeln. Bitte, verschone mich", keuchte er und suchte nach dem Licht.

Im ersten Augenblick, als er nach Luft schnappte, bemerkte er nicht den schweren und bitteren Geschmack, der in seiner Kehle brannte. Er hörte nur die Schreie, die ringsum durch die Nacht gellten. Er sah zum Himmel. Eine schwere Wolke hatte sich vor die Sterne geschoben und senkte sich schnell auf das Wasser. Die Schreie waren Schreie der Verzweiflung.

„Liebe Königin, ich glaube an Dich, ich glaube an Dich!" rief Meerstern, als die dunkle Wolke ihn einhüllte.

Meerstern mußte würgen, wollte schreien, aber der Schrei blieb ihm im Hals stecken. Er hustete, paddelte hin und her, tauchte unter, dann wieder auf. Er wußte nicht, ob er unter oder über Wasser atmen sollte. „Liebe Königin, warum hast Du dieses Wesen geschickt, um mich zu töten?" keuchte er und schluckte Luft und Wasser.

Dann spürte er eine Weile gar nichts mehr. Erst die Bewegung seiner Flügel brachte ihn wieder zu sich. Mit einem Mal hatten sie begonnen, wie verzweifelt zu pumpen und seinen schlaffen Körper durch das Wasser nach oben zu tragen. Meerwasser lief seinen Hals hinunter. Da erst begriff er, daß ihn nur die unbewußten Bewegungen seines Körpers vor dem Ertrinken gerettet hatten. Sein Kopf durchstieß die Wasseroberfläche. Gierig trank er die kühle, klare Luft. Er schlug die Augen auf. „O liebe Königin, diesmal dachte ich schon, Du holst mich“, keuchte er.

Er lauschte auf die Schreie der Landvögel. Doch sie waren fort. Alles, was er hörte, waren schwere Tropfen, die um ihn herum ins Meer klatschten. Einer schlug direkt vor ihm auf – es zischte und dampfte, als er ins Wasser fiel. Meerstern zuckte zurück. Ein zweiter Tropfen landete direkt neben seinem Schwanz. Er fuhr herum und schnappte nach ihm – und spuckte das fettige, eklige Zeug wieder aus.

Plötzlich schäumte die ganze See um ihn herum. Immer mehr dieser riesigen Tropfen prasselten nieder – einige schienen kurz auf der Wasseroberfläche zu tanzen, ehe sie, wie alle anderen, versanken und sich in der Tiefe verloren.

Kapitel 14

„Vorsicht, Ast! Paß auf!"

Die schrille Stimme erschreckte Meerstern. Er wirbelte herum und paddelte zur Seite, um einem dicken Ast auszuweichen, der so schnell auf ihn zuschoß, als sei stürmischer Seegang – ein merkwürdiger Anblick, denn es war ein strahlender Morgen und kein Lüftchen regte sich.

Und noch merkwürdiger war der Anblick, der sich Meerstern dann bot: Aus dem Wasser ragten abgeknickte Zweige, und auf den Zweigen hockten mehrere Landvögel und putzten eifrig ihr Gefieder. Sie und die Zweige sahen ziemlich mitgenommen aus.

„Danke! Vielen Dank!"

Das war eine andere Stimme, tiefer als die erste und gewiß keine Vogelstimme. „Tut uns leid, wenn wir dich erschreckt haben. Ich weiß, unser Anblick ist etwas ungewöhnlich." Eine schlanke, glänzende Schnauze ragte aus dem Wasser. Der Körper ähnelte dem einer Robbe.

„Ich erweise den Staren einen kleinen Dienst", sagte das Tier und strahlte Meerstern aus warmen, leuchtenden

Augen an. „Sie haben heute nacht einiges durchgemacht. Die armen Dinger konnten sich gerade noch auf den Ast retten. Hätte ich zulassen sollen, daß sie aufs offene Meer hinaustreiben?"

Der Ast lag jetzt ruhig da und schaukelte leicht auf dem Wasser. Die Stare rutschten an den glitschigen Zweigen entlang. Sie zwitscherten genau wie die Landvögel, die Meerstern letzte Nacht gehört hatte.

„Habt ihr etwas dagegen, wenn ich eine kleine Pause einlege? Meine Schnauze ist schon ganz taub."

„Aber nein, gönne dir ruhig eine Pause", tschilpte der Star auf dem höchsten Zweig, der immer noch versuchte, seine verklebten Schwungfedern auseinanderzuziehen. „Laß dir ruhig Zeit." Der Vogel sah hinab zu seinen Nachbarn auf den unteren Zweigen und schwatzte auf sie ein. Meerstern verstand kein Wort.

„Da hinten habe ich sie treiben sehen. Sie zankten sich. Viel hätte nicht gefehlt, und sie hätten sich gebalgt", flüsterte das Tier Meerstern zu. „Ich habe versprochen, sie sicher an Land zu bringen."

„Fürchtest du nicht die Rache der Goldenen Königin?" fragte Meerstern. „Sie müssen etwas ähnlich Schlimmes getan haben wie die Riesenalken. Die Königin hat ein Tier geschickt, das ihnen die Flügel wegnahm. Ich habe es selbst gesehen."

„Die Flügel wegnahm?"

„Ja, dort, hinter dem Horizont", flüsterte Meerstern und deutete heimlich mit dem Kopf zurück, damit die Stare es nicht sehen konnten. „Zuerst dachte ich, die Goldene Königin hätte das Tier geschickt, um mich zu bestrafen, weil ich ungläubig war. Aber dann sah ich, wie das Tier das heiße, grelle Licht ausspie, das ihnen die Flügel ausriß und sie ins Wasser warf. Ich wußte nicht einmal, daß es Vögel waren, bis ich sie probiert hatte."

„Probiert?" rief das Tier. Die Stare schielten herüber, und leiser fuhr es fort: „Hast du *probiert* gesagt?"

„Na ja, ich hatte Hunger – ich durfte ja keinen Fisch essen. Und da sie schon tot waren ..."

„Moment, Moment," sagte das Tier und schob seinen schlanken Körper näher an Meerstern heran. „Warum darfst du keinen Fisch essen? Ohne Fisch kannst du doch nicht leben."

„Ich weiß, daß ich Fisch essen soll", sagte Meerstern schnell, „aber seit dem Gespräch mit der Robbe habe ich keinen Appetit mehr auf Fisch."

„Mit welcher Robbe?"

„Ihretwegen habe ich ein schlechtes Gewissen, wenn ich Fische töte."

„Aber du tötest doch nur so viele, wie du brauchst, nicht wahr? Das ist doch nicht schlimm. Du bist nicht wie die Menschen."

„Wen meinst du damit?"

„Die großen Landkreaturen – sie geben sich alle Mühe, uns das Leben schwerzumachen."

„Ich habe alles genau gehört", rief der Anführer der Stare und sah von seinen Federn hoch. „Ihr Delphine wollt doch immer so klug sein. Und trotzdem kritisierst du die Menschen? Wir müssen doch froh sein, daß sie auf hoher See den Metallbaum gebaut haben. Wo sonst hätten wir gestern nacht sitzen sollen, so weit vom Festland entfernt?"

„Ich wollte niemandem nahetreten", entschuldigte sich

der Delphin. Der Star nickte würdevoll und widmete sich wieder seinem Gefieder.

„Was ist ein Metallbaum?“ flüsterte Meerstern.

„Das Tier, vom dem du glaubst, die Goldene Königin hätte es geschickt, um die Stare zu bestrafen“, antwortete der Delphin freundlich. „Metallbäume sind so etwas wie kleine Inseln. Die Menschen bauen sie, weil sie auf dem Land, das ihnen die Königin gegeben hat, nicht mehr genug Platz finden.“

„Platz haben sie genug!“ unterbrach ihn der Star. „Sie bauen die Metallbäume, um an den Zauberschlamm heranzukommen. Aber woher solltest du das auch wissen? Du hast ja dein ganzes Leben im Meer verbracht.“ Die anderen Stare kicherten.

„Hier ist es viel sicherer als am Land“, sagte Meerstern aufgebracht.

„Kommt drauf an, was man will“, gab der Star hochmütig zurück. „Klar, wer sich nicht verbessern will, dem genügt das Meer, aber uns und den Menschen haben die Metallbäume einiges zu bieten.“

„Nichts Gutes, wenn man euch so anschaut“, erwiderte Meerstern. „Ihr könnt von Glück sagen, daß ihr eure Flügel noch habt. Die Königin hat euch für irgend etwas bestraft.“

Der Star keckerte mit seinen Nachbarn. Dann plusterte er sich auf und fuhr Meerstern an: „Ihr Meeresvögel redet nur dummes Zeug. Wer glaubt denn noch an all diesen Unsinn? Unsere Vorfahren haben schon damit aufgehört, als sie aus dem Meer stiegen, um an Land zu leben.“

„Es ist kein Unsinn“, ereiferte sich Meerstern.

„Na, na, jetzt ist nicht die richtige Zeit, um über solche Dinge zu streiten“, beschwichtigte der Delphin. „Es ist noch ein gutes Stück bis zur Küste. Wenn wir vor Einbruch der Dunkelheit dort sein wollen, müssen wir jetzt weiter."

„Aber die Königin wird bestimmt dafür sorgen, daß sie nicht mehr fliegen können, wenn sie weiter so reden", beharrte Meerstern.

„Unsinn!" fuhr der Star Meerstern an. „Werde du erst mal erwachsen. Solche Metallbäume müssen ab und zu Feuer spucken. Sonst würden es die Menschen verhindern. Wir hatten nur einen ungünstigen Zeitpunkt erwischt, deshalb sind einige von uns verbrannt. Die Menschen würden uns nie absichtlich weh tun. Sie sind unsere Freunde."

„Glaubst du wirklich, daß die Menschen alles wissen?" warf der Delphin ein.

„Jedenfalls wissen sie mehr als du", erwiderte der Star.

„Und warum pumpen sie dann den schwarzen Schlamm in den Metallbaum und bringen ihn an Land? Er schmeckt nicht mal gut – ich habe ihn gekostet, als sie etwas ins Meer gespritzt haben."

Der Star warf belustigt den Kopf zurück und verlor beinahe den Halt auf dem Zweig. „Habt ihr das gehört, Leute?" zwitscherte er begeistert. „Er glaubt, daß der Zauberschlamm etwas zum Essen ist."

Der Delphin sah ihn finster an. „Ich glaube, wir sollten zusehen, daß wir weiterkommen", sagte er leise.

„Wozu wird er denn gebraucht? Und warum wird er unter dem Metallbaum aufbewahrt?" wollte Meerstern wissen.

„Er wird dort nicht aufbewahrt", antwortete der Star ungeduldig. „Er ist zufällig dort."

„Ja, aber wozu ist er gut?"

„Er hält uns warm."

„Warm? Das macht doch die Goldene Königin."

Der Star seufzte. „Aber das reicht nicht", sagte er verächtlich. „Wenn ein Lebewesen so empfindlich ist wie der Mensch, braucht er viel mehr Wärme, als die Königin ihm geben kann."

„Empfindlich? Was heißt denn das?"

„Schwach!" warf der Delphin ein. „Die Menschen brauchen zusätzliche Wärme, weil sie schwach geworden sind."

„Quatsch!" tschilpte der Star. „Sie sind viel zu schlau, um schwach zu sein. Sie brauchen nicht einmal ihr Futter zu fangen. Sie machen es selbst."

„Sie machen es?" rief Meerstern.

„Nun, jedenfalls wirst du nie erleben, daß sie Insekten fangen – oder irgend etwas anderes."

„Vielleicht essen sie die Robbenfelle", meinte Meerstern.

„Robbenfelle! Wie kommst du denn darauf?" fragte der Delphin.

„Ich habe mit einer Robbe gesprochen, und sie hat mir erzählt, daß die Landkreaturen ihrem Heuler das Fell abgezogen haben."

„Ich glaube nicht, daß sie es essen", entgegnete der Star verdrießlich. „Und bestimmt machen sie auch kein Nest daraus – sie haben ja den Zauberschlamm, der sie warmhält."

„Wie kann Schlamm warmhalten?"

„Woher soll ich das wissen?" meinte der Star von oben herab. „Ich weiß nur, daß ihn die Menschen in Licht und Wärme verwandeln."

„In Licht?" fragte Meerstern verwundert.

„Ihre großen Siedlungen sind hell und warm, Tag und

Nacht. Sie brauchen deine Goldene Königin nicht. Außerdem haben ihre Nester Dächer."

„Unsere auch", sagte Meerstern schnell.

„Ja, aber ihre sind riesig", sagte der Star und spannte seine ramponierten Flügel, um seinen Worten Nachdruck zu verleihen. „Und rund um die Nester bauen sie Simse, damit wir darauf sitzen und uns warmhalten können."

„Ich bin überzeugt, daß sie diese Simse nicht für euch bauen. Das würde nicht zu den Menschen passen."

„Jedenfalls haben sie uns sehr gern. Ich habe mich einmal in eines ihrer Nester verflogen, und der Mensch, der dort wohnte, griff mich nicht an – er gab mir sogar Futter. Dann setzte er mich hinaus auf den Sims, damit ich wegfliegen konnte. Sie haben vor niemandem Angst."

„Außer vor anderen Menschen."

Der Star fuhr den Delphin an. „Wie meinst du das?"

„So wie ich es sage."

Der Star zupfte an seinen Federn. „Was weißt du schon? Fische haben doch keine Ahnung."

„Und du auch nicht, wenn du mich für einen Fisch hältst."

„Du hast keine Beine."

„Stimmt, weil ich sie hergegeben habe."

Der Star lachte höhnisch. „Sie hergegeben! Was heißt denn das nun wieder?"

„Das ist eine lange Geschichte – viel zu lang, um sie jetzt zu erzählen, wenn wir vor der Dunkelheit das Land erreichen wollen." Er drehte sich zu Meerstern um. „Und du, kleiner Vogel, du mußt unbedingt wieder Fische fangen. Glaube nicht an den Unsinn, es sei falsch, sie zu essen. Falsch ist nur, mehr zu nehmen, als man braucht."

„Es wäre schön, wenn du bleiben könntest“, sagte Meerstern zu dem Delphin.

„Ich muß weiter.“ Er stieß an den Ast und brachte ihn zum Schaukeln.

„Paß doch auf!“ rief der ranghöchste Star. „Du wirfst uns noch ins Wasser! Warte, bis wir mit dem Putzen fertig sind. Dann können wir uns besser auf die Reise konzentrieren.“

Der Delphin seufzte.

„O ja!“ zwitscherte Meerstern. „Dann kannst du uns die Geschichte erzählen.“ Der Delphin seufzte noch einmal.

„Ich glaube, er muß sie erst erfinden“, höhnte der Star und schielte zu seinen Nachbarn. „Vor allem die Stelle, wo er beschließt, seine Beine herzugeben!“ Die anderen kicherten. Meerstern wurde zornig. Der Delphin seufzte wieder.

„Also gut, auf einen Augenblick mehr oder weniger kommt es jetzt auch nicht mehr an. Doch euch Stare muß ich warnen. Die Geschichte wird euch nicht gefallen – wahre Geschichten gehen nicht immer gut aus.“

„Laß hören“, antworteten zwei Stare im Chor. Sie sahen einander an und begannen von neuem zu kichern.

Der Delphin seufzte noch einmal und begann mit seiner Geschichte.

Kapitel 15

„Vor unzähligen Jahren sah die Goldene Königin hinab auf Ihre Schöpfung, das Meer, das damals den ganzen Erdball beherrschte und mit Hilfe des Windes ungehindert seine gesamte Oberfläche überflutete, denn es gab noch kein Land.

Nun war das Meer in jenen Tagen sehr mit sich zufrieden, denn es wußte, daß die Goldene Königin es brauchte, um die Geschöpfe zu beschützen, die Sie erschaffen hatte. Zu Anfang hatten sich alle in der Dunkelheit gedrängt, ohne sich ihrer Blindheit bewußt zu sein – denn noch hatte Sie ihnen das Augenlicht nicht geschenkt. Und so war es eine Belohnung, als die Goldene Königin sie in mittlere Tiefen rief, denn nun durften sie durch die kalten Wasser schwimmen und, wenn auch nur schwach, Ihr wunderbares Licht wahrnehmen. Genießen konnten sie es freilich erst, als sie in seichte Gewässer gerufen wurden, denn dort fühlten sie auch die Wärme Ihres Lichtes, die wohlig ihre Körper durchströmte, wenn sie die Oberfläche durchstießen und mit der Luft in Berührung kamen.

Eine Tages also besah sich die Goldene Königin Ihr Werk und war sehr zufrieden. Die Geschöpfe gehorchten Ihrem Willen, sie vermehrten sich und füllten das Meer in all seinen Tiefen mit Leben. Also fragte Sie die Geschöpfe, die dicht unter der Oberfläche lebten – seit Generationen hatten sie sich aus den dunkelsten Tiefen emporgekämpft –, wie sie für ihren Fleiß belohnt werden wollten. Sie überlegten nicht lange und antworteten wie mit einer Stimme: Sie wollten das Meer verlassen und in der warmen Luft der Königin leben.

Nun, wie ihr wißt, gehen Geschöpfe des Meeres außerhalb des Wassers zugrunde, da sie die warme Luft nicht atmen können, und wenn ihnen die Königin erst einmal die Fähigkeit dazu gegeben hat, können sie nie mehr zurück ins Meer. Genau das erklärte Sie ihnen, doch sie blieben dabei – sie wollten das Meer verlassen und in Ihrer warmen Luft leben.

Da griff die Goldene Königin hinab in das Meer, und unter einer gewaltigen Eruption, wie sie bis dahin und auch später nie wieder gehört ward, zog sie mächtige Spitzen Ihres Körpers hervor, die seit Anbeginn der Zeit unter dem Meer geruht hatten, und schleuderte sie in die Luft – glühende Zungen einer brodelnden, zischenden Flüssigkeit. Die Zungen kühlten ab, zerbarsten und fielen als rauchender, fester Regen in sich zusammen. Und so rasch, wie sie abkühlten und auseinanderbrachen, ließ die Königin neue in die Höhe schnellen, die ihrerseits abkühlten und auf die Trümmer der anderen hinunterregneten.

Das ging so lange, bis das Meer den festen Regen, der sich Schicht um Schicht auf seinem Grund ablagerte, nicht mehr fassen konnte. Nicht lange, und die feste Masse durchstieß die Oberfläche des Meeres. Neue Feuerzungen schossen aus der Masse hervor, und dort, wo sie in sich zusammenfielen, wuchsen mächtige Berge. Die Königin arbeitete, bis die Dunkelheit hereingebrochen war. Dann erst erloschen die Feuerzungen.

Die schwarzen Berge, die unsere Goldene Königin so erschaffen hatte, überragten das Meer, und ihre Wurzeln reichten hinab in Tiefen, die nicht einmal das Meer kannte. Und dann lud die Königin Ihre liebsten Geschöpfe ein, aus dem Meer zu steigen und auf Ihre neue Schöpfung zu klettern. Sie war ein Teil Ihres Körpers, und die Königin nannte ihn das Land."

Der ranghöchste Star seufzte laut: „Hoffentlich wird es noch spannender. Was du bis jetzt erzählt hast, haben wir schon tausendmal gehört." Der Delphin antwortete nicht. Der Star wartete einen Augenblick, dann zuckte er mit den Schultern und widmete sich wieder der Pflege seines Gefieders.

Der Delphin fuhr fort: „Nachdem die Goldene Königin das Land erschaffen und Ihre liebsten Geschöpfe eingeladen hatte, darauf zu leben, galt es zunächst, den neuen Lebensraum aufzuteilen. Einige Geschöpfe beschlossen, in der Nähe der Küste zu bleiben, andere zogen ins Landesinnere. Doch im Grunde war es unwichtig, welchen Ort sie wählten, denn die Königin hatte überall große Bäume wachsen lassen, die ihnen Schutz boten und sie mit Früchten versorgten. Ihre Geschöpfe brauchten nichts weiter zu tun, als Ihre Geschenke anzunehmen und Wärme und Licht zu genießen.

Viele Jahre gingen ins Land, und alle waren zufrieden. Jede Art gedieh und vermehrte sich im Lauf der Generationen. Und alle lebten einträchtig miteinander.

Ihr könnt euch also vorstellen, wie überrascht zwei Brüder waren, als sie eines Tages das Junge einer anderen Art dabei ertappten, wie es Früchte von ihren Bäumen pflückte. Sie stellten es zur Rede:

‚Warum kletterst du auf unsere Bäume und erntest unser Obst? Deine Familie hat auf ihrem Land mehr als genug zu essen.'

‚Weil eure Früchte größer sind als unsere', antwortete es.

‚Aber wenn eure Früchte gut und süß sind, dann ist die Größe doch unwichtig', sagten die Brüder. ‚Sie machen euch trotzdem satt.'

Jetzt kamen mehrere von den anderen dazu.

‚Ihr seid Dummköpfe!' sagte ein Erwachsener wütend, hob einen Stein auf und erschlug einen der Brüder.

‚Warum hast du das getan?' fragte der andere Bruder.

‚Weil ihr Dummköpfe seid!' sagte er. ‚Und dich werde ich auch töten, wenn du nicht einsehen willst, daß größere Früchte besser sind.' Er pflückte die größten Früchte, die er finden konnte, und ging damit zurück auf sein Land.

Der zweite Bruder ging traurig zu den Seinen und erzählte, was geschehen war.

Sie beschlossen, fernab von den raffgierigen Geschöpfen einen neuen Ort zu suchen, an dem sie so glücklich leben konnten wie einst ihre Vorfahren. Doch wohin sie auch kamen, nirgends war es besser als dort, wo sie herkamen. Schließlich wandte sich der Bruder des Erschlagenen an die Goldene Königin und bat um die Erlaubnis, ins Meer zurückzukehren, wo die Geschöpfe nur so viel nahmen, wie sie zum Leben brauchten. Die Königin hörte sich seine traurige Geschichte an und beschloß, ihm und den Seinen die Rückkehr ins Meer zu gestatten. Daraufhin gingen sie an die Küste, und als die Nacht hereinbrach, glitt einer nach dem anderen still zurück ins Meer."

„Aber wie konnten sie unter Wasser atmen?" fragte Meerstern. „Die Königin hatte doch ihre Atemweise geändert, als sie an Land gingen."

„Sie hatte ihnen auch Beine gegeben", antwortete der Delphin. „Da sie jedoch an Sie glaubten, durften sie weiter Ihre warme Luft atmen und dennoch lange unter Wasser schwimmen. Und damit sie schneller schwimmen konnten als jeder andere Fisch, verwandelte Sie ihre kräftigen Beine in Flossen."

„Und was geschah mit den anderen?" fragte schüchtern ein kleiner Star, der auf dem untersten Zweig hockte. „Was geschah mit dem Dieb?"

„Er und seine Artgenossen merkten, daß sich viele Landbewohner ihre Diebstähle gefallen ließen. Also nahmen sie sich immer mehr von dem, was nicht ihnen gehörte, bis es kaum noch etwas zu stehlen gab. Da wurde die Goldene Königin ihrer Raffgier überdrüssig und hörte auf, so regelmäßig wie bisher Ihre Wärme zu schicken, die die Bäume und Früchte zum Wachsen brauchten.

Doch die gierigen Geschöpfe gediehen prächtig, obwohl sie das Mißfallen der Königin erregt hatten, und sie dachten nicht im Traum daran, sich zu bessern. Im Gegenteil, sie verfeinerten ihre Diebstahlmethoden – ganz ähnlich wie die Ratten heute. Doch die Ratten vermehren sich wenigstens nicht, wenn die Königin ihnen das Futter versagt. Diese Geschöpfe hingegen pflanzten sich das ganze Jahr über fort, in der kalten wie in der warmen Jahreszeit. Und irgendwann mußten sie sogar in ausgehöhlten Baumstämmen aufs Meer hinausfahren, um neues

Land zu suchen, auf dem sie sich noch zahlreicher vermehren konnten."

Der Anführer der Stare hatte der Geschichte des Delphins bisher nur mit halbem Ohr zugehört, jetzt aber blitzte er ihn ärgerlich an.

„Willst du damit andeuten, daß der Dieb ein Mensch war?"

„Nein, nicht andeuten", erwiderte der Delphin ruhig. „Ich behaupte, daß es ein Mensch war!"

„Unsinn!" schrie der Star. „Die Menschen sorgen sehr gut für andere Geschöpfe."

„Ja, wenn es ihnen paßt. Und die Menschen, die zu anderen Geschöpfen gut sind, suchen nur ihr verlorenes Selbst."

„Quatsch!" ereiferte sich der Star und plusterte sich auf. „Aber ich will nicht streiten. Wir müssen uns langsam auf den Weg machen."

„Ja", sagte der Delphin und gab dem Ast mit der Schnauze einen Stoß. „Aber bilde dir nur nicht ein, daß die Menschen euch irgendwie als gleichberechtigt ansehen. Sie werden euch füttern und für euch sorgen, solange sie sich etwas davon versprechen – solange sie sich beweisen müssen, wie sehr sie den anderen Geschöpfen überlegen sind." Der Delphin brachte den Ast zum Wackeln.

„Paß doch auf!" schrie der Star, als er auf dem glitschigen Zweig ausrutschte.

„Entschuldige!" hauchte der Delphin. Der Vogel steckte schmollend den Kopf ins Gefieder.

„Aber was geschah mit den Tieren, die ins Meer zurückgekehrt sind?" fragte Meerstern und paddelte hinter dem Delphin her, der sich bemühte, den Ast ruhigzustellen.

Er sah Meerstern an. „Ich bin einer von ihnen."

„Du!" zischte der Star. „Du bist doch bloß ein Fisch!"

„Denk von mir aus, was du willst. Tatsachen sind Tatsachen. Meine Flossen waren einmal Beine, und mein Gehirn kann es mit jedem menschlichen aufnehmen. Warum sonst, glaubst du, fahren sie mit ihren Booten aufs Meer und versuchen, uns zu fangen? Sie sind hinter dem Geheimnis her – dem Geheimnis des zufriedenen Lebens, das sie verloren haben. Aber diese bedauernswerten Geschöpfe begreifen nicht, daß sie mit jedem Delphin, den sie fangen und in einen Käfig stecken, auch die Freiheit einsperren, nach der sie sich sehnen. Die Lebenskräfte lassen sich nicht fangen und erforschen."

„Die Lebenskräfte! Weißt du denn, was das ist?" fragte Meerstern aufgeregt.

„Machen wir, daß wir weiterkommen", unterbrach der Star scharf. „Wir haben schon zuviel Zeit vertrödelt." Der Delphin beachtete ihn nicht und musterte Meersterns neugieriges Gesicht.

„Sei auf der Hut, kleiner Papageitaucher", sagte er endlich. „Du willst den gleichen Weg einschlagen wie der Mensch. Fragen werfen immer nur neue Fragen auf."

Meerstern seufzte. „Das hat schon mein Vater gesagt."

„Das überrascht mich nicht. Ich weiß, daß es eine große Versuchung ist, hinter das Geheimnis zu kommen, doch glaube mir, du brauchst nichts weiter zu tun, als den Kräften zu vertrauen. Mit der Zeit offenbaren sie dir alles, was du wissen mußt – wenn du Geduld hast!"

„Aber ich habe keine Geduld."

Der Delphin sah ihn ernst an und deutete mit der Flosse ins Wasser. „Siehst du die große Pflanze, die auf dem Meeresboden wächst?“ Meerstern nickte. „Sie weiß nichts von den Lebenskräften, und sie stellt gewiß auch keine Fragen. Und doch wäre sie ohne die Kräfte nicht da.“

„Warum nicht?“

„Das weiß ich nicht.“

„Mein Vater sagt, daß die Kräfte von der Goldenen Königin kommen.“

„Nun, ohne Ihr Licht könnte kein Lebewesen existieren, weder du noch ich, und auch nicht die Pflanze da unten. Wenn wir frieren, werden unsere Körper träger. Ihre Wärme bringt Bewegung, und Bewegung ist Leben.“

„Aber warum leben wir?“ wollte Meerstern wissen.

„Um zu überleben!“ brüllte der Delphin plötzlich.

Meerstern prallte erschreckt zurück, und die Stare auf den Zweigen fuhren hoch.

„Aufgepaßt. Es geht um euer Leben!“ rief er und schoß durch das Wasser davon.

„Was soll denn das nun wieder?“ rief der Anführer der Stare empört und krallte sich an seinem Zweig fest. Der Ast schwankte heftig auf dem schäumenden Wasser, während der Delphin in einem Strom silberner Bläschen in der Tiefe verschwand.

„Wie kann er es wagen, einfach so zu verschwinden? Wenn wir nicht an Land sind, bevor es dunkel wird, werde ich verdammt ungemütlich.“ Er glättete sich die Federn. „Das hat man davon, wenn man sich auf einen Fisch verläßt!“

Wieder schwappte Wasser an den Ast und drückte ihn so weit nach hinten, daß die Vögel beinahe ins Wasser fielen. Meerstern versuchte trotz ihres Gezeters etwas zu hören – die zweite Welle hatte nicht der Delphin verursacht. Ein kalter Schauer lief ihm über den Rücken. Etwas Riesiges näherte sich aus der Tiefe.

„Festhalten und Ruhe bewahren!“

Das war die Stimme des Delphins. Er war etliche Flügelspannen entfernt wieder aufgetaucht. „Ich versuche, ihn abzulenken!“

„Wen abzulenken?“ fauchte der Anführer der Stare Meerstern an. „Wen meint er denn?“

Der Delphin hatte gewendet und schoß unter Wasser auf sie zu. Er glitt unter ihnen durch, machte kehrt und schnellte aus dem Wasser. Sein Körper glitzerte silbrig in der Luft, wälzte sich herum und klatschte auf die Wasseroberfläche. Der Gischt spritzte nach allen Seiten.

„Das ist doch unerhört!“ rief der Leitstar und schüttelte die Tropfen aus seinem Gefieder, tunlichst darauf bedacht, den Halt nicht zu verlieren. Die Welle, die der Delphin durch seine Bauchlandung ausgelöst hatte, schlug gegen den Ast. Der Star auf dem untersten Zweig kreischte vor Entsetzen, als sich der Ast nach hinten neigte. „Halt den Schnabel!“ wetterte der Anführer. „Das ist doch nur eine Welle.“

„Das ist nicht bloß eine Welle“, rief Meerstern. „Ich glaube, wir bekommen ernste Schwierigkeiten.“ Der Druck im Wasser hatte sich verändert. Ein Prickeln durchlief seine Füße. Sofort begriff er, daß die Kunststücke des Delphins das fremde Tier – was immer es war – nicht ablenkten, sondern anlockten.

Wieder schnellte der Delphin aus dem Wasser: „Im Namen der Königin, Papageitaucher, flieg fort! Flieg, solange du noch kannst! Er hat dich entdeckt!“

„Wer hat wen entdeckt?“ fragte der Leitstar wütend. Aber der Delphin war schon wieder getaucht.

Einen Augenblick später war jede Erklärung überflüssig. Das Wasser teilte sich – und zwei riesige Reihen weißer Zähne blitzten auf. Sie saßen in einem Kopf, der größer und schwärzer war als alles, was Meerstern und die Stare sich jemals hätten vorstellen können. Stechende Augen funkelten sie an und fixierten Meerstern. Er duckte sich.

„Mörderwal! Mörderwal!“ schrie der Delphin am höchsten Punkt eines neuerlichen Luftsprungs. Aber das riesige Tier blinzelte nicht einmal in seine Richtung. Es glitt geradewegs auf Meerstern und die Stare zu.

„Wach auf, Papageitaucher! Im Namen der Königin, wach auf und flieg!“

Aber Meerstern hörte den Delphin nicht. Der Schwanz des Riesentieres – er war mindestens zehn Flügelspannen breit – peitschte die Oberfläche, Wasser spritzte auf, und eine gewaltige Welle raste auf sie zu. Die entsetzten Stare schwankten bedenklich auf ihrem Ast. Doch diesmal gab keiner einen Ton von sich. Nicht einen Piepser. Hilflos sahen sie zu, wie das Tier immer näher kam und sein Maul noch weiter aufriß. Wie Sturzbäche flutete das Wasser durch die scharfen Zähnen in das riesige, rosafarbene Maul, hinter dem ein schwarzer, höhlenartiger Rachen gähnte.

„Dann tauche! Im Namen der Königin, tauche!“ schrie der Delphin.

Zu spät. Der gewaltige Oberkiefer ragte vor Meerstern auf, und wie ein Windstoß preßte ihm der salzige Atem des Fisches die Federn an den Leib. Er fühlte den Sog des Wassers, als sich der ebenso riesige Unterkiefer unter seinen Körper schob – die Zähne streiften fast seine Füße. Panisch schlug er mit den Flügeln. Er schloß die Augen. Gleich mußten die Kiefer zuklappen. Doch er hörte nichts. Er fühlte nur, wie sein Körper aus dem Wasser gehoben wurde und seine Füße durch das glitschige Maul des Tieres glitten. Das Tosen des Wassers wurde schwächer.

„Lebendig verschluckt! O Königin, warum muß ich lebendig verschluckt werden?" jammerte er und schlug die Augen auf.

Doch nicht Dunkelheit umgab ihn, wie er erwartet hatte.

Im Inneren des großen Tierkörpers war es so hell wie draußen im Tageslicht. Meerstern schüttelte den Kopf und blickte nach oben. Er sah den Himmel. Er blickte nach unten. Seine Füße rutschten über etwas Glitschiges. Doch es war nicht der Schlund des Tieres – es war dessen glatter, schwarzer Rücken. Er war gar nicht verschluckt worden.

Jetzt riß ihn etwas empor. Der glänzende schwarze und nun auch weiße Rücken glitt unter seinen Füßen weg. Meerstern verlor das Gleichgewicht und wirbelte durch die Luft.

Jeder Muskel seines Körpers war ungewöhnlich angespannt. Sein Kopf kippte nach vorn, und seine Beine preßten sich hinten gegen die Schwanzfedern.

Er stürzte kopfüber dem Wasser entgegen.

Doch im Fallen merkte er, wie er nach oben getragen wurde. Das Meer wich unter ihm zurück.

„Gut gemacht! Ich wußte, daß du es kannst!" Es war die Stimme des Delphins. Aber woher kam sie?

Meerstern drehte den Kopf. Der Delphin war unter ihm. Aber es war ein anderer Delphin, viel kleiner als der, mit dem er eben noch im Wasser gesprochen hatte.

„Weiter so, folge mir!"

Der Delphin schoß durch das Wasser. Meerstern hatte das Gefühl, als bewege er selbst sich nicht von der Stelle. Nur das Meer bewegte sich – es glitt nach hinten weg. Was hatte das zu bedeuten?

Er sah zum Horizont. Und da bemerkte er, daß neben ihm etwas flatterte. Er sah zur anderen Seite. Auch dort flatterte etwas.

Er jauchzte vor Freude. Es waren die Spitzen seiner Flügel.

„O liebe Königin!“ rief er und schaute nach unten. „Ich fliege! Wahrhaftig, ich fliege!“ Er spannte einen Brustmuskel an. Seine Körper neigte sich zur Seite. Er spannte einen anderen Muskel an. Er schwenkte wieder auf den alten Kurs zurück.

„Ich kann es nicht glauben!“ rief er. „Ich kann sogar steuern!“

„Klar kannst du das!“ rief es von unten herauf. „Steure mal hier runter.“ Der Delphin hatte aufgehört zu schwimmen und sah zu Meerstern herauf. Meerstern flatterte hinunter und landete mit einem leichten Spritzer neben ihm.

„Die Goldene Königin hat meine Flügel gesegnet! Ich habe Ihren Segen!“

„Starke Worte“, lachte der Delphin. „Wenn die Goldene Königin dich gesegnet hat, was soll dann der arme Mörderwal denken? Daß ihn die Königin mit Absicht um eine Mahlzeit gebracht hat? Sagen wir lieber, daß die Lebenskräfte ihre Arbeit getan haben, einverstanden?“

„Was ist mit den Staren? Sie müssen klatschnaß sein.“

„Und ob!“ antwortete der Delphin. „Und sie werden es auch bleiben, fürchte ich. Die Lebenskräfte des Wals waren stärker als die der Landvögel. Aber da sieht man's mal wieder – ihre Freunde, die Menschen, sind nie da, wenn man sie braucht!“

Meerstern steckte den Schnabel in die Federn. „Wie sind

sie eigentlich – ich meine, wie sind sie wirklich?" fragte er und suchte nach einer Zecke, die ihn seit seiner Gefangenschaft bei den Ratten quälte.

„Oh, anfangs waren sie wie du und ich", antwortete der Delphin, „aber dann kam ihnen das Gehirn in die Quere und hinderte ihre Lebenskräfte daran, sie auf den Weg zu führen, der am besten für sie ist."

Meerstern sah überrascht auf.

„Das Gehirn der Menschen wurde zu groß, darin liegt das Problem. Sie glaubten, alles besser zu wissen als die Kräfte. Sie dachten sehr viel nach, und heute tun sie kaum noch etwas anderes. Irgendwann mußten sie einfach den Kontakt zu ihren Lebenskräften verlieren."

„Aber woher weißt du das?" fragte Meerstern. „Du warst doch nie auf dem Land."

„Das Gehirn der Delphine ist genauso gut wie das Gehirn der Menschen. Deshalb weiß ich Bescheid. Wir hätten leicht in die gleiche mißliche Lage geraten können, wenn wir damals nicht ins Meer zurückgekehrt wären."

„Vielleicht sind die Menschen ebenso glücklich wie ihr. Und überhaupt, woher willst du eigentlich wissen, daß sie nicht sogar glücklicher sind?"

„Weil sie uns unablässig jagen. Sie wollen uns fangen, um hinter unser Geheimnis zu kommen. Ab und zu gerät ein Delphin in ihre Gewalt und wird verschleppt, und wir hören nie wieder etwas von ihm. Andere haben mehr Glück und werden wieder ausgesetzt – die haben dann allerhand zu erzählen!"

„Werden sie von den Menschen nicht gegessen?"

„Nein, oft werden sie sogar gefüttert."

„Wie die Stare?"

„Nein, nicht ganz so. Uns füttern sie aus einem anderen Grund. Sie wollen uns dazu bringen, daß wir uns mit ihnen verständigen. Sie begreifen einfach nicht, daß sie es sind, die die Fähigkeit verloren haben, sich mit uns zu verständigen. Sie haben viele merkwürdige Arten zu sprechen erfunden – unter den Menschen gibt es Gruppen, die können nicht einmal verstehen, was andere Gruppen sagen." Der Delphin gluckste. „Vermutlich haben sie auch vergessen, daß alle anderen Geschöpfe auf der Welt ohne Schwierigkeiten miteinander sprechen können, so wie du und ich jetzt."

Meerstern überlegte. „Aber irgendeinen Vorteil muß es doch haben – vielleicht kennen wir ihn nur nicht."

„Mag sein – vielleicht wissen sie etwas, was wir nicht wissen. Aber ich für meinen Teil kann mir nicht vorstellen, wozu es gut sein soll, die Gipfel der höchsten Berge zu besteigen, obwohl es dort überhaupt nichts zu essen gibt. Ein Albatros erzählte mir einmal, daß er eine große Gruppe von Menschen dabei beobachtet hat. Sie haben für die Besteigung mehrere Tage gebraucht."

„Vielleicht klettern sie hinauf, um mit der Königin zu reden", meinte Meerstern.

„Möglich", sagte der Delphin. „Hoffen wir in unser aller Interesse, daß sie es deshalb tun."

Kapitel 16

„Bitte, entschuldige Herr, aber die kleinen Weibchen gebären schneller als die großen, denen du bisher deine ganze Aufmerksamkeit geschenkt hast. Du hast schon recht, wenn du sagst, daß die Grobknochigen stärkere Krieger zur Welt bringen, aber vorläufig kommt es uns in erster Linie auf die Anzahl an. Später, wenn wir erst wieder auf dem Festland sind und Seidelbasts Rudel anführen, können wir wieder stärkere Krieger heranziehen. Soweit ich mich erinnere, gibt es dort gute Muttertiere. Wenn wir die vernünftig einsetzen, wird auch das Hinterland bald unser sein.“

Knöterich kickte einen Kieselstein über den Strand. „Du hast gut reden, Bubo, aber ein Anführer braucht zu jeder Zeit gute Weibchen, sonst kann er die Führung gleich abgeben – oder andere mit stärkeren Zähnen zwingen ihn dazu.“

„Du vergißt, Herr, daß ich hinter dir stehe“, sagte Bubo liebenswürdig und trat zur Seite, um Knöterich auf dem schmalen Pfad den Vortritt zu lassen.

Knöterich nickte dankend. „Das weiß ich, und niemand

könnte sich einen besseren Beistand wünschen. Aber alte Gewohnheiten gibt man nur ungern auf. Was du verlangst, widerspricht allem, was ich je gelernt habe. Und bestimmt hast du in Übersee auch nichts anderes gelernt. Die Kräfte verlangen die Auslese der Stärksten." Sie gingen sehr schnell, und Knöterich atmete so schwer, daß Bubo, der ihm leichtfüßig folgte, die letzten Worte kaum verstanden hatte.

„Alles in Ordnung, Herr?" fragte er und bremste ab, um nicht an Knöterichs Hinterteil zu stoßen.

Knöterich antwortete nicht. Schämte er sich seiner Schwäche oder hatte er Bubo vor lauter Keuchen nicht gehört? Bubo wußte es nicht. „Alles in Ordnung, Herr?" wiederholte er.

„Natürlich", stieß Knöterich hervor und zwang sich, schneller zu laufen. „Ich habe mir nur den Fuß vertreten, das ist alles. Warum beantwortest du meine Frage nicht?"

„Welche Frage, Herr?" erkundigte sich Bubo, der hinter Knöterich hertrottete.

„Die Auslese der Stärksten!" Knöterich schnaufte und hustete. „Das mußt du doch auch gelernt haben."

„In Übersee habe ich gelernt", sagte Bubo und fiel in eine langsame Gangart, weil Knöterichs Schritte wieder schwerer wurden, „daß immer die Sieger gewinnen, und das sind die, die sich etwas vornehmen und dann auch durchführen. Und nichts anderes schlage ich dir vor – nimm dir vor, eine große Familie zu gründen, und führe es durch."

„Nun, ich werde es mir gründlich durch den Kopf gehen lassen", keuchte Knöterich über die Schulter. „Vielleicht hast du ja recht. Kleinere Jungen essen weniger, und jetzt, wo der Kükenknorpel ausgegangen ist, wird das Futter ohnehin knapp." Er geriet ins Taumeln und mußte anhalten. Er drehte sich um. Bubo tänzelte ungeduldig auf den Zehenspitzen. „Ich verstehe nicht, woher du die Kraft nimmst, bei dem Futter. Ehrlich gesagt, ich fühle mich seit ein paar Tagen immer ziemlich schwach, wenn ich von unseren kleinen Gesprächen am Strand zurückkomme."

„Aber die Anstrengung lohnt sich doch. Schließlich geht es darum, deine Herrschaft über das Rudel zu festigen", schmeichelte Bubo. „Bei einer anderen Ratte wäre es natürlich nicht angebracht. Aber du mußt dich jetzt so oft paaren, wie es die Kräfte von dir verlangen."

„So kenne ich die Kräfte gar nicht", ächzte Knöterich und schielte zur Spitze der Klippe hinauf. „Das Schlimme ist, daß mich meine Weibchen nicht in Ruhe lassen. Manchmal kommt es mir fast so vor, als ob Sie sie dazu treibt, mir jede Kraft zu rauben, damit das Rudel größer wird."

Bubo sah auf seine Zehen, die im Kies spielten. „Nun, es heißt ja, daß Sie immer alles weiß, Herr." Er lächelte gezwungen und bemühte sich, Knöterich einen aufmunternden Blick zuzuwerfen. „Trotzdem finde ich, du solltest dich etwas ausruhen."

Knöterich brummte etwas vor sich hin und kletterte den Rest des Weges hinauf. Oben angekommen, spähte er ängstlich über den Rand der Klippe. Erst als er sich vergewissert hatte, daß keiner da war, der ihn in diesem Erschöpfungszustand hätte sehen können, zog er sich hoch und wankte hinüber zum Eingang seiner Höhle.

Bubo hüpfte leichtfüßig hinter ihm her und sah zu, wie Knöterich hustend und keuchend in seine Höhle kroch. Dann drehte er sich um und schlüpfte hinter ein Grasbüschel. Mehrere Weibchen erwarteten ihn dort. Sie hatten sich unbemerkt von einer Nachbarhöhle herbeigeschlichen, um ihn hier zu treffen. Sie begannen zu glucksen. Dann, auf Bubos Befehle hin, erhob sich eine nach der anderen und verschwand in Knöterichs Höhle.

Bubo folgte ihnen, blieb jedoch am Eingang stehen, um der Aufregung im Innern zu lauschen. Seine Augen glänzten, als er Knöterichs müden Protest hörte. Dann hastete er davon. Er schlängelte sich durch das Schlickgras und schlug mehrere Bogen, um etwaige Verfolger abzuschütteln.

Am Rande der Kolonie richtete er sich auf und schnupperte die Luft. Er war überzeugt, daß ihm keine Ratte gefolgt war. Er ließ sich auf alle viere fallen und rannte die Klippe entlang zu dem Felsturm, auf dem die Mantelmöwen nisteten. Ein boshaftes Grinsen lag auf seinem spitzen Gesicht.

Kapitel 17

Meerstern legte die Flügel an und ging aufs Wasser nieder. Direkt unter ihm tummelte sich ein Schwarm aufgeregter Sprotten. Mit einem Ruck stellte er den Schwanz in die Höhe und jagte hinter den Fischen her. Einen verschlang er noch unter Wasser, und als er wieder auftauchte, zappelten zwei weitere in seinem Schnabel. Er verspeiste sie auf dem Wasser. Dann war er wieder in der Luft. Die quälenden Schmerzen in den Flügelmuskeln, die ihn gestern noch so sehr behindert hatten, waren vergessen. Nach jeder Mahlzeit fühlte er sich stärker.

Und daß er fliegen konnte, hatte auch zu seinem Wohlbefinden beigetragen. Die Zweifel, die ihn an Land geplagt hatten, waren in dem Maße verflogen, wie er zu Kräften gekommen war. Seit heute morgen war er überzeugt, daß er Sanddistel bald finden würde.

Die Luft um ihn herum war trüb geworden, und mit jedem Flügelschlag wurde sie trüber und feuchter. Er fühlte sich eingesperrt zwischen der trägen grauen See und dem tiefhängenden Himmel. Bald war die Luft so dick, daß er weder

Wolken noch Meer sehen konnte. Seine Schwingen klatschten gegen den Körper. Wasser lief an seinen Läufen hinunter und tropfte von seinen Krallen.

„Hoffentlich kann ich meinen Kurs halten, bis ich hier wieder raus bin“, keuchte er. Er schlug kräftiger aus, um seine Flughöhe zu halten, und gleichzeitig versuchte er, ein Zittern abzuschütteln, das ihn aus der Richtung zu werfen drohte. „Sanddistels Schwarm müßte eigentlich jeden Augenblick auftauchen. Ich kann es kaum noch erwarten.“ Aber das Zittern ließ nicht nach. Er kam vom Kurs ab.

„O Königin, ich verderbe wieder alles.“ Er rang nach Luft, sein Herz raste. „Mein erster Nebelflug, und ich kann nicht einmal geradeaus fliegen.“

Dann wurde die Luft wieder angenehmer und das Fliegen leichter. Doch Meersterns Herz schlug unvermindert schnell. Es klopfte so heftig, daß er noch weiter vom Kurs abkam. Und jetzt dröhnte auch noch sein Kopf.

„Was ist nur los mit mir?“ schnaufte er und bemühte sich angestrengt, seine Flügel in Bewegung zu halten. Dann sah er den Himmel wieder. Zuerst waren es nur vereinzelte blaue Flecken über dem Nebel, doch bald wurden sie größer, und von der Seite her durchzogen goldene Strahlen die Luft. Als er durch die letzten Nebelfetzen flog, spürte er Sprenkel warmen Lichts, die auf seinem Rücken tanzten, und dann umgab ihn nur noch leuchtend blaue Luft, durchflutet vom goldenen Licht der Königin. Und bevor er wußte, wie ihm geschah, fand er sich inmitten eines Vogelschwarms wieder, der Schleifen durch das strahlende Blau zog, so schnell, daß seine Augen kaum zu folgen vermochten. Der rauschende Strom der Schwingen riß ihn mit sich fort.

„O Königin", jauchzte Meerstern, hängte sich an die Schwänze der vor ihm Fliegenden und sauste zum Meer hinunter. „Junge Papageitaucher!"

„Na und?" rief ein junger Vogel, der direkt vor ihm flog.

Meerstern brachte keinen Ton heraus, denn jetzt ging es wieder hoch hinaus in die Lüfte. Sein Zittern war einem Hochgefühl gewichen, das er noch nie erlebt hatte. Der Schwarm vollführte eine Wendung und schoß wieder senkrecht in den Himmel, drehte ab und stürzte auf das Meer zu. Und dann dasselbe noch einmal.

„O Königin im Himmel", keuchte Meerstern, „ich kann nicht mehr!"

„Unsinn!" sagte jemand neben ihm. „Sie steht knapp sieben Grad über dem Horizont. Du fliegst wohl zum ersten Mal, wenn du so früh am Tag deine Position nicht nach Ihrem Stand bestimmen kannst. Brauchst du eine kurze Verschnaufpause?" Meerstern japste nach Luft und konnte nicht sprechen. Der andere Vogel rief: „He! Perltang! Portulak! Ich mache mit dem Neuen eine kurze Rast auf dem Wasser!"

Meerstern und der andere Vogel landeten nebeneinander auf den Wellen. Fast gleichzeitig gesellten sich noch zwei weitere dazu.

„Ein Neuer? Haben wir einen Neuen?" fragte der letzte Ankömmling. „Wo kommt er her?"

„Laß ihn erst mal verschnaufen", sagte der Vogel, der in der Luft mit Meerstern gesprochen hatte. „Er ist aus der Nebelbank direkt in unseren Freudenflug hineingeraten." Er sah Meerstern an. „Kam wohl etwas überraschend?" Meerstern schnaufte schwer und konnte nicht antworten. „Ich heiße Mauerpfeffer, und das sind Perltang und Portulak."

Die beiden nickten. „Hast du deinen Schwarm im Nebel verloren?“

„Wo kommst du her?“ fragte der größere der beiden anderen.

„Langsam, Perltang, laß ihn doch erst mal zu Atem kommen!“

„Er muß aus dem Osten sein. Aus dem Westen kam noch nie jemand zu uns.“

„Aus dem Westen!“ keuchte Meerstern endlich.

„Die Jungen kommen aus dem Westen. Weißt du etwas von ihnen?“

„Ich glaube nicht, daß er sehr viel weiß“, sagte der kleinere Vogel. „Und das Fliegen ist er auch nicht gewohnt, seht ihn doch nur an.“

„Spät geschlüpft“, warf Perltang wissend ein.

Meerstern nickte. „Genau. Ich fliege heute erst zum dritten oder vierten Mal.“

„Das ist schon was“, sagte Mauerpfeffer. „Aber warum, um alles in der Welt, hast du dich dann so weit vom Land entfernt?“

„Ich bin tüchtig geschwommen, weil ich eine sehr wichtige Nachricht für unseren Schwarmführer habe.“

„Zu welchem Schwarm gehörst du denn?“ fragte Mauerpfeffer.

„Ich suche Sanddistel.“

„Sanddistel!“ entfuhr es Portulak. Mauerpfeffer sah ihn strafend an und meinte dann zu Meerstern:

„Ich bin sicher, daß er es kaum erwarten kann, mit dir zu sprechen. Du bist der erste Ankömmling.“

„Kennst du Sanddistel?“

„Wie sollte ich ihn nicht kennen?“, sagte Perltang. „Von

allen Anführern in den Fischgründen ist er der herrschsüchtigste. Erst heute hat er sich wieder in eine Sache eingemischt, die ihn überhaupt nichts anging."

„Heute morgen! Aber dann bin ich ja am Ziel! Dann sind das die Fischgründe der kalten Jahreszeit."

„Ganz recht", strahlte Mauerpfeffer. „Alle großen Schwärme sind hier, gleich hinter dem Horizont. Wir Jungen sind nur zur Abwechslung hierher geflogen, um zu fischen."

„Er hat uns immer noch nicht gesagt, warum er seinen Schwarm verlassen hat", sagte Portulak ernst.

„Ja, warum eigentlich?" fragte jetzt auch Perltang.

„Das ist eine lange, lange Geschichte... und ihr werdet sie mir kaum glauben." Meerstern sah von einem zum anderen.

„O erzähl sie uns doch", bat Portulak. „Ich liebe gute Geschichten – wenn keine Gewalt darin vorkommt. Dann mag ich sie nicht." Die anderen Vögel seufzten.

„Dann wird dir meine nicht gefallen. Sie ist sehr grausam", sagte Meerstern.

„Prima", meinte Perltang mit einem Seitenblick auf Portulak.

„Das war nicht nett", murmelte Portulak.

„Erzählst du sie jetzt, ja oder nein?" fragte Mauerpfeffer. „Unser Schwarm zieht heute weiter westwärts. Wir wollen den Anschluß nicht verpassen."

Als Meerstern am Ende seiner Geschichte anlangte, schwirrte kein einziger junger Papageitaucher mehr am Himmel. Die Neuigkeit hatte sich in Windeseile verbreitet, und nicht nur unter den Jungvögeln. Geschwätzige Ausflügler hatten sie bis zu den Schwärmen getragen. Meerstern freilich ahnte davon nichts. Um so überraschter war er, als ihn am Ende seines Berichtes eine strenge Stimme unterbrach.

„Meerstern, ich muß dich bitten, mich zu Schwarmführer Sanddistel zu begleiten."

Meerstern drehte sich nach dem Sprecher um. Doch die Freude darüber, seinen Namen zu hören, erlosch so schnell, wie sie in ihm aufgeflammt war. Ein großer, ausgewachsener Papageitaucher schwamm auf ihn zu. Mauerpfeffer spürte Meersterns Angst.

„Stimmt etwas nicht?" fragte er.

„Nichts, was sich durch ein paar offene Worte nicht regeln ließe", antwortete der große Vogel.

„Hat er etwas verbrochen?" wollte Mauerpfeffer wissen.

„Keiner hat behauptet, daß *er* etwas verbrochen hat", antwortete der große Vogel, starrte Meerstern aber unverwandt an. „Aber soweit wir Älteren wissen, wurde das Ei seiner Mutter nie gefunden, geschweige denn ausgebrütet. Jetzt, wo der Meister so gut wie tot ist, wird Sanddistel auf einer Erklärung bestehen."

„Der Meister ist nicht tot!" unterbrach ihn Meerstern. „Aber er wird sterben, wenn wir ihn nicht retten."

„Ihn retten? Das kann doch nicht dein Ernst sein", erwiderte der große Vogel. „Wenn es stimmt, was du erzählt hast, wird keiner von uns jemals zur Papageitaucherinsel zurückkehren." Er blickte sich verstohlen um und sagte dann leise: „Und wenn ich dir einen guten Rat geben darf, Grünschnabel, sprich nie wieder über den Meister oder seine Rettung. Sanddistel ist jetzt Schwarmführer, und er mag es nicht besonders, wenn man von seinem Vorgänger spricht. Brechen wir auf?"

Kapitel 18

Knöterich hüpfte zurück ins seichtere Wasser. Eine kleine Welle holte ihn ein und brach sich über seinen Schultern. Einen Moment lang sah es so aus, als reiße sie ihn über das steile Ufer in die Tiefe. Er klammmerte sich an die glitschigen Kieselsteine. Panische Angst trat in seine Augen, als er kurz den Halt verlor und zurückrutschte. Endlich gelang es ihm, aus dem Wasser zu kriechen. Er warf sich neben Bubo zu Boden, der gerade die letzten Reste einer Garnele verschlang.

„Ich weiß nicht, wie du das machst, Bubo", keuchte er. Sein Herz pochte unter seinem dürren Hals. „Jedesmal wenn ich eine zu fassen kriege, zappelt sich das elende Ding wieder frei."

„Ausdauer", meinte Bubo und leckte sich die Lippen. „Du nimmst dir fest vor, eine zu fangen, dann gehst du los und fängst eine. Wenn du auch nur einen Moment denkst, es könnte mißlingen, dann erwischst du mit Sicherheit keine. Garnelen sitzen ja nicht da und warten darauf, daß man sie fängt. Sie sind selbst damit beschäftigt, etwas zu fangen."

Knöterich sah nervös zum Rand der Klippen hinauf. „Glaubst du, sie ahnen, daß wir hier nicht nur reden, sondern auch fischen?" fragte er. Seine Stimme ging im Tosen eines Brechers unter.

„Es geht sie nichts an, was wir hier unten treiben", entgegnete Bubo, glättete seine Schnurrhaare und zupfte sich Reste der Garnelenschale aus dem Fell. „Wenn der Rudelführer seinen Adjutanten zu Privatkonferenzen einlädt und diese Konferenzen zufällig in der Abgeschiedenheit des Strandes stattfinden, worüber sollten sie sich da wundern? Außerdem sind ihre Augen nicht so gut, daß sie uns von da oben sehen können, und auch noch der letzte von ihnen weiß, daß er es mit dem Leben bezahlt, wenn er uns hierher folgt. Rudelgesetz ist Rudelgesetz."

„Warum verbietest du ihnen eigentlich, herunterzukommen?" fragte Knöterich und griff sich ein winziges Stück Garnelenschale, das Bubo aus seinem Fell geschüttelt hatte.

„Weil ich nicht will, daß irgendeiner versucht, zum Festland zu schwimmen!"

„Schwimmen?"

„Ja."

„Aber das ist doch unmöglich!"

„Für dich vielleicht", erwiderte Bubo verächtlich, „aber so mancher, der vor vielen Monden mit uns herüberkam, hat nicht vergessen, daß das Leben drüben besser war. Einigen traue ich durchaus zu, daß sie das Risiko eingehen und zum Festland zurückschwimmen."

„Sie würden es nie schaffen, den Kanal zu durchqueren. Sie würden in der Gegenströmung untergehen."

„Vermutlich, aber was haben sie schon zu verlieren? Eine magere Kost, die aus ein paar Grasbüscheln vom vorigen

Jahr besteht, und die Aussicht auf einen Kampf, den keiner von ihnen will.“ Er sah in Knöterichs zuckende Augen. „Angenommen, du hättest nicht diese Erschöpfungszustände, würdest du nicht alles wagen, um diesem armseligen Leben zu entkommen?“

Knöterich blinzelte. „Armseliges Leben?“

„Wir sind alle am Ende unserer Kraft, aber du ...“

„Was ist mit mir?“ Knöterich sank zu Boden. Er wußte, was jetzt folgen mußte, und er hatte Angst davor. Inzwischen hatte er sich zwar an Bubos höhnische Bemerkungen zu seinen Erschöpfungszuständen gewöhnt, doch waren sie deshalb nicht weniger verletzend.

„Im Grunde hattest du nie die richtige Konstitution.“ Er unterbrach sich und musterte Knöterichs gequälten Gesichtsausdruck. „Du hast dich zwar redlich bemüht, ja, das hast du ...“

„Worum bemüht?“ Knöterich versuchte, in seine Frage einen gebieterischen Ton zu legen, doch was herauskam, war nur ein einschmeichelndes Winseln.

„So stark zu sein wie wir“, antwortete Bubo. Er weidete sich an Knöterichs Unbehagen.

„Ich habe nur getan, was du ...“

„Schnell! Da – eine Garnele!“ rief Bubo. „Schnell! Hol sie dir! Da!“ Knöterich fuhr herum. Bubo stieß ihn grob ins Wasser, genau in einen Brecher. Dann setzte er leichtfüßig über die weiße Schaumkrone hinweg, während die Welle über Knöterich zusammenschlug. Schon im nächsten Augenblick war Bubo wieder im seichten Wasser und hüpfte an den Strand, eine zappelnde Garnele zwischen den Zähnen. Knöterich taumelte hustend hinter ihm her und spuckte Wasser.

„Das muß schneller gehen", tadelte Bubo und leckte sich das letzte Stück Garnelenschale von den Lippen. Knöterich sank auf die Kieselsteine. Er japste mit heraushängender Zunge nach Luft. Aus matten Augen sah er Bubo an. Es dauerte eine Weile, bis er wieder sprechen konnte:

„Sind wir zu diesem Leben im Elend verdammt, bis wir alle verhungert sind?" keuchte er.

Bubo wurde wütend. „So etwas will ich nie wieder von dir hören", knurrte er, zwirbelte seine Schnurrhaare und starrte Knöterich an. „Du bist Anführer eines Rudels, vergiß das nicht! Wenn dich eine unserer Ratten so reden hört, kommt es zu einem Aufstand, den du nicht überleben wirst – zumindest nicht als Anführer."

„Ich weiß nicht, ob ich eigentlich noch Anführer sein will", murmelte Knöterich. „Sieh doch nur, was aus mir geworden ist. Früher war das Leben ein einziger Spaß – und nicht eine Reihe von Enttäuschungen. Ich habe in den Tag hineingelebt und mich des Lebens gefreut." Er sah in Bubos kalte Augen. Die schwarze Ratte rührte sich nicht. Knöterich blickte wieder auf den feuchten Kies hinab. Er seufzte und sah dann hinaus aufs Meer. „Damit ist es vorbei – aus und vorbei, und was ist mir geblieben?" Er wandte sich wieder Bubo zu. „Schmerzen und Elend, sonst nichts." Er sah an seinem abgezehrten Körper hinunter. „Ich verhungere auf dieser verwünschten Insel, und ich paare mich so oft, daß ich an jedem Knochen meines Körpers spüre, daß es falsch ist. Und wofür das alles? Für eine große, herrliche Zukunft, von der ich nicht einmal weiß, ob ich sie mir wünsche!"

Er legte die Schnauze zwischen die Vorderpfoten auf einen Kieselstein und bemerkte nicht den verächtlichen Ausdruck, der über das Gesicht der großen schwarzen Ratte huschte. Bubo verkniff sich die Antwort, die ihm auf der Zunge lag. Er riß sich zusammen und warf einen raschen Blick hinauf zur Klippe. „Ich nehme doch an“, sagte er ruhig, „daß du nicht die Absicht hast, deinen Sinneswandel dem Rudel mitzuteilen?“

Knöterich sah zu ihm auf. Ein merkwürdig entspannter Ausdruck lag auf seinem Gesicht. „Keine Angst, ich spiele weiter mit, Bubo“, sagte er freundlich, „aber nur weil ich nicht stark genug bin, den Kanal zu durchschwimmen. Wenn die Strömung nicht wäre, könntest du heute noch Anführer werden – auf der Stelle.“

„Wenn es so schlimm um dich steht, kannst du jederzeit über die Brücke aufs Festland zurück“, sagte Bubo erbost. „Ich werde den Wachen Befehl geben, dich ungehindert passieren zu lassen.“

„Und auch die anderen, die mich begleiten wollen?“ fragte Knöterich herausfordernd. „Wirst du ruhig zusehen, wie das halbe Inselrudel zu Seidelbast zurückkehrt? Kannst du das?“

Bubo erstarrte.

„Natürlich kannst du das nicht.“

„Du weißt, daß das unmöglich ist. Wir haben einen anderen Geruch angenommen. So viele können nicht ohne Kampf zurückkehren.“

„Nein, und wir würden ihn verlieren, entkräftet, wie wir alle sind. Wir haben unseren richtigen Rudelgeruch verloren und keinen neuen angenommen, für den sich die Mühe gelohnt hätte.“ Knöterich funkelte Bubo an. „Du hast uns alle in der Hand, und das weißt du genau.“

„Du bist überreizt. Ich hätte dich nicht ermuntern sollen, so ausgiebig zu fischen. Du bist vom vielen Paaren zu erschöpft." Er sah in den Himmel und dann hoch zur Klippe. „Höchste Zeit, daß wir uns wieder unseren Pflichten widmen."

„Der einzige Grund, weshalb ich überreizt bin, ist der Zustand des Rudels", brummte Knöterich und erhob sich mühsam. „Wenn die Papageitaucher nicht zurückkommen, werden wir alle verhungern."

„Sie werden zurückkommen. Das kann nicht anders sein. Ihre Lebenskräfte werden dafür sorgen."

Knöterich murmelte etwas und betrat den Pfad, der die Klippe hinaufführte.

„Ich habe dich nicht verstanden", sagte Bubo, der dicht hinter ihm ging.

„Ich habe nichts gesagt", schnaubte Knöterich und kämpfte sich den Pfad hinauf.

„Geh langsamer, dann tut es nicht so weh", sagte Bubo leichthin. „Ich fürchte, es ist meine Schuld, daß du dich so oft paarst ..."

„Was soll weh tun?" fauchte Knöterich. „Ich habe nie über Schmerzen geklagt!" Er ging absichtlich schneller. „Und sag nicht immerfort, es sei deine Schuld", schnaubte er über die Schulter zurück. „Wenn ich müde bin, dann ist das ganz allein meine Schuld!"

Bubo entgegnete nichts. Befriedigt beobachtete er, wie Knöterich immer langsamer wurde und schließlich nach Atem ringend stehenblieb. Bubo drückte sich auf dem schmalen Pfad an ihm vorbei.

„Vielleicht hätten wir nicht darauf bestehen sollen, unsere Gespräche in der Abgeschiedenheit des Strandes zu führen", sagte er ausdruckslos. „Ich fürchte, diesmal hast du dich wirklich übernommen."

Knöterich sah ihn haßerfüllt an und öffnete den Mund. Er wollte etwas sagen, doch nur sein rasselnder Atem war zu hören.

„Sprich jetzt nicht. Spar dir deine Kräfte für den Aufstieg. Ruh dich hier aus. Ich komme nachher zurück und hole dich. Es wäre nicht gut, wenn dich das Rudel in diesem erschreckenden Zustand zu sehen bekäme."

Angst verzerrte Knöterichs Gesicht. „Zustand?" schnaufte er. „Ich bin in keinem Zustand. Ich bin völlig in Ordnung. Nur ein bißchen..."

Er schnappte nach Luft.

Bubo sah auf ihn hinunter. „Vielleicht sollte ich Hilfe holen?"

Knöterich zwang sich aufzustehen und öffnete den Mund. Bubo hob die Pfote.

„Sag nichts. Ruh dich erst aus. Ich bin gleich zurück. Gib aber acht auf die Mantelmöwen. Um diese Zeit fliegen sie immer hier vorbei."

Knöterich wollte etwas sagen, aber Bubo hatte ihm schon den Rücken zugekehrt und hüpfte den Pfad hinauf zum Gipfel. Er war fast oben, als er zur Seite sprang und in eine Felsnische kroch. Dort setzte er sich hin und wartete.

Knöterich schreckte hoch, als ihn ein kräftiger Schnabel vom Boden riß und hinauf in die Luft über dem Kieselstrand trug. Er wollte schreien, doch er hatte nicht mehr die Kraft dazu. Und als der Schnabel sein Genick losließ und er auf die Steine unten zuraste, da wußte er, daß ihn auch die Überlebenskräfte verlassen hatten.

Bubo beobachtete, wie die große Mantelmöwe hinter ihrer fallenden Beute herjagte und sie packte, bevor sie auf dem Boden aufschlug. Und als der Vogel an Knöterichs rauhem Fell zu reißen begann, kroch Bubo zurück auf den Pfad und eilte zur Spitze der Klippe. Er schrie aus Leibeskräften:

„Mantelmöwen! Mantelmöwen! Alle herkommen! Ein Unfall – da unten – ein schrecklicher Unfall!"

Kapitel 19

„Ich habe keineswegs die Absicht, eine Gruppe zurückzuschicken, um den Meister zu retten. Schlag dir das aus dem Kopf." Sanddistel blitzte Meerstern an. Er hatte seine Stimme erhoben, damit ihn auch die Schwarmältesten hören konnten, die einige Flügelspannen weiter in taktvollem Abstand auf dem Wasser saßen. „Er hat schon genug Schaden angerichtet. Und du auch – mit deiner albernen Geschichte von vierbeinigen Eindringlingen!"

„Ich habe nur getan, worum man mich gebeten hat!" erwiderte Meerstern. Auch er war wütend.

„Jedenfalls ist es dir gelungen, unseren Schwarm zu spalten. Ob ich deine Geschichte nun glaube oder nicht, zumindest die Hälfte wird gegen mich sein und sich weigern, mir zu folgen, so wie deine törichte Mutter sich geweigert hat, dem Meister zu folgen."

„Aber meine Mutter hatte recht!"

„Das sagst du!" fauchte Sanddistel.

„Aber du sagst doch selbst, daß Ratten keine Papageitaucher retten und mit Botschaften für ihre Schwarmführer aufs Meer schicken“, sagte Meerstern aufgebracht. „Warum sollte ich eine solche Geschichte erfinden?“

„Um etwas von dem Ruf deiner Mutter zu retten, deshalb“, erwiderte Sanddistel trocken.

„Und was wirst du jetzt tun? Wenn du mich für einen Lügner hältst und den Schwarm auf die Papageitaucherinsel zurückführst, dann werdet ihr alle sterben. Das steht fest.“

Die Schwarmältesten sahen einander beunruhigt an.

„Sag mir nicht, was ich zu tun habe!“ fauchte Sanddistel und blickte unsicher zu den Ältesten hinüber. „Ich bin sehr wohl in der Lage, meine Entscheidungen selbst zu treffen! Ich bin nicht wie der Meister.“ Er pickte nach einem vorübertreibenden Strang Blasentang. „Wenn er noch Schwarmführer wäre, würde er uns vermutlich auf die Papageitaucherinsel zurückbringen und erklären, es sei der Wille der Königin, daß uns die Ratten fressen.“

„Also glaubst du mir.“

„Das habe ich nicht gesagt“, fuhr ihn Sanddistel an.

„Doch, du glaubst mir“, beharrte Meerstern.

Sanddistel starrte in Meersterns leuchtende Augen. „Eins muß man dir lassen, Meerstern – du bist mit Abstand der schlauste junge Papageitaucher, der mir je untergekommen ist, ob deine Geschichte nun stimmt oder nicht ...“

„Dann glaub mir eben nicht! Nimm ein paar von den Ältesten, flieg hin und überzeug dich selbst!“ unterbrach ihn Meerstern. „Du brauchst sechs Tage hin und zurück. Und bei der Gelegenheit kannst du den Meister retten.“

Sanddistels Blick wurde hart. „Du verstehst den Meister überhaupt nicht. Wahrscheinlich will er gar nicht gerettet werden. Wenn es stimmt, was du sagst, könnte er keinem

Schwärmer mehr unter die Augen treten. Lieber würde er sich von den Ratten zerreißen lassen als zuzugeben, daß er den Willen der Königin falsch gedeutet hat."

„Du brauchst wohl eine Botschaft von der Königin persönlich, bevor du auch nur daran denkst, zur Insel zurückzufliegen, um herauszufinden, ob der Meister gerettet werden möchte oder nicht", erklärte Meerstern.

„Lästerreden bringen uns auch nicht weiter", entgegnete Sanddistel. „Und vergiß nicht, mit wem du sprichst! Ich bin jetzt Schwarmführer."

Meerstern seufzte. Sanddistel sah hinüber zu den Schwarmältesten. Sie tuschelten. Dann wandte er sich wieder an Meerstern. „Hör zu", sagte er mit gesenkter Stimme, „ich weiß, daß dein Leben bisher alles andere als normal verlaufen ist. Warum erholst du dich nicht – genießt dein Leben und läßt mich meines genießen? Wir haben noch viel Zeit, bis wir entscheiden müssen, wo wir in der warmen Jahreszeit nisten werden. Darum brauchst du dir nun wirklich keine Sorgen zu machen. Hier gibt es viele junge Schwärmer, mit denen du Freudenflüge unternehmen kannst. Warum vergißt du diese unglückselige Geschichte nicht einfach?"

„Aber wir dürfen sie nicht vergessen. Du sagst doch selbst, daß sich der Schwarm spalten wird, egal, wie deine Entscheidung ausfallen wird. Warum findest du die Wahrheit nicht heraus, damit du weißt, wie du die anderen überzeugen kannst."

Sanddistel starrte ihn an und sagte knapp: „Das schlag dir aus dem Kopf! Wir fliegen nicht zurück, um den Meister zu retten, was immer du auch anstellst. Und jetzt entschuldige mich. Ich muß die Gemüter beruhigen, die du aufgewühlt hast – dem ganzen Schwarm mit einer dämlichen Geschichte Angst einzujagen!"

Meerstern funkelte ihn an. Aber bevor er einen Ton sagen konnte, war Sanddistel schon zu den Ältesten hinübergeflogen.

„Es ist zwecklos, Meerstern. Du wirst ihn nie dazu überreden, den Meister zu retten. Er denkt nicht im Traum daran, dafür haßt er ihn viel zu sehr."

Meerstern drehte sich nach dem Sprecher um. Es war Seeampfer.

„Aber ist die Papageitaucherinsel denn so unwichtig? Er muß doch dafür sorgen, daß die Paare irgendwo ihre Eier legen können." Meerstern war so außer sich, daß er ganz vergessen hatte, seinen Vater zu begrüßen. Dabei hatte er ihn seit der warmen Jahreszeit nicht mehr gesehen.

Seeampfer und Meerstern rieben zur Begrüßung die Schnäbel aneinander. „Ich fürchte, sein Haß auf den Meister ist viel größer als seine Sorge um den Schwarm."

„Aber warum?" fragte Meerstern. „Was hat ihm der Meister getan?"

„Sanddistel ist eher erbost darüber, was der Meister *nicht* getan hat. Alles geschah vor meiner Zeit, aber keine der beiden Seiten hat die Sache vergessen, bis auf den heutigen Tag.

Meines Wissens waren beide zu der Zeit ganz normale Schwärmer, kaum älter als ich jetzt. Sie waren zur Papageitaucherinsel geflogen, um nach Nisthöhlen zu suchen – wie immer zur Brutzeit. Den Erzählungen nach war es eine sorgenfreie Zeit. Damals lebte der Weise noch, der alte Schwarmführer, von dem es heißt, er sei der klügste Anführer aller Zeiten gewesen.

Eines Tages nun kroch ein riesiger Vierfüßler durch die Papageitaucherkolonie. Er war viel größer als diejenigen, die ich auf der Insel sah. Ich habe dir von ihnen erzählt, erinnerst du dich? Der Vierfüßler warf ein Netz aus geflochtenem Gras über Wegerich. Wegerich – so hieß der Meister damals noch – hatte vor seiner Bruthöhle gedöst. Was dann geschah, weiß keiner mehr, denn die meisten Schwärmer flogen bei der Störung aufs Meer hinaus. Der arme Wegerich erinnerte sich nur noch, daß er zu seiner Überraschung wohlbehalten ins Gras zurückgesetzt wurde. Der Vierfüßler verschwand wieder, aber diesmal nur auf zwei Beinen.

Erst als Wegerich sich aufgerappelt hatte und fortfliegen wollte, bemerkte er den bunten Ring an seinem Knöchel. Zuerst versuchte er, ihn aufzubeißen, als dann aber die anderen Schwärmer herbeieilten und um ihn herumhüpften, um den Ring zu untersuchen, soll er ihn ganz stolz vorgezeigt haben, so erzählt man zumindest. Der Ring war wie aus dem Nichts aufgetaucht, genau in dem Moment, als Wegerich aus den Klauen der großen Landkreatur gerettet wurde – man war sich schnell einig, daß es sich bei dem Vierfüßler um eine Landkreatur gehandelt hatte –, und das führte sofort zu der Vermutung, daß nur die Goldene Königin Wegerich gerettet haben konnte. Als dann zwei Tage später ein Seeteufel den Weisen anfiel und den Anführer des Schwarms auf Nimmerwiedersehen in die Tiefe riß, da zweifelte niemand mehr daran, daß Wegerich auserwählt war.

Die Schwarmältesten boten Wegerich daraufhin die Führung des Schwarms an, mit Ausnahme von Sanddistel wohlgemerkt, der sich schon seit langem Hoffnungen machte, selbst eines Tages Anführer zu werden. In Ermangelung einer besseren Erklärung machte sich der arme Wegerich die Deutung der anderen zu eigen und kam ihrer Bitte nach. Er nannte sich von da an Meister. Alle waren sich einig, daß dieser Titel seinem neuen Rang entsprach."

Seeampfer trank einen Schluck Wasser. „Kein Wunder, daß Sanddistel den Meister jetzt nicht retten will", sagte Meerstern.

„Genau. Ein paar Schwärmer behaupten sogar, er würde eher Kopf und Kragen riskieren, als die Führungsrolle aufs Spiel zu setzen, die ihm praktisch sicher ist."

„Und auch den Verlust der Papageitaucherinsel", sagte Meerstern grimmig.

„Sieht ganz so aus", seufzte Seeampfer. Meerstern stieß wütend mit dem Schnabel ins Wasser.

„Und außerdem wird er es sich nicht nehmen lassen, uns immer wieder daran zu erinnern, daß er es war, der sich dem Meister widersetzte, als dieser den Schwarm dazu zu überreden versuchte, Meerfenchels Warnungen in den Wind zu schlagen und mit den Eiern auf der Insel zu bleiben."

Meerstern sah auf. „Das hat Sanddistel getan?"

„Ja, wenn auch nicht uneigennützig."

„Was ist passiert?"

„Wir jagten gerade Sandaale, weit draußen vor der Insel, und bemerkten nicht, daß ein Sturm heraufzog", begann Seeampfer. „Urplötzlich brach das Unwetter los, unablässig donnerte es und weiße Blitze zuckten über den Himmel. Das Gedonner war zuviel für Meerfenchel. Sie verlor die Nerven und fing an, ausführlich ihren Traum zu erzählen. Bis dahin kannte ihn außer uns nur der Meister, vor den anderen hatten wir ihn geheimgehalten. Und jetzt platzte sie damit heraus, und jeder konnte zuhören."

Meerstern stöhnte auf.

„Ja, ich konnte es auch nicht fassen. Ich flog sofort los, um den Meister zu holen. Doch als wir zurückkamen, war Meerfenchel auf dem Meer verschwunden. Ich habe sie nie wieder lebend gesehen.

Kaum war der Meister da, fiel Sanddistel auch schon über ihn her, und in einem Ton, noch dazu vor all den anderen – so etwas hast du noch nie gehört.

‚Ich verstehe nicht, warum du uns nichts erzählt hast', brüllte er. ‚So ein schrecklicher Traum, und du tust, als sei nichts geschehen, und hoffst, daß die dumme Kleine den Schnabel hält.' Er wackelte wütend mit dem Schwanz. ‚Nehmen wir mal an, es stimmt alles? Was ist, wenn wir tatsächlich angegriffen werden? Wenn wir alle sterben müssen?'

Aber der Meister wollte davon nichts wissen. ‚Was soll das: nehmen wir mal an?' brüllte er zurück. ‚Sollen wir uns durch ein einfältiges junges Weibchen vom Willen der Goldenen Königin abbringen lassen?' Er stierte Sanddistel wütend an. ‚Wenn hier einer Träume hat, dann bin ich das, der Schwarmführer! Und da wir schon mal dabei sind, Sanddistel, wenn es der Wille der Königin ist, daß wir sterben sollen, dann werden wir eben sterben, dagegen sind wir machtlos.'

Sanddistel blitzte den Meister verächtlich an. Er haßte es, wenn die Goldene Königin mit ins Spiel gebracht wurde.

‚Wenn du schon Vermutungen anstellen willst, dann nimm doch einmal an, *ich* hätte dir den Traum erzählt', fuhr der Meister fort, bevor Sanddistel etwas erwidern konnte. ‚Vergiß nicht, es war der Tag, an dem wir an Land gehen wollten. An einem solchen Tag kann keiner seinen Gefühlen trauen. Du und die Ältesten, ihr hättet mir bestimmt geraten, den Traum als Warnung zu verstehen, als eine Warnung der Goldenen Königin, daß uns die Lebenskräfte verlassen. Ihr hättet von mir verlangt, daß ich den Schwarm in ein unverantwortliches Abenteuer stürze und nach einer neuen Insel suche, obwohl die Weibchen mit ihren Eiern schon schwer im Wasser lagen. Im günstigsten Fall hätten sich nur ein paar davongemacht, im schlimmsten Fall hätten wir in der knappen Zeit kein neues Land entdeckt.‘

Sanddistel sah betreten auf seine Füße. Es war eines der wenigen Male, daß ich ihn sprachlos erlebt habe. Aber der ganze Schwarm fing an zu tuscheln. Natürlich waren alle sehr aufgeregt, wie du dir vorstellen kannst. Nur der Meister blieb gefaßt. Er senkte seine Stimme, so daß nur Sanddistel und ich ihn hören konnten:

‚Es war zu spät. Ich konnte nichts tun, selbst wenn ich gewollt hätte‘, flüsterte er. ‚Aber ganz ehrlich, Sanddistel, ich halte die Geschichte der Kleinen für ausgemachten Unsinn. Eine Insel, die sich aus dem Wasser hebt und mit dem Festland vereinigt – das ist doch gegen die Natur, das weißt du so gut wie ich. Ich sagte ihr das auch und nahm an, sie würde es einsehen, aber beim ersten Donnerschlag verliert sie den Kopf, jagt den anderen einen Schrecken ein und behauptet, daß der Himmel einstürzen wird und was weiß ich noch alles.‘

‚Aber jetzt haben wir den Schaden‘, entgegnete Sanddistel. ‚Du weißt so gut wie ich, daß niemand aus dem Schwarm die Absicht hat, jemals wieder zur Klippe oder zu den Eiern zurückzukehren – nicht einer. Und bei Einbruch der Dunkelheit werden die Schalen so abgekühlt sein, daß die ganze Brut vernichtet ist.‘

Der Meister erwiderte nichts. Er dachte angestrengt nach. Dann sah er plötzlich auf und meinte: ,Wir werden die Goldene Königin nicht enttäuschen, wie unsere Vettern, die Riesenalken. Denkt daran, daß seit dem Tod des letzten Riesenalks wir die auserwählten Vögel der Königin sind.' Und dann erhob der Meister die Stimme und rief so laut, daß ihn trotz Sanddistels Stöhnen alle Schwärmer hören konnten: ,Der Wille der Goldenen Königin geschehe.' Mit einem Schlag verstummten alle Gespräche."

Seeampfer bemerkte Meersterns Verwirrung und schüttelte den Kopf. „Ich weiß – auch von denen, die dabei waren, verstand keiner, was er damit meinte. Als nächstes verlangte er jedenfalls, daß sich der ganze Schwarm am Kieselstrand unterhalb der Klippe versammeln sollte. Wir hatten keine Ahnung, was er uns sagen wollte. Und als wir es dann zu hören bekamen, waren wir nicht wenig überrascht, das kann ich dir sagen."

Kapitel 20

„Der ganze Schwarm saß schon im Wasser, als der Meister heranpaddelte – die verängstigten und ungeduldigen Vögel vorn, die älteren und ernsteren in den hinteren Reihen, unter ihnen auch Sanddistel, ganz in meiner Nähe. Der Meister fühlte, daß alle Augen auf ihn gerichtet waren. Er reckte sich zu seiner vollen Größe und sah uns an.

‚Meine lieben Freunde von der alten Papageitaucherkolonie', begann er leise – so leise, daß wir Hinteren Mühe hatten, seine Worte trotz des Windes zu verstehen, der sanft über das Wasser strich. ‚Heute ist für mich ein trauriger Tag, denn es gilt Abschied zu nehmen, von vielen unter euch.' Sanddistel zuckte im Wasser zusammen. ‚Doch ich hielt es für eine gute Idee, daß wir ein letztes Mal hier auf dem Wasser zusammenkommen. So kann ich euch den Segen der Goldenen Königin erteilen, bevor ihr eure lange Reise antreten und auf das sichere Meer zurückkehren werdet.'

Ich sah Sanddistel an, daß er seinen Ohren nicht traute – der Meister war allem Anschein nach bereit, alle ohne ein Wort des Protestes gehen zu lassen.

‚Doch wenn wir uns jetzt auch trennen müssen, jeder seiner eigenen Wege geht und wir unsere Eier auf der Insel den Raubtieren überlassen, so kann sich unser Schwarm doch glücklich schätzen. Daran sollten wir denken, wenn wir auf der Reise anderen Gefahren begegnen. Denn schließlich kommt es nicht alle Tage vor, daß die Goldene Königin einem aus unserer Mitte einen Traum schickt, wie unserer lieben Gefährtin Meerfenchel, die uns inzwischen verlassen hat. Der Traum war eine Warnung. Der Kolonie droht ein furchtbares Unglück – vielleicht schon heute nacht.‘

‚Heute nacht!‘

Das Wort prallte von den Schnäbeln wie ein Echo zurück, und jeder der Anwesenden blickte in die angsterfüllten Augen seines Nachbarn. Der Meister wartete, bis das Geschnatter verstummt war, dann fuhr er fort:

‚Gewiß, Meerfenchel ist überstürzt aufs offene Meer hinaus geflüchtet. Doch ich bin überzeugt, daß jeder hier bereit ist, ihr zu verzeihen. Immerhin blieb sie lange genug, um uns zu warnen, so daß wir ihrem Beispiel folgen und uns in Sicherheit bringen können.‘ Ein beifälliges Nicken lief durch die Reihen.

‚Möge die Königin sie segnen‘, sagte einer. Ein anderer stimmte ihm zu.

‚Ich kann es nicht glauben!‘ stieß Sanddistel hervor.

‚Welch ein Glück‘, übertönte ihn der Meister, ‚welch ein großes Glück für uns, daß wir die Warnung erhalten haben. Denn, damit wir uns nicht falsch verstehen: Was hier geschehen wird, wird niemand, der dabei war, jemals vergessen. Wenn sich unsere Insel tatsächlich bewegen und mit dem Festland vereinigen sollte, wie von Meerfenchel vorausgesagt, dann wird das allen bekannten Kräften der Natur widersprechen. Und die Glücklichen, die das miterleben durften, werden für den Rest ihrer Tage verwundert davon erzählen.'

Die jüngeren Vögel rissen die Augen auf. Sanddistels Augen verengten sich.

,Wirklich bedauerlich, daß ihr es versäumen werdet.' Der Meister machte eine Pause und ließ den Blick über die gespannten Gesichter schweifen. ,Aber in ein paar Tagen sehen wir uns ja auf offener See wieder. Dann könnt ihr mich fragen, welch unvergleichlicher Anblick es war, als sich die Insel in der Nacht aus dem Wasser hob und bewegte.'

,Ich glaube fast, der alte Narr will hierbleiben und zuschauen', meinte ein Schwarmältester neben mir.

,Das kann doch nicht sein Ernst sein', rief ein anderer.

,Und ob das mein Ernst ist', antwortete der Meister mit lauter Stimme in unsere Richtung. Niemand sagte etwas. Dann fuhr er fort: ,Natürlich werde ich nicht so verrückt sein und auf die Insel zurückkehren. Ich werde das Wunder aus der Luft beobachten, dort bin ich sicher. Ich werde hier auf dem Wasser schlafen und euch dann auf die offene See folgen.' Ein junges Paar in der ersten Reihe gluckste zustimmend, und der Rest des Schwarms stimmte eilig mit ein. Der Meister hob seine Stimme, um sich Gehör zu verschaffen:

,Diese Nacht möchte ich nicht versäumen, nicht für alle Sandaale der Welt', erklärte er lautstark. ,Stellt euch doch vor: Die Papageitaucherinsel hebt sich aus dem Wasser, schwebt zum Festland hinüber und verdrängt dabei alles Wasser aus dem tiefen Kanal, der die beiden trennte, seit die Königin sie erschuf.'

Der Meister hatte die letzten Worte schreien müssen, um den Lärm zu übertönen. Die Vögel machten ihrer Begeisterung Luft. Kein Schnabel blieb stumm. Alle schnatterten aufgeregt mit ihren Nachbarn. Nur Sanddistel blieb still und beobachtete das Ganze aus der hintersten Reihe.

‚Schließlich', begann der Meister von neuem, ‚schließlich ist eine Gefahr, die man kennt, keine Gefahr mehr – vorausgesetzt natürlich, man kann etwas tun, um ihr vorzubeugen, und das ist hier ja der Fall.' Er trank einen Schluck Wasser und wartete, bis sich die Vögel etwas beruhigt hatten. Sie harrten gespannt seiner nächsten Worte.

Er wählte den richtigen Moment und bemerkte dann wie beiläufig: ‚Das soll nun aber nicht heißen, daß mir nicht jeder willkommen ist, der mir bei dem wunderbaren Schauspiel Gesellschaft leisten will. Wer sich die Zeit nimmt und bereit ist, seine Abreise um einen Tag zu verschieben . . .'

Die anschließende Stille dauerte gerade so lange, wie jeder Papageitaucher brauchte, um Luft zu holen. Dann schrien alle durcheinander und schlugen aufgeregt mit den Flügeln, und ich begriff sofort, daß sie bleiben und zuschauen wollten.

Zwischen den aufgeregt hin- und herpaddelnden Vögeln entdeckte ich die Gestalt Sanddistels. Er schwieg und durchwühlte sein Brustgefieder wütend nach Zecken."

„Und was geschah dann?" fragte Meerstern gebannt.

„Nun, um es kurz zu machen, nichts", antwortete Seeampfer tonlos. „Das meiste habe ich verschlafen. Als ich am nächsten Morgen erwachte, saß der ganze restliche Schwarm um mich herum. Alle waren so enttäuscht wie am Vorabend. Da landete der Meister in unserer Mitte.

‚Zuerst muß ich euch um Verzeihung bitten', begann er. ‚Ja, um Verzeihung, weil ich eure Rückkehr aufs offene Meer verzögert habe, und nur wegen dieser armseligen Vorstellung.‘ Er blickte in die traurigen Gesichter, die nacheinander unter den müden Flügeln hervorschauten.

‚Ich kann mir vorstellen, daß alle, die heute nacht aufgeblieben sind, jetzt müde sind. Deshalb will ich nur schnell den anderen, die geschlafen haben, erzählen, daß der zweite Versuch nicht besser verlaufen ist als der erste. Genau wie gestern abend hat die Insel auch heute morgen wieder versucht, sich aus dem Wasser zu erheben. Es sah so aus, als könnte sie es schaffen – doch dann verlor sie den Mut und sank zurück ins Meer.‘

Wie du dir vorstellen kannst, sagte keiner einen Ton – wahrscheinlich ging es ihnen wie mir, sie wußten nicht, was sie sagen sollten. Der Meister jedoch hatte die Sprache nicht verloren. Er seufzte und sagte: ‚Doch unserem Freund, dem Meer, muß ich Anerkennung zollen. Es hat sich nicht kampflos ergeben. Es hat sich in den Kanal gestürzt, als die Papageitaucherinsel sich zu bewegen schien. Das hat mich an eine Geschichte erinnert, die mir einmal eine Schildkröte erzählte.‘

‚Und was ist mit den Vierfüßlern, waren welche da?‘ fragte ein Jungvogel, der eben aufgewacht war.

Der Meister schüttelte den Kopf. ‚Nicht einer.‘

Der Kleine seufzte und steckte den Kopf wieder unter den Flügel, ohne sich darum zu kümmern, was der Meister noch zu sagen hatte.

‚Wir sahen nichts Bedrohliches, nur ein großes, verlassenes Boot der Landkreaturen lag am Strand vor dem Festland. Lang ist es noch nicht dort. Wahrscheinlich wurde es vom Meer angespült. Wichtig ist nur, daß es nicht am Strand der Insel liegt.‘ Er quakte leise, als ihm klarwurde, was er gesagt hatte. ‚Es *wäre* wichtig gewesen‘, sagte er traurig. ‚Ich hatte für einen Augenblick vergessen, daß wir nicht zurückkehren.' Er trank einen Schluck Wasser, zupfte kurz an seinen Federn und fuhr fort: ‚In gewisser Weise ist es ein Jammer. Unsere Eier werden nicht gefressen, und als ich gerade oben war, habe ich ein paar untersucht, um zu sehen, ob Leben in ihnen ist. Ich könnte schwören, daß zwei oder drei kurz vor dem Ausschlüpfen stehen. Sie sind noch recht warm, wenn man bedenkt, daß wir uns seit gestern abend nicht mehr um sie gekümmert haben.'

Alle, die wach waren, ließen bei diesen Worten die Flügel hängen und blickten aufs Wasser – sie waren ganz verlegen."

Meerstern nickte. „Das will ich auch schwer hoffen."

„Ja, Meerstern, aber zu dem Zeitpunkt wußte niemand, was los war – ihre Hauptsorge galt nicht den Eiern, wie es eigentlich hätte sein sollen.

‚Ich will eure Rückkehr aufs offene Meer jetzt nicht länger hinauszögern', sagte der Meister knapp und tat so, als habe er ihre Verlegenheit nicht bemerkt. ‚Ihr habt einen langen Weg vor euch, wenn ihr die reichen Fischgründe noch vor Einbruch der Dunkelheit erreichen wollt. Ich wünsche euch alles Gute. Der Segen der Goldenen Königin sei mit euch.' D araufhin vergrub er den Kopf tief in den Federn und begann nach Zecken zu suchen.

Das Schweigen wollte kein Ende nehmen. Keiner sah den anderen an. Keiner wußte, was tun. Doch dann piepste aus der Mitte eine junge Stimme: ‚ Ja, und wann wird sich die Insel mit dem Festland vereinigen?'

‚Wer kann das wissen?' Der Meister zuckte die Achseln. ‚Morgen? In ein paar Jahren? Vielleicht nie!'

‚Nie? Aber es wurde doch prophezeit!'

‚Ja', kam es gedämpft aus den Federn. ‚Und das erinnert

mich an die Geschichte vom Silbernen Mond, die einmal eine Schildkröte erzählte.'

,Vom Silbernen Mond!' Ein bestürztes Flüstern lief kreuz und quer durch die Reihen. Doch der Meister schaute nicht auf. Dann piepste eine andere dünne Stimme.

,Meister?'

,Was ist denn nun schon wieder, im Namen der Königin?' kam es ärgerlich unter dem Flügel hervor.

,Nun ...' Die Stimme verstummte.

,Was ist denn?' Der Meister blickte aus den Federn hoch. Ein anderer Jungvogel sah ihn scheu an. ,Rede schon. Ich reiße dir nicht den Kopf ab. Was gibt es?'

,Nun, einige von uns hätten nichts dagegen, vor dem Abflug noch eine Geschichte zu hören – für unterwegs, wenn du verstehst, was ich meine.'

,Du willst mich wohl dazu bringen, daß ich Geschichten vom Silbernen Mond erzähle, hm?' tadelte der Meister sanft. ,Ich weiß, daß ihr alle enttäuscht seid, aber für mich ist das noch lange kein Grund, euch Geschichten von diesem Abenteurer zu erzählen.'

Wieder sagte keiner ein Wort, bis schließlich hinter einer Gruppe, die bisher kaum zugehört hatte, eine laute Stimme losdonnerte: ,Für mich ist das sehr wohl ein Grund, Meister!'

Der Meister streckte sich. Es war Sanddistel, der ihn herausforderte:

,Mag ja sein, daß der Silberne Mond wankelmütig und böse ist, trotzdem bin ich überzeugt, daß der Schwarm gern eine Geschichte von ihm hören würde. Er wird kaum weniger zu bieten haben als die Goldene Königin, die uns angeblich so sehr liebt.'

Wie du dir vorstellen kannst, waren die anderen wie

gelähmt. Keiner wagte es, den Meister auch nur anzuschauen. Kein Piepser war zu hören. Sanddistel schob sich durch die Reihen der bestürzten Vögel nach vorne.

‚Ja, ich weiß, es ist ketzerisch', rief er über die gesenkten Köpfe hinweg, ‚trotzdem möchte ich die Geschichte hören. Vielleicht zeigt sie den jungen Vögeln hier – Vögeln, die du mit deinen Phantastereien getäuscht hast, Meister –, daß dein Glaube in Wirklichkeit auch nicht stärker ist als der deiner Nächsten. Du bist einfach nur eifersüchtig, jawohl, eifersüchtig auf ein junges Weibchen, weil es einen Traum hatte, und du nicht.'

Der Meister funkelte ihn an. Sanddistel war deutlich anzusehen, daß er tiefe Genugtuung verspürte. Die letzte Bemerkung hatte seinen alten Feind getroffen.

‚Und wenn die Liebe der Königin für Ihre vermeintlich auserwählten Vögel wirklich so groß ist, wie du immer behauptest', rief Sanddistel triumphierend, ‚dann wird Sie es uns nachsehen, wenn wir ketzerische Geschichten erzählen. Und selbst wenn Ihre Liebe nicht so groß ist und wir Ihren Zorn überleben, wird uns die Geschichte ohne Zweifel die Kraft geben, die wir brauchen, um Ihrem Ruf zu widerstehen und uns auf dem offenen Meer in Sicherheit zu bringen.'

Das Wort ‚Sicherheit' schallte über das Wasser, und Sanddistel sank zurück. Sein Gesicht strahlte vor Selbstzufriedenheit. Ich blickte zum Meister hinüber und war nicht wenig überrascht, als ich sah, daß er genauso zufrieden dreinsah wie Sanddistel.

‚Nun gut, ihr sollt die Geschichte hören', sagte er kühl und begann zu erzählen, wie die Goldene Königin Spitzen Ihres Körpers unter dem Meer hervorholte und das Land erschuf, damit Ihre Lieblingsgeschöpfe dem Meer entsteigen und in Ihrer warmen Luft leben konnten.'"

„Die Geschichte kenne ich", unterbrach Meerstern. „Der Delphin hat sie mir erzählt."

„Jeder kennt sie", entgegnete Seeampfer, „aber nicht jeder weiß, was danach geschah – wie wütend das Meer auf die Goldene Königin war, weil Sie mitten im Wasser das Land errichtet hatte."

„Dann erzähle weiter", bat Meerstern gespannt.

„Aber bitte keine Unterbrechungen mehr." Meerstern entschuldigte sich, und Seeampfer trank einen Schluck Wasser, bevor er fortfuhr:

„Das Meer war wütend, weil es nicht mehr über die gesamte Erdkugel herrschte und die Lieblingsgeschöpfe der Goldenen Königin seiner Obhut entzogen waren. Aber was noch schlimmer war: Es brach sich an den zackigen, felsigen Küsten des Landes, wurde zurückgeworfen und aufgewühlt. Und als der Wind in der folgenden Nacht stärker blies als jemals zuvor und das Meer gegen die schwarzen Felszungen der Königin warf, schrie es in der Dunkelheit und verfluchte die Goldene Königin, weil Sie das Land an seine Oberfläche geholt hatte.

Das Meer ahnte freilich nicht, daß sein Fluch nicht ungehört geblieben war. Denn gerade war der Silberne Mond hinter den Gipfeln der Berge heraufgestiegen – der Silberne Mond, von dem es wußte, daß er in sternenlosen Nächten die Vögel in die Irre führte. Wie immer darauf erpicht, die Pläne seiner Schwester, unserer Königin, zu durchkreuzen, warf der Mond sein kaltes Licht auf das Meer.

‚Verbünde dich mit mir, und ich werde dich von dem Eindringling befreien', flüsterte er. ‚Erhebe dich und folge mir.

Gemeinsam werden wir das Land zerschmettern und zurück in deine Tiefen spülen, dorthin, wo es hergekommen ist.'

Das Meer war zu allem bereit, wenn es nur das Land wieder loswurde, und schloß mit dem Silbernen Mond ein ewiges Bündnis. Daraufhin ließ der Mond das Wasser anschwellen und zog es zum Land. Er schmetterte gewaltige Wellen gegen die Küste, die mächtige Felszungen herausbrachen und in seichte Gewässer trugen, wo sie das Meer umspülte und zermahlte, zunächst in kleine Steine, dann in feine Sandkörner, und schließlich in seine Tiefen schwemmte.

Viele Jahre lang wirbelte das Meer auf Geheiß des Silbernen Mondes um den Erdball und war glücklich dabei. Doch dann fiel ihm auf, daß es immer mehr zu tun gab, je mehr es arbeitete. Hinter jeder Felsküste, die es zerstörte, stand eine andere, so stark wie die erste. Zu spät begriff es, daß ihm der Silberne Mond eine unlösbare Aufgabe gestellt hatte.

Das Meer flehte den Silbernen Mond an, es von seinem Versprechen zu entbinden. Es wollte sich ausruhen und sich nur noch von den Schwingen des Windes tragen lassen, so wie früher. Aber der Silberne Mond weigerte sich. ‚Ich erfülle meinen Teil unseres Abkommens, und du mußt deinen erfüllen', erklärte er. ‚Meine Schwester soll den Erdball nicht ganz nach Ihrem Willen haben.' Und mit diesen Worten verdoppelte er seine Anstrengungen, riß das Meer mit seinem Zauber fort und warf es in mächtigen Wellen gegen das Land. Das tat er zweimal am Tag. Ein erstes Mal, wenn die Goldene Königin in den Himmel stieg, ein zweites Mal, wenn Sie wieder ins Meer zurücksank, dorthin, wo Ihr übriger Körper ruhte."

Seeampfer machte eine Pause. Es belustigte ihn, daß Meerstern seine Erzählung mit wachsendem Staunen verfolgt hatte.

„Soweit die Geschichte des Meisters. Als er geendet hatte, beugte er sich vor, trank einen Schluck und sagte: ‚Und so ist es noch heute, das heißt, wenn man der Geschichte glauben will, aber wer tut das schon.' Doch ich sah, daß er die anderen nicht aus den Augen ließ. Sie waren während seiner Erzählung immer näher gerückt, und alle hatten die Schnäbel aufgesperrt – so wie du jetzt."

„Ich wette, du hast auch gestaunt, als du sie das erste Mal gehört hast", sagte Meerstern.

„Ja, es ist eine gute Geschichte", erwiderte Seeampfer. „Sogar Sanddistel, der selten um ein Wort verlegen ist, war sprachlos. Aber es dauerte nicht lange, bis jemand den Bann brach – es war ein junger Schwärmer.

‚Aber genau das haben wir doch letzte Nacht gesehen!' platzte er heraus und schlug mit den Flügeln so ungestüm aufs Wasser, daß seine Nachbarn zu schaukeln begannen und aneinanderstießen. ‚Versteht ihr denn nicht? Ja, versteht denn keiner?' rief er und bekam prompt die Antwort – ein paar scharfe Schnabelhiebe der belästigten Nachbarn in sein Brustgefieder.

Aber er ließ sich nicht beirren. ‚Versteht ihr denn nicht? Als wir letzte Nacht darauf warteten, daß das Land sich bewegt, hob es sich nicht aus dem Wasser, wie wir nach Meerfenchels Traum erwartet hatten. Nur das Meer wurde flacher – rings um das Land wurde das Wasser flacher, und erst nach einer Weile wurde es wieder tiefer.' Er hatte so schnell gesprochen, daß er ganz außer Atem war. Der Meister ergriff die Gelegenheit und sagte ruhig: ‚Du meinst, daß das Wasser eine Art höchsten Stand erreicht, und dann wieder auf einen niedrigen Stand absinkt?'

Der junge Vogel strahlte ihn an. ‚Ja, genau das meine ich. Und ich glaube, das Meer macht das ziemlich regelmäßig, so wie in deiner Geschichte. Denkt doch nur an die Pflanzen an Land – direkt unterhalb der niedrigsten Wassermarke wachsen Meerespflanzen, und was direkt über der höchsten Wassermarke wächst, das müssen Landpflanzen sein.'

‚Das sagt nicht viel über den Traum der armen Meerfenchel aus', antwortete der Meister, ‚von dem Schwärmer Sanddistel behauptet, die Goldene Königin habe ihn gesandt.' Ich sah zu Sanddistel hinüber und bemerkte, wie er dem vernichtenden Blick des Meisters auswich. Und plötzlich meldete sich ein anderer zu Wort, und was er zu sagen hatte, sorgte für so viel Aufregung, wie eine Mantelmöwe unter einem Schwarm Möwenjungen hervorruft.

‚Meerfenchel hatte unrecht! Der Traum kam nicht von der Goldenen Königin. Ich habe es von Anfang an nicht geglaubt!'

Alle fuhren herum, um zu sehen, wer da gesprochen hatte, und als sie sahen, wer es war, wichen sie hastig vor ihm zurück – sie trauten ihren Augen nicht."

„Und wer war es?" fragte Meerstern aufgeregt.

„Ich war es!"

„Du!"

„Ja, ich", strahlte Seeampfer. „Ich hätte nie gedacht, daß ich es sagen würde, aber plötzlich war es heraus. Und ich muß sagen, daß ich bisher keinen Grund hatte, es zu bereuen – auch nicht nach deiner Geschichte von den Ratten."

„Aber der Traum ist wahr geworden", sagte Meerstern verwundert.

„Wirklich?“ fragte Seeampfer. „Zugegeben, es kamen tatsächlich Vierfüßler, aber daß sich das Land gehoben und bewegt hätte – der Meister hat es mit seiner Geschichte doch erklärt: Der Silberne Mond bewegt das Meer.“

Meerstern war sprachlos.

„Als nächstes hörte ich mich rufen: ‚Ich werde Meerfenchel suchen und zurückbringen, damit sie ihr Ei auf der Papageitaucherinsel legen kann.‘ Damit war die Aufregung komplett. Aber um es kurz zu machen: Am Ende waren alle Vögel wieder an Land, und noch vor Einbruch der Dunkelheit saßen sie auf ihren Eiern.“

„Sanddistel auch?“

„Ja, er auch. Aber er war außer sich vor Wut. Als der Schwarm zu den Eiern zurückflog, blieben nur er und der Meister auf dem Wasser zurück, und wie ich hörte, hat sich der Meister bei ihm tatsächlich dafür bedankt, daß er ihm geholfen habe, den Schwarm wieder an Land zu bringen.“

„Kein Wunder, daß er den Meister nicht vor den Ratten retten will.“

Seeampfer legte den Kopf auf die Seite und betrachtete Meersterns gespannte Miene: „Willst du immer noch, daß er gerettet wird – jetzt, wo du weißt, was er getan hat?“

Meerstern sah seinen Vater an und zögerte. „Nun?“ fragte Seeampfer. „Willst du es noch?“

„Ich glaube, er hat nur getan, was er für richtig hielt“, antwortete Meerstern. „Das hat er mir zumindest gesagt, als ich ihn fand, mit seinem halb abgebissenen Flügel.“

„Genau!“ Seeampfer strahlte.

„Er sagte immerfort, er sei das Leben nicht wert, das ihm die Goldene Königin geschenkt habe. Er sehnte sich danach zu sterben.“

„Schlimm ist nur, daß er wahrscheinlich schon tot ist", seufzte Seeampfer. „Trotzdem würde ich alles darum geben, wenn ich herausfinden könnte, daß er es nicht ist."

„Alles?" fragte Meerstern.

„Nun, mir gefällt das Leben unter Sanddistels Führung nicht besonders. Dir etwa?" Beide schauten zu der Stelle hinüber, wo ihr neuer Anführer noch immer mit den Schwarmältesten debattierte. Dann sahen sie einander an. Und im nächsten Augenblick, ohne daß ein weiteres Wort gewechselt worden war, schwangen sie sich in die Luft und flatterten davon, dem Horizont entgegen.

Kapitel 21

„Eine so verrückte Idee ist mir in meinem ganzen Leben noch nicht untergekommen.“ Mauerpfeffer starrte Meerstern ungläubig an. „Ich mache da nicht mit.“

„Ich nehme nur Freiwillige“, antwortete Meerstern. „Du hast schon recht, die Aussichten, daß beide Teile des Plans gelingen, sind nicht besonders gut. Es soll keiner mitkommen, dem das Risiko zu groß ist. Trotzdem finde ich, daß wir jetzt etwas unternehmen müssen, sonst besiedeln die Ratten demnächst noch das Meer.“

„Also, ich glaube schon, daß es klappen wird“, sagte Perltang.

„Es könnte klappen“, meinte Mauerpfeffer. „Es könnte aber auch schiefgehen.“ Er schüttelte die Federn. „Wie Meerstern sagt: Jeder muß tun, was er für richtig hält. Ich jedenfalls setze nicht mein Leben aufs Spiel, um einen alten, verkrüppelten Papageitaucher zu retten, der noch dazu ein bißchen verrückt ist. Die nächsten drei Jahreszeiten brauche ich nicht einmal daran zu denken, an Land zu gehen. Ich kann hier draußen meinen Spaß haben und fischen. Und diese Zeit werde ich genießen. Die erste Brutzeit kommt noch früh genug.“

Meerstern sah Perltang und Portulak an: „Ihr wißt, daß Mauerpfeffer recht hat. Ich will nicht, daß ihr euch verpflichtet fühlt, einem Vogel zu helfen, den ihr nicht einmal kennt.“

„Der Delphin aus deiner Geschichte kannte die Stare auch nicht“, sagte Portulak.

„Und allein schaffst du es nie“, sagte Perltang. „Wir müssen mindestens drei sein – sechs wären natürlich noch besser.“ Er strahlte Meerstern an. „Also, ich bin dabei!“

„Ich auch!“ sagte Portulak aufgeregt. „So lange es ohne Gewalt abgeht!“

„Nun, ich plane nichts dergleichen“, sagte Meerstern und strahlte beide an. „Aber was ist, wenn uns die Ratten auf die Schliche kommen?“

„Das sehen wir, wenn es soweit ist“, sagte Perltang zuversichtlich. „In der Zwischenzeit laßt uns ein paar freiwillige junge Papageitaucher anheuern!“

Kapitel 22

Während der kalten Tage nach Knöterichs Tod hatte Bubo emsig eine Anzahl der stärksten Weibchen um sich geschart. Wie er mitgeteilt hatte, sollten sie sich schonen, um sich nach der Rückkehr der Papageitaucher mit ganzer Kraft der Aufzucht junger Ratten zu widmen. Sie sollten starke Krieger zur Welt bringen – Krieger, die eines Tages über die Brücke ziehen würden, um das Territorium auf dem Festland zurückzuerobern.

Knöterichs Weibchen hingegen hatte Bubo aus den warmen Nestern vertrieben. Wie alle anderen Rudelmitglieder mußten sie an den täglichen Drillübungen teilnehmen, die er im Hinblick auf die bevorstehende Schlacht befohlen hatte. Gleichzeitig ließ er keine Gelegenheit aus, sich mißbilligend über das Verhalten dieser Weibchen zu äußern: Sie hätten den bedauernswerten Knöterich überanstrengt – und damit zweifelsohne seinen frühen Tod verschuldet – und ihm die schwächsten Jungen geboren, die ein Rudelführer je gezeugt habe.

Im Rudel freilich machte sich jeder seine eigenen Gedanken, was den Wahrheitsgehalt dieser Anschuldigung betraf. Doch es war lebensgefährlich, über die Angelegenheit zu reden – und sei es auch nur mit dem Partner. Erst heute morgen hatte Bubo zum wiederholten Male seine Vorwürfe erhoben, und ein Weibchen, das ein Leben lang unter der Erde für Knöterich ihre Pflicht getan hatte, konnte es nicht mehr ertragen. Sie spazierte über die Grenze der Kolonie hinaus, die Bubo neu abgesteckt hatte. Dabei geriet sie zu nahe an den Felsturm, auf dem sich in letzter Zeit des öfteren Mantelmöwen zeigten. Bevor sie wußte, wie ihr geschah, wurde sie gepackt, hinunter ans Wasser geschleppt und ertränkt. Die Möwen hatten sie zwischen den hektischen Arbeiten an ihrem neuen Nest ohne große Umstände verspeist.

„Ich weiß, daß wir alle Hunger haben und sich der eine oder andere in einem Augenblick der Schwäche fragt, ob es sich eigentlich lohnt, diese schweren Zeiten durchzustehen", rief Bubo und schritt die Reihen der mutlosen Ratten ab, die mit gesenkten Köpfen dastanden, um die tägliche Strafpredigt ihres Anführers über sich ergehen zu lassen. „Doch wir dürfen nicht nachlassen. Wenn wir gut gerüstet in den bevorstehenden Kampf gehen wollen, können wir es uns nicht leisten, auch nur ein einziges Rudelmitglied zu verlieren – nicht eines." Er warf seinen Schwanz herum und marschierte die Reihe wieder hinunter. Er funkelte jeden an, der es wagte, aufzuschauen.

„Wenn wir jetzt versagen, versündigen wir uns an Knöterichs Andenken", brüllte er. „Es war Knöterichs sehnlichster Traum, uns im Triumphzug aufs Festland zu führen. Er war entschlossen, seinen rechtmäßigen Platz als Führer eines größeren, stärkeren, mächtigeren Rudels einzunehmen –

eines Rudels, das sich ausbreiten wird, um neues Land zu erobern und noch mächtiger zu werden.“

Die Worte klangen hohl in der Luft. Keiner im Rudel sah auf. Selbst die Ratten in der ersten Reihe, denen Bubo seine aufrüttelnden Worte in die Ohren gebrüllt hatte, rührten sich nicht. In den endlosen Tagen seit Knöterichs Tod hatten sie erfahren müssen, daß Bubo selbst die kleinste Bewegung als Angriff auf seine Autorität auffaßte – es genügte, wenn einer leicht den Fuß hob, weil ihn die harten Grasstoppeln in die Sohle pikten. Die vielen wunden Nacken quer durch die Reihen sprachen eine deutliche Sprache.

„Der Tag, an dem die Papageitaucher zurückkehren werden, ist nicht mehr fern. Dann werden wir die Brücke überqueren und unseren rechtmäßigen Platz in der weiten Welt dahinter einnehmen“, verkündete Bubo, blieb mitten vor der ersten Reihe stehen und ließ seinen Blick über die Versammelten schweifen. „Keiner braucht zu befürchten, daß sie nicht zurückkommen, denn sie *werden* kommen. Die Lebenskräfte werden dafür sorgen. Aber bis es soweit ist, müssen wir uns mit dem Wenigen begnügen, das wir haben, mit Wurzeln und Eßbarem, das ich und meine Weibchen täglich vom Strand heraufbringen.“

Kapitel 23

Der letzte Schnee war geschmolzen, und auf dem Feld vor Seidelbasts Bau sproß vereinzelt schon frisches Grün. Es war ein strenger Winter gewesen, und Zaunrübe genoß dankbar die ersten warmen Strahlen, während sie leichtfüßig durch das flache Gras nach Hause eilte.

Heute hatte sie wieder die Küste nach Futter absuchen müssen. Alles, was sie gefunden hatte, war eine Krabbe, die schon so lange tot war, daß selbst die Silbermöwen sie verschmäht hatten.

„Sie ist nicht mehr ganz frisch“, sagte sie knapp und warf Seidelbast die tote Krabbe vor die Füße, „aber immer noch besser als nichts.“

Seidelbast brach die Schale auf und schlürfte das flüssige Fleisch. Dann setzte er sich auf und fuhr sich über die klebrigen Schnurrhaare.

„Wir sind immer noch besser dran als mancher andere, meine Liebe. Gibt es etwas Neues von der Papageitaucherinsel?“ Er begann, sein Schnurrhaare zu zwirbeln.

„Sie sollen schon mit der Paarung begonnen haben“, antwortete Zaunrübe. „Bubo droht jedem Weibchen, das sich weigert, mit der Todesstrafe, obwohl es noch viel zu früh im Jahr ist."

„Dieser Bubo widert mich an", sagte Seidelbast und schnupperte noch einmal an den Schalenresten. „Der gibt erst Ruhe, wenn er den ganzen Erdball beherrscht."

„Mach keine Witze", sagte Zaunrübe und räumte Steine zur Seite, die der Winterregen vor den Höhleneingang gespült hatte. „Unsere Spione befürchten, daß er genau das vorhat!" Wütend packte sie einen kleinen Stein, der mehrere Male wieder die Böschung heruntergerollt war, und schnippte ihn in die Luft, haarscharf an Seidelbasts Nase vorbei. Er zuckte zurück.

„Paß doch auf, Frau!"

Zaunrübe brummte eine Entschuldigung und fuhr fort, die Steine vor dem Bau wegzuräumen.

„Aber vorher hat Bubo längst eine Revolution am Hals. Erst läßt er Knöterich umbringen, und dann setzt er die anderen Männchen auf Graswurzel-Diät."

„Wir können nicht mit Gewißheit sagen, daß er Knöterich umgebracht hat", sagte Zaunrübe und arbeitete weiter.

„Natürlich hat er das! Wir wissen doch von unserem Spion bei den Wachen, daß es zwischen den beiden immer häufiger zum Streit kam."

„Mag ja sein", sagte Zaunrübe fest, „aber nach offizieller Version hat eine Mantelmöwe Knöterich erwischt, als er und Bubo vom Strand zurückkehrten, wo sie sich beraten hatten."

„Und zufällig gibt es dafür keine Zeugen – na ja, was ich davon halte, weißt du ja!"

„Ja, allerdings!" erwiderte Zaunrübe. „Trotzdem können wir nicht sicher sein, oder?"

„Pah!“ rief Seidelbast. „Allein die Tatsache, daß Bubo seinen sogenannten Anhängern das Leben zur Hölle macht, seit er das Rudel anführt, sagt doch alles. Auf dem Weg vom Strand hat er seine ganze Schlechtigkeit gezeigt. Ein Narr, wer das nicht erkennt. Auf dieses Ziel hat er doch die ganze Zeit hingearbeitet! Er hat sich Knöterich ausgesucht, weil er ein Schwächling war. Bubo wußte genau, daß er ihn benutzen konnte.“

„Was spielt das jetzt noch für eine Rolle“, sagte Zaunrübe und säuberte sich vom Staub. „Nehmen wir an, dem jungen Papageitaucher ist es nicht gelungen, seinen Schwarm zu warnen. Sie kommen zurück, und Bubo fällt über sie her. Dann hat er die starke Basis, die er braucht, um uns anzugreifen!“

„Und unser Rudel hätte keine Chance“, seufzte Seidelbast.

„Nun, Herr, das soll nicht länger deine Sorge sein.“

Seidelbast fuhr herum. Drei große Ratten standen Schulter an Schulter hinter ihm und zwirbelten ihre Schnurrhaare.

„Habt ihr mich erschreckt!“

„Verzeih, Herr“, sagte die größte.

„Schon gut, schon gut.“ Seidelbast winkte freundlich ab. „Meine Wachen haben mich nicht davon unterrichtet, daß ich heute morgen Besucher erwarte. Du bist Stabschef Eisenhut, richtig? Meine Augen sind leider nicht mehr die besten. Setzt euch doch.“

„Das wird nicht nötig sein, Herr, danke“, begann Eisenhut.

„Nenn mich doch nicht ‚Herr‘“, unterbrach Seidelbast. „Du weißt, daß ich lieber mit ‚Anführer‘ angeredet werden will.“

Eisenhut scharrte nervös mit den Füßen. „Nun, das ist es ja gerade, Herr. Ich kann dich leider nicht länger mit ‚Anführer' anreden, weil du, mit allem Respekt, kein Anführer mehr bist."

„Was?" fragte Seidelbast verdutzt.

„Nicht länger Rudelführer?" rief Zaunrübe und sprang auf. „Was soll das heißen?"

„Ich bin untröstlich..."

„Jetzt mal ganz ruhig", unterbrach Seidelbast ihn gefaßt. „Ich bin sicher, es gibt eine einfache Erklärung."

„Einfache Erklärung?" keuchte Zaunrübe.

„Ja, es gibt eine, Herr", sagte Eisenhut und sah Seidelbast an. „Wir haben einen neuen Anführer."

„Einen neuen was?" platzte Zaunrübe heraus.

„Einen neuen Rudelführer."

„Wer? Wer soll das sein?"

„Nieswurz."

„Mein Sohn?"

„Ja, Herr."

„Das ist doch nicht dein Ernst?"

„Mein voller Ernst." Eisenhut wandte sich an Seidelbast. „Mit Verlaub, Herr, im Rudel hat man seit einiger Zeit den Eindruck, daß du nicht alles tust, was getan werden könnte, um uns gegen einen Angriff durch Bubos Rudel zu wappnen. Wie du weißt, haben unsere Spione von der Papageitaucherinsel gemeldet, daß man dort wieder mit dem Paaren begonnen hat. Und jetzt rechnen wir mit einem baldigen Angriff von der Insel."

„Aber ich habe doch den kleinen Papageitaucher losgeschickt, um seinen Schwarm vor einer Rückkehr zu warnen, oder etwa nicht?" wandte Seidelbast ein und zuckte mit den knochigen Schultern. „Wir brauchen nur zu warten. Wir hungern sie aus."

„Herr, das ist es ja gerade. Alle befürchten, daß der junge Papageitaucher nicht durchgekommen ist."

„Natürlich ist er durchgekommen!"

„Dafür gibt es keinen Beweis."

„Ebensowenig ist bewiesen, daß er es nicht geschafft hat", fauchte Zaunrübe.

Seidelbast starrte auf seine Füße. „Ich soll also von meinem eigenen Sohn abgesetzt werden."

„Es ist leider bereits geschehen, Herr. Ich bin hier, um dich davon in Kenntnis zu setzen, daß du nicht mehr unser Rudelführer bist."

„Und hat unser Sohn sonst noch eine Nachricht für uns?" erkundigte sich Zaunrübe.

„Ja. Rudelführer Nieswurz läßt ausrichten, daß ihr hier weiter in Frieden leben dürft. Er schickt diese beiden Wachen zu eurer Sicherheit."

„Um dafür zu sorgen, daß wir keine Dummheiten machen, meinst du wohl!"

„Das zu beurteilen, steht mir nicht zu. Rudelführer Nieswurz verlangt nur, daß ihr euch von der übrigen Kolonie fernhaltet, so wie ihr es auch in der Vergangenheit getan habt."

„Rudelführer haben immer getrennt von den gewöhnlichen Ratten gelebt ..." meinte Zaunrübe.

„Es lag nicht in meiner Absicht, Kritik zu üben. Gewiß wird auch Rudelführer Nieswurz etwas abseits von den anderen wohnen, wenn die augenblickliche Krise erst einmal vorüber ist." Er nickte höflich. „Würdet ihr mich jetzt bitte entschuldigen? Ich muß zurück. Am Hof des neuen Rudelführers laufen die Planungen an."

„Und wo befindet sich dieser Hof?“ fragte Zaunrübe scharf.

„Er hat ihn viel näher an die Papageitaucherinsel gelegt. Aus seinem Unterstand auf dem Hügel kann er die Brücke beobachten und Truppen aufmarschieren lassen, sobald Bubo sich dem Strand nähert.“ Eisenhut verbeugte sich und wollte gehen.

„Einen Augenblick“, sagte Seidelbast. „Bevor du gehst, beantworte mir eine Frage: Was geschieht, wenn der kleine Papageitaucher durchgekommen ist und wir Bubo doch noch aushungern können?“

„Das kann ich nicht sagen, Herr. Aber ich würde meinen, daß wir alle dann wieder in Frieden leben können.“

„Unter mir oder unter Nieswurz?“

„Das kann ich nicht sagen, Herr“, meinte Eisenhut.

„Pah!“ schrie Seidelbast und blitzte ihn an. „Pah! Und nochmal Pah! Du hast keinen Funken Verstand, um einen eigenen Gedanken zu fassen. Fort mit dir, bevor dein neuer Anführer denkt, ein lahmer Pieper hat dich geschnappt und gefressen! Verschwinde!“

„Soll ich Grüße bestellen, Herr?“

Zaunrübe fuhr dazwischen, bevor Seidelbast Eisenhut einen Schlag versetzen konnte: „Ja, wir übersenden Rudelführer Nieswurz unsere ergebenen Grüße! Aber sage diesen dicken Kerlen von Wachen, sie sollen mir aus dem Weg gehen!“

Kapitel 24

Portulak flatterte zum Wasser hinunter, wo Meerstern und Perltang gerade miteinander sprachen. „Sie sind fort", keuchte er. „Am Ende war jedes weitere Wort überflüssig – sie hatten beschlossen, zurückzugehen, und das tun sie jetzt auch. Ihre letzten Worte zu dem Thema waren: ‚Mauerpfeffer hatte recht.'"

„Habe ich was Falsches gesagt?" fragte die Robbe traurig. Sie wälzte sich herum, um die drei anzusehen, wobei das Wasser hochschwappte und die Vögel aneinanderstießen.

„So ziemlich alles, was du gesagt hast", gab Meerstern zurück.

„Ich habe nur gesagt, was ich weiß", antwortete die Robbe, „und wenn ein paar junge Papageitaucher die Wahrheit nicht verkraften, kann ich auch nichts ändern. Sind sie zurück in die Fischgründe?"

„Ja … und am liebsten würde ich mich ihnen anschließen", sagte Portulak leise. Meerstern sah ihn böse an. „Das soll nicht heißen, daß ich gehen will – nicht jetzt", fügte Portulak hastig hinzu.

„Wir wußten von Anfang an, daß es gefährlich wird“, sagte Meerstern bestimmt. „Wenn du umkehren willst, dann tu es jetzt. Ab morgen darf keiner mehr abspringen, das können wir uns einfach nicht leisten. Wir würden uns nur selbst eine Falle stellen.“

„Ich sage ja nur, daß ich am liebsten mitgehen würde“, wehrte sich Portulak und bemühte sich, eine zuversichtliche Miene aufzusetzen. „Aber ich bleibe natürlich. Ich will bleiben.“

Alle drei starrten ins Wasser. Die Robbe, die vor sich hingemurmelt hatte, wandte sich an Portulak: „Was hast du gesagt? Du willst wo bleiben?“

„Nirgendwo“, sagte Portulak ärgerlich. „Ist ja auch egal.“

„Nirgendwo?“ wiederholte die Robbe. „Aber irgendwo mußt du doch bleiben. Jeder von uns muß irgendwo bleiben. Wo wären wir denn sonst?“

„Ich begreife nicht, wie du so vergnügt sein kannst“, sagte Perltang zu der Robbe.

„Vergnügt?“

„Bei allem, was dir widerfahren ist – erst werden dir deine Jungen weggenommen, und jetzt versuchen die großen Landkreaturen, die Robbenmütter totzuschlagen, bevor sie ihre Jungen zur Welt bringen.“

„Was bleibt mir denn übrig? Wenn ich meine gute Laune verliere, kann ich ja gleich dem nächstbesten Wal ins Maul schwimmen. Man muß was riskieren im Leben.“ Die Robbe steckte die Schnauze ins Wasser. Perltang sah Meerstern an. „Sie hat's nicht böse gemeint, ganz bestimmt nicht.“

„Sie meint es nie böse“, seufzte Meerstern. „Aber was

nützt uns das. Wir sind jetzt bloß noch zu sechst. Danken wir der Königin, daß die anderen drei sie nicht gehört haben."

Die Robbe hob den Kopf wieder aus dem Wasser. „Also, wißt ihr, ich glaube nicht, daß sie Papageitaucher totschlagen. Ihr seid zu schwierig zu treffen. Obwohl der Schlagstock nur ein sehr kleines Loch macht."

„Warum bleibst du nicht auf dem Meer? Hier bist du sicher", sagte Portulak ernst. „Geh doch einfach nicht mehr an Land."

Die Robbe seufzte. „Siehst du die Dinge nicht ein bißchen zu einfach? Wie kann ich denn *nicht* an Land gehen? Ich muß mein Junges auf den Felsen gebären, sonst überlebt es nicht. Und dabei schnappen sie einen. Das arme Junge muß mindestens einen Monat an Land bleiben, bis es so kräftig ist, daß es schwimmen kann. Wenn ich ehrlich sein soll, sind wir Robben an Land noch schlechter dran als ihr Papageitaucher. Ihr könnt wenigstens wegfliegen."

„Nicht, wenn es am nötigsten wäre", sagte Meerstern. „Weißt du noch, wie lange ich gebraucht habe, um den Ratten zu entkommen? Hätte ich damals fliegen können, wäre es kein Problem gewesen."

„Die großen Landkreaturen und die Ratten scheinen unter einer Decke zu stecken und das Land ganz für sich allein zu beanspruchen", seufzte Portulak.

„Und das wird ihnen auch gelingen, wenn wir uns nicht wehren", sagte Meerstern und dehnte seine Flügel.

„Und genau aus dem Grund sind wir hier", bemerkte Perltang treffend. „Wir setzen uns dafür ein, daß *alle* Geschöpfe das Recht haben zu leben."

„Auch die Sandaale?" fragte die Robbe.

„Still, da kommen die anderen“, zischte Meerstern. „Ich will nicht, daß du sie verunsicherst.“

„Verzeih, daß ich lebe“, schnaubte die Robbe und verschwand unter Wasser.

Drei junge Papageitaucher gingen in dem Strudel nieder, den die Robbe beim Tauchen verursacht hatte. „Es ist das Land, ganz sicher“, sagte einer. „Zuerst sah es aus wie eine Nebelbank, aber dann sind wir zweimal drüber weggeflogen, und es blieb immer am selben Fleck. Es muß im Meer verwurzelt sein.“

„Das bedeutet, daß wir uns im Revier der Mantelmöwen befinden“, sagte Meerstern ernst. „Von jetzt an müssen wir zusammenbleiben. Wir dürfen keinen mehr verlieren, wenn der Plan gelingen soll.“

„Wir haben gerade die beiden anderen getroffen“, sagte der zweite Ankömmling. „Ich kann verstehen, daß sie umkehren – die Königin weiß, wie wir das durchstehen sollen.“

„Wir stehen es durch. Wenn nicht, ergeht es uns nicht besser als den Riesenalken“, sagte Meerstern eindringlich. „Es bleibt jedem einzelnen überlassen, ob er die Papageitaucher für die auserwählten Vögel der Königin hält oder nicht, aber eines steht fest – wenn wir nicht auf das Land zurückkehren, verdrängen sie uns wie die Riesenalken vom Erdball, noch bevor einer von uns die Chance hat, ein eigenes Junges zu zeugen.“

„Was ist mit ihnen geschehen?“ fragte Portulak leise.

„Mit den Riesenalken? Das ist eine lange Geschichte“, sagte Meerstern. „Aber der Meister glaubt fest an sie – und wir sollten das auch tun.“

„Dann erzähl sie uns“, sagte einer der anderen Vögel. „Vielleicht hilft sie uns – das Land haben wir gesichtet, also bleibt uns für heute nacht sowieso nichts mehr zu tun.“

„Ich glaube, du hast recht", sagte Meerstern. „Im Grunde genommen verdanke ich der Geschichte mein Leben: Als mein Vater Zweifel bekam, ob er mein Ei auf dem Felsturm der Mantelmöwen ausbrüten solle, stattete er dem Meister in der Nacht einen heimlichen Besuch ab. Die Geschichte von den Riesenalken überzeugte ihn. Er ging zurück und brütete mein Ei aus."

„Im Namen der Königin, dann erzähl schon", sagte Portulak aufgeregt. „Worauf wartest du noch – ich könnte eine ordentliche Aufmunterung gut gebrauchen."

Meerstern sah ihn freundschaftlich an. „Also gut. Aber ich erzähle sie nur, um euch Mut zu machen – und nicht, um die Ausführung unseres Plans hinauszuschieben."

Portulak nickte. „In Ordnung."

„Ihr kennt doch sicher die Geschichte, wie die Goldene Königin das Land erschuf und der Silberne Mond das Meer übertölpelte, so daß es ihm nun bis in alle Ewigkeit um den ganzen Erdball folgen muß?"

„Ja, ja …" sagte Portulak ungeduldig.

„Nun, die Goldene Königin war sehr wütend über das, was Ihr Bruder getan hatte, und beschloß, dem Meer eine Lektion zu erteilen, die es nie vergessen sollte. Sie sank tief am Himmel herab, um Ihr Mißfallen zu zeigen.

Sie sank tiefer und tiefer, bis Ihre ganze Wärme aus dem Meer gewichen war. Bald wurde das Wasser so kalt, daß es zu keiner Bewegung mehr fähig war, und die Tiere, die noch unter seiner Oberfläche lebten, konnten nicht mehr darin schwimmen. Nicht lange, und auf der glatten See bildeten sich winzige, spitze Kristalle, und mit jedem Flossenschlag eines der Tiere, die wie in einer Falle gefangen waren, wurden sie größer. Schließlich waren weite Teile des Meeres so fest wie das Land. Da wandte sich die Königin an das Meer und sagte ihm, daß sich bald keines seiner Teile mehr bewegen könne.

Die Tiere im Meer hörten Sie, und alle, die sich noch rühren konnten, versammelten sich um den großen Blauwal, das größte Geschöpf, das je im Meer gelebt hat, und baten ihn, ihre Laichgründe vor der Rache der Königin zu retten. Der große Blauwal durchstieß die neue feste Kruste über dem Meer und blies einen Strahl Wasser in den Himmel. Die Königin sah es und fragte den Wal, was er wolle. Und als Sie hörte, daß viele Ihrer Geschöpfe im kalten Wasser zugrunde gingen, wurde Sie sehr betrübt, denn Sie liebte jedes Ihrer Geschöpfe. So ließ Sie sich erweichen und beschloß, die Meeresoberfläche nicht weiter fest werden zu lassen.

Doch Sie weigerte sich, den Teil in Wasser zurückzuverwandeln, der bereits fest geworden war – er sollte das Meer daran erinnern, daß es töricht von ihm gewesen war, sich dem Silbernen Mond zu verpflichten.

Von da an führten die Tiere, die dort wohnten, wo die großen Klippen aus hartem Eis – so nennen wir heute die festen Kristalle – aus dem Wasser ragen, ein beschwerliches Leben. Sie zitterten und fröstelten bei Tag und bei Nacht. Das ging so lange, bis der Blauwal sich erneut an die Goldene Königin wandte und Sie bat, ihnen wieder Ihre Wärme zu schenken. Aber die Königin wollte nicht. Das Meer sollte Ihre Wärme nicht zurückbekommen. Stattdessen kühlte Sie das Blut der Tiere, die nahe am Eis lebten, so daß sie die Kälte nicht so spürten, wie die Geschöpfe an Land, wenn sie nicht von Ihr gewärmt werden. Und die Tiere der Meeres waren zufrieden.

Unter den Tieren, die unsere Goldene Königin mit kühlem

Blut gesegnet hatte, waren auch Ihre Lieblingstiere, die Riesenalken, denen Sie aufgetragen hatte, ihre Jungen in Eiern auf dem festen Land abzulegen. Immer wenn die Brutzeit kam, rief Sie die Paare auf das Land, und dort legten sie ihre Eier in Nester aus geflochtenem Gras auf der Erde.

Nun stand die Königin aber so tief am Himmel, daß die Tage, an denen Sie den Riesenalken Licht und Wärme spendete, immer kürzer wurden, und die kalten, dunklen Nächte immer länger. Ja, die Tage wurden so kurz, daß ein Paar nicht mehr genügend Futter für zwei Küken finden konnte. Die Jungen bekamen zu wenig zu essen und starben.

Als die Königin das sah, sprach Sie zu den Riesenalken und befreite sie von der Pflicht, zwei Eier zu legen. Seit jenem Tag brauchte jedes Paar nur noch ein Ei zu legen. Und damit die Riesenalken nicht erfroren, schenkte ihnen die Königin gewaltige Schnäbel, mit denen sie graben und Höhlen bauen konnten, in denen die Eier vor den eisigen Winden des Meeres geschützt waren. Und Sie sprach zu den Riesenalken, daß sie Ihr von allen Geschöpfen die liebsten seien und sich vermehren und stark werden sollten."

„Die waren weit besser dran als wir", unterbrach Portulak, der gebannt zugehört hatte.

„Das waren sie auch, bis sie anfingen, die Güte der Königin auszunutzen, und Sie ihnen die Lebenskräfte wegnahm", sagte Meerstern. „Dummerweise vergaßen die Riesenalken etwas Wichtiges – daß sie nämlich wie jedes andere Geschöpf nur durch den Segen der Goldenen Königin lebten. Und so begannen sie, Ihren Willen zu mißachten – sie zogen es beispielsweise vor, über das offene Meer zu fliegen, anstatt Ihrem Ruf an Land zu folgen und dort zu brüten –, und die Königin mußte sie zur Rechenschaft ziehen. Sie war so zornig auf die Riesenalken, daß Sie ihnen die Fähigkeit zum Fliegen nahm."

„Sie hat ihnen die Flügel weggenommen!" rief Portulak.

„Nein, die Flügel blieben, aber sie taugten nicht mehr zum Fliegen. Seitdem ist keiner von ihnen mehr geflogen."

„Das ist ja furchtbar!" sagte Portulak und wandte sich ab.

„Ja, und ohne die Hilfe der Lebenskräfte wurden sie zur Beute der großen Landkreaturen, die sie als Futter jagten."

„Aber wie konnte die Königin so grausam sein?" fragte Portulak und sah von einem zum anderen.

„Sie ist nur zu denen grausam, die Ihr nicht gehorchen", sagte Meerstern gewichtig. Er freute sich über die Wirkung seiner Geschichte.

„Aber wenn Sie nie zu uns spricht, woher sollen wir dann wissen, ob wir Ihren Willen befolgen?"

Meerstern sah Portulak an. „Wir wissen es, weil Sie uns die Lebenskräfte gibt, um uns zu leiten. Sie waren schon in dir, bevor du aus dem Ei geschlüpft bist."

„Und sie waren auch in dir", fügte Perltang hinzu, „sie haben dich hierhergeführt."

Portulak überlegte einen Augenblick und sah dann Meerstern und Perltang an. Seine Augen strahlten. „Ja, worauf warten wir dann eigentlich noch?" rief er und schlug mit den Flügeln. „Machen wir uns an die Arbeit!"

„Ja, an die Arbeit", schloß sich Perltang an, stieß sich vom Wasser ab und stieg in die Luft. „Wir wollen doch sehen, auf wessen Seite die Lebenskräfte stehen."

Kapitel 25

Die ersten Frühlingstage waren nicht leicht für Zaunrübe und Seidelbast. Der ehemalige Anführer litt sehr unter dem Verlust seines Rudels. Mutterliebe, sagte er, mache es Zaunrübe leichter, den Verlust zu ertragen, ja im Grunde könne sie sogar stolz darauf sein, daß ihr Sohn jetzt Anführer sei. Doch als Vater vom eigenen Sohn abgesetzt zu werden – dagegen wollten seine Lebenskräfte aufbegehren. Doch anstatt zu kämpfen, wurde Seidelbast nur immer mürrischer und aufbrausender, so daß die beiden Wachen es aufgegeben hatten, das Paar zu fragen, ob sie bei der Futtersuche behilflich sein könnten. Zaunrübe indes war das nur recht, denn so konnte sie an der Küste entlangstreifen und nachdenken.

Bisher hatte sie sich ohne zu klagen in ihr Schicksal gefügt. Was sie jedoch sehr vermißte, waren die regelmäßigen Nachrichten von den Spionen auf der Papageitaucherinsel. War Bubo noch Anführer, oder war ihm durch Jüngere dasselbe Schicksal widerfahren wie Seidelbast, wenn auch aus anderen Gründen? Wenn sie nur wüßte, ob dieser Papageitaucher, Meerstern, seinen Schwarm gefunden hatte!

Bei ihren Streifzügen an der Küste hatte sie sich zweimal eingebildet, den jungen Vogel über dem Wasser zu sehen. Aber sie führte das auf ihr Wunschdenken und ihre schlechten Augen zurück. In ihrer Phantasie war der kleine Vogel über das Meer geflogen, hatte kurz gestoppt, ein paar Kreise gezogen und war dann wieder davongeflattert. Dieses Trugbild erschien ihr, um sie zu quälen, denn sie hatte versucht, den Papageitaucher zu retten, und so den Lebenskräften zuwidergehandelt.

Wieder einmal hatten diese Kräfte sich durchgesetzt und alle edleren Bestrebungen, zu denen ein Geschöpf fähig war, zunichte gemacht. Bubo und Nieswurz bedrohten einander über diese furchtbare Brücke hinweg – wieder einmal lief alles auf ein Kräftemessen hinaus. Eines nicht allzu fernen Tages mußte es zu Gewalttätigkeiten kommen, und nur der Stärkste würde überleben. Das also war aus Seidelbasts Versuch geworden, seinem Rudel zu zeigen, daß es mehr im Leben geben könnte als nur Krieg und Eroberung.

Zaunrübe seufzte und sah auf das Meer hinaus. Da flog er wieder – stieß herab auf das Wasser, drehte ab und stieg wieder in die Luft.

„Die Erinnerung spielt einem grausame Streiche“, seufzte Zaunrübe und wandte sich von dem Trugbild ab. „Und was habe ich vorzuweisen?“ Sie schnupperte an dem Futter, das ihr aus dem Maul baumelte: „Einen angefressenen Fischkopf, an dem schon vorher nur Schuppen und Gräten dran waren.“

Hinter ihr spritzte das Wasser auf – ein Fisch! Sie fuhr herum. Frischer Fisch! Sie ließ den angefressenen Kopf fallen und sprang in das seichte Wasser, woher das Geräusch gekommen war.

„Zaunrübe! Die Königin sei gelobt! Ich wollte gerade zu dir."

Zaunrübe erstarrte. Die Stimme kannte sie doch! Sie wischte sich das Salzwasser aus den Augen.

„Zaunrübe, ich bin's!"

Durch das aufspritzende Wasser hörte Zaunrübe Flügel schlagen. Sie sah nach oben.

„Meerstern! Meerstern, mein Freund! Mein lieber, guter Freund. Bist du's wirklich?"

Als Zaunrübe mit einem frischen Fisch und der Neuigkeit von Meersterns Ankunft nach Hause kam, konnte Seidelbast kaum an sich halten. Er wollte losrennen, um Rudelführer Nieswurz und allen anderen zu erzählen, daß Meerstern mit der Nachricht zurückgekommen war, die Papageitaucher würden nicht wiederkommen. Fast hätte er den Wachen, die gerade auf ihrem routinemäßigen Kontrollgang hereinschauten, die Neuigkeit ins Gesicht gebrüllt, wenn Zaunrübe ihn nicht fest in den Schwanz gebissen hätte.

„Was soll das, zum Donnerwetter?" japste er. Sie stieß ihn grob in den hinteren Teil ihres Baues.

„Still, Mann! Hast du völlig den Verstand verloren? Begreifst du denn nicht, daß das unsere Chance ist? Jetzt können wir Bubo schlagen und obendrein unser Rudel zurückgewinnen."

„Deswegen brauchst du mir doch nicht in den Schwanz zu beißen!"

„Was hätte ich sonst tun sollen? Wenn du den Wachen von Meersterns Rückkehr erzählst, weiß es bald auch Nieswurz, und dann ist alles verloren."

„Wieso verloren, wenn wir alles zurückgewonnen haben?"

„Still, Mann. Hör mir zu. Wir werden alles zurückgewinnen, auch die Führung des Rudels."

„Was heckst du wieder aus, Frau?"

„Ich hecke nichts aus."

„Aber natürlich – ich seh's dir an der Nasenspitze an. Ich hoffe nur, du planst keine Gewalttat. Wir brauchen uns doch nur hinzusetzen und abzuwarten, bis Bubo zur Besinnung kommt und zu unserem Rudel zurückkehrt."

Zaunrübe seufzte. „Ich hecke nichts aus, und es ist nicht mehr unser Rudel, Nieswurz ist jetzt der Anführer – hast du das vergessen? Jedenfalls lasse ich nicht zu, daß du mit deiner Geschwätzigkeit Meersterns Plan durchkreuzt."

„Plan? Was für einen Plan?"

„Sei still!" Sie sah zum Eingang. „Wenn es sich herumspricht, daß Meerstern zurück ist, bringt Bubos Rudel den Meister auf der Stelle um – er ist für sie nutzlos geworden und kann an die Muttertiere verfüttert werden."

„Na und? Er kann von Glück sagen, daß er überhaupt noch lebt. Wir können nicht warten, wir müssen es dem Rudel erzählen – viele Leben hängen davon ab."

„Wir werden Meerstern mindestens bis morgen früh Zeit geben, damit er seinen Plan ausführen kann."

„Bis morgen!"

„Ja, bis morgen."

Seidelbast zuckte die Achseln. „Wenn es unbedingt sein muß. Aber dann werden wir seine Rückkehr verkünden und in aller Ruhe abwarten, bis Bubo kleinlaut seine Rebellen heimführt." Er seufzte zufrieden.

„Es sei denn, Meerstern braucht mehr Zeit."

„Was soll das heißen: mehr Zeit?" fragte Seidelbast und setzte sich auf. „Je mehr Zeit wir ihm geben, um so mehr junge Ratten werden auf der Insel geboren und müssen verhungern."

„Das können wir nicht ändern", sagte Zaunrübe kalt.

Seidelbast fuhr hoch. „Und ob wir das ändern können! Morgen können wir Meersterns Rückkehr bekanntgeben – jawohl! Die Nachricht wird sich wie ein Lauffeuer verbreiten. Dann ist es schlagartig vorbei mit dieser sinnlosen Vermehrung auf der Insel."

„Was du als sinnlose Vermehrung bezeichnest, leistet uns wertvolle Dienste: sie schwächt Bubo und seine Bande", fauchte Zaunrübe.

Seidelbast sah sie ungläubig an. „Und das sagst du, meine Partnerin? Die Mutter meiner Söhne?"

„O ja! Vergiß nicht, wohin uns dein Sohn gebracht hat – wir sind allein, und ich muß nach verfaulten Fischen suchen, damit wir Leib und Seele zusammenhalten können."

„Nicht mehr lange, meine Liebe", beschwichtigte Seidelbast. „Wenn Bubo erst einmal zurück ist, werden wir auch wieder das Rudel führen."

Zaunrübe seufzte tief. „Rudelführer geben nicht kampflos auf."

„Ich habe es getan."

„Genau! Und deshalb mußt du jetzt auf mich hören!"

„Ich lasse keine Gewalt zu."

„Manchmal bleibt einem keine Wahl."

„Pah!"

Kapitel 26

Meerstern war ohnehin schon nervös genug gewesen, doch als Zaunrübe an den Strand zurückkehrte, um ihm zu sagen, daß er seine Rettungsaktion noch heute nacht durchführen müsse, war sein Mut gesunken. Er durfte nicht riskieren, noch einen Helfer zu verlieren, und hatte deshalb beschlossen, den anderen zu verschweigen, daß sie unter Zeitdruck standen. Statt dessen wollte er ihnen vorschlagen, eine Übung durchzuführen. Wenn etwas schiefging, konnte man immer noch abbrechen, und nichts war verloren.

Als er außer Sichtweite des Landes war, flog er hinunter zum Meer. Portulak begrüßte ihn aufgeregt. Er hatte heute nachmittag mit einer Silbermöwe geschwatzt und von ihr erfahren, in welcher Nisthöhle der Meister gefangengehalten wurde.

Meerstern war überrascht, daß alle fünf sofort seinem Vorschlag zustimmten, die Befreiung erst einmal zu proben.

Es dämmerte bereits, als die drei jungen Papageitaucher zu der Insel flogen und leise auf dem Vorsprung des Felsturms landeten, auf dessen Spitze die Mantelmöwen an ihren neuen Nestern bauten. Meerstern stieß Portulak in die kleine Höhle, wo er in der letzten Brutzeit aus Meerfenchels Ei geschlüpft war.

Dann segelten er und Perltang in die Tiefe. Portulak beobachtete, wie sie unten landeten und durch die flachen Grasbüschel zu dem kleinen Hügel krochen, wo sich nach Auskunft der Silbermöwe die Gefängnishöhle des Meisters befand.

Portulak sah, wie sie zurückspähten, um sich zu vergewissern, daß ihnen keine Ratten folgten. Am Fuß des kleinen Hügels machten sie halt und flüsterten miteinander. Dann duckten sie sich und schlichen den Hang hinauf. Wenig später kamen sie wieder herunter. Portulak sah, daß sie sich erneut berieten.

„Der Königin sei Dank, daß der Wind vom Meer heraufweht", raunte Meerstern Perltang zu. „Würde der Wind anders stehen, hätten uns die beiden Wachen vor der Höhle des Meisters gewittert."

Perltang nickte. „Fangen wir an! Soll ich graben?"

„Ich grabe", sagte Meerstern. „Du paßt auf."

Vom Felsturm aus beobachtete Portulak, wie Perltang den Hügel hinaufkroch und sich oben niederkauerte, um aufzupassen. Unterdessen hackte Meerstern am Fuß der Erhebung die Erde auf und riß ein Grasbüschel aus. Portulak seufzte und setzte sich. Der Boden war offenbar ziemlich locker. Der Plan sollte also klappen – natürlich nur unter der Voraussetzung, daß Meerstern das große Grasbüschel jetzt wieder zurücksetzte, damit die Ratten auf ihrer Runde morgen früh keinen Verdacht schöpften.

Aber er setzte es nicht zurück.

Portulak stand auf, sein Herz schlug wie wild. Er blinzelte. Er blinzelte noch einmal. Im Dämmerlicht vermochte er es nicht genau zu erkennen, doch es sah ganz so aus, als setze Meerstern das Büschel nicht zurück, im Gegenteil, er schien weitere herauszureißen. Hätte Portulak nicht genau gewußt, daß alles nur eine Übung war, er hätte schwören können, daß Meerstern bereits den Rettungstunnel grub.

„O nein, was tut er denn?"

Perltang begriff sofort, was Meerstern tat. Er sah, wie Erde und Steine durch die Luft flogen und Meerstern langsam in einem Loch verschwand. Laut Plan hätte er nur so lange Wache stehen sollen, bis Meerstern den Boden untersucht und das Grasbüschel wieder eingepflanzt hatte. Aber offensichtlich hatte der verrückte Kerl da unten jetzt vollends den Verstand verloren. Perltang beschloß, seinen Posten zu verlassen und der Sache auf den Grund zu gehen.

„Ich weiß, ich weiß", zischte Meerstern, als Perltang den Hang herunterrutschte und neben ihm zum Stehen kam, „aber wir haben keine andere Wahl. Die Ratten werden bei ihrer ersten Runde morgen früh unsere Fährte wittern. Also jetzt oder nie! Ich übernehme die Wache. Grab du weiter!"

Mit offenem Schnabel sah Perltang zu, wie Meerstern den Hügel hinaufkroch und oben Posten bezog. Dann sah er sich hastig um, hüpfte in das Loch und begann, die kiesige Erde abzukratzen. Warum waren Portulak und er nicht aufs sichere Meer hinausgeflogen! Warum hatte er Meerstern nicht gesagt, daß er ihm mit seinem ganzen Plan gestohlen bleiben könne! „Ich selbst habe den Verstand verloren, nicht Meerstern!" brummte er vor sich hin und grub weiter. „Meerstern war ja schon die ganze Zeit verrückt. Hätte ich doch nur auf Mauerpfeffer gehört!"

Derweil bezog Meerstern auf der Anhöhe Posten. Er

dankte der Goldenen Königin, daß Sie Wolken vor den Silbernen Mond geschoben hatte, und hoffte, daß ihm Perltang eines Tages vergeben würde.

Oben auf dem Felsturm stierte Portulak in die Nacht hinaus. Doch es war zu dunkel, um etwas zu erkennen. Er wußte nicht, was da unten vor sich ging, er wußte nur eins: er würde Meerstern und Perltang niemals wiedersehen.

Dann passierte es: Perltang, der sich bereits tief in den neuen Gang vorgearbeitet hatte, bekam von hinten einen Stoß, und im nächsten Moment spürte er, wie etwas seinen Schwanz umfaßte und kräftig an ihm zog. Seine schlimmsten Befürchtungen waren wahr geworden.

„Liebe Königin“, japste er und verschluckte einen Schnabel voll Erde. „Bitte laß es schnell gehen. O Mauerpfeffer, warum habe ich nicht auf dich gehört?“ Wieder zerrte etwas an seinem Schwanz. Perltang stockte der Atem.

„Perltang! Komm jetzt raus! Los!“ zischte eine Stimme vom Eingang her. Meerstern!

Er seufzte und kroch rückwärts aus dem Tunnel. Draußen sank er zu Boden.

„Was ist denn los, bei allen Wassern der Welt?“ fragte Meerstern. „Ich dachte schon, du wärst tot.“

„Das dachte ich auch“, keuchte Perltang. „Tot zu sein wäre mir fast lieber als hier zu buddeln. Nur vor dem Sterben fürchte ich mich.“

„Die Ratten haben Wachablöse. Ich wollte dich nur warnen. Oder willst du, daß ein paar dienstfreie Ratten hier auftauchen und deinen Bürzel anknabbern?“

„Nein, danke“, stieß Perltang hervor. „Vielen Dank.“

Aber Meerstern war bereits verschwunden. Einen Augenblick später war er von neuem zurück.

„Sie sind in die andere Richtung gegangen. Komm, ich grabe jetzt weiter. Halte du wieder Wache." Er half Perltang auf die Beine und kroch in den Tunnel.

Die beiden neuen Posten schienen nicht so wach zu sein wie ihre Vorgänger, und zu Perltangs großer Erleichterung machten sie es sich auch gleich auf dem Boden bequem. Seite an Seite legten sie sich in den Höhleneingang, um einander in der kalten Nacht zu wärmen und, wie Perltang vermutete, den Eingang zu versperren. Jeder, der raus oder rein wollte, mußte zuerst über sie hinwegsteigen, und das war unmöglich, ohne sie zu wecken.

Tief im Innern der Höhle wechselte der Meister wieder einmal seinen Platz. Er sah mitgenommen aus. Das prächtige Gefieder der letzten Brutzeit hatte er verloren, der zerbissene Flügel hing immer noch schlaff an seiner Seite, wenngleich jetzt neue Federn aus ihm sprossen, und die Spitzen seiner Schwanz- und Schwungfedern waren beim ständigen Herumrutschen auf dem steinigen Boden abgebrochen. Sosehr er sich auch bemühte, er konnte einfach keine bequeme Schlafposition finden. Jetzt drehte er sich wieder, packte den lahmen Flügel mit dem Schnabel und zog ihn an seine Seite. Dann steckte er den Kopf unter den gesunden Flügel und versuchte zu schlafen.

Er war bereit zu sterben, doch seine Peiniger ließen sich viel Zeit. Warum brachten sie ihn nicht um? Warum nur? Wieder und wieder hatte er die Wachen gefragt, weshalb sie ihn so lange am Leben ließen. Entweder hatten sie ihm keine Antwort gegeben oder höhnisch gelacht und gesagt, er solle abwarten.

Nacht für Nacht hatte er über dieser Frage gegrübelt, doch er war zu keiner Antwort gelangt. Nacht für Nacht war er in einen unruhigen Schlaf gefallen. Und dazu der quälende Hunger. Sie dachten nicht daran, ihn als Festschmaus für ihren Anführer zu mästen. Sie gaben ihm nur kümmerliche Reste, gerade so viel, daß er nicht zu verhungern brauchte. Und jetzt begann auch noch die Decke abzubröckeln.

Ein Stein fiel zu Boden, dann ein zweiter und noch einer. Der Meister schielte unter seinem Flügel hervor und seufzte. In glücklicheren Tagen war so etwas öfter vorgekommen, und meist hatte es dann Streit mit dem Papageitaucher aus der Nachbarhöhle gegeben, der beim Graben nicht aufgepaßt hatte und durch die Wand zu brechen drohte.

Ein Erdklumpen fiel aus der Wand. Der Meister fuhr hoch. Warum gruben die Ratten noch so spät in der Nacht? Er setzte sich wieder. „Nester. Neue Nester für die Jungen." Erst gestern hatte er gehört, wie die Wachen sich bitter beklagten: Bubo hatte sie erneut auf kürzere Ration gesetzt. Er wollte den gebärfähigen Weibchen mehr Futter geben, damit sie schneller warfen. Der Meister seufzte. Die Wachen hatten ihrem Unmut Luft gemacht, waren aber sofort verstummt, als ihre Ablösung kam und den Meister vor die Höhle führte, um ihm Gelegenheit zu geben, seine täglichen Streckübungen zu machen und seine Notdurft zu verrichten.

Das Graben hatte aufgehört. Der Meister lauschte – kein Geräusch, nicht einmal das furchtbare Getrappel. Er seufzte und steckte den Kopf wieder unter den Flügel.

Aber was war das – dort in der Wand? Es glitzerte merkwürdig, ganz anders als ein Stein. So etwas hatte er noch nie gesehen. Es glitzerte wie ein Stern. Dann verschwand es. Der Meister stellte sich auf und schleppte sich hinüber zur Wand. Da war das seltsame Licht wieder.

„Meister!“

Eine Stimme – und sie flüsterte seinen Namen!

„Meister, kannst du mich hören?“

Der alte Papageitaucher wollte seinen Ohren nicht trauen. Er legte den Kopf schief.

„Hör mir zu, Meister. Sage nichts. Hör mir nur zu.“

Der Meister schüttelte den Kopf. Er war überzeugt, daß er sich das alles nur einbildete.

„Nicke, wenn ich gefahrlos weitergraben kann.“

Er fixierte das glitzernde Ding. War das möglich? Täuschte er sich oder war es tatsächlich das Auge eines Papageitauchers? Er trat näher. Da war ein kleines Loch in der Wand, und dahinter, in einer anderen Höhle, – ja! – ein Papageitaucher!

„Ich bin's – Meerstern! Ich komme, um dich zu befreien, aber zuerst mußt du mir genau zuhören. Ich mache das Loch größer, dann kannst du leichter durchkriechen.“

Der Meister blinzelte. Der dort, mit dem kräftigen Schnabel, der jetzt das Loch zu vergrößern begann, das war Meerstern, der junge Vogel, den er vor unzähligen Tagen aufs Meer geschickt hatte.

„Glaubst du, du kannst dich durchzwängen?“ flüsterte Meerstern und steckte Kopf und Schultern in die Höhle. „Ich will es nicht noch größer machen, weil ich es wieder auffüllen muß, wenn wir draußen sind. Die Ratten müssen glauben, daß du vorn bei den Posten raus bist.“

Der Meister sagte noch immer nichts. Wie benommen taumelte er vorwärts und zwängte seinen abgemagerten Körper in die kleine Öffnung. Meerstern nahm seinen lahmen Flügel vorsichtig in den Schnabel und zog ihn damit durch das Loch.

„Tut es weh?“

Der Meister nickte und zog eine Grimasse, als er sich in den Tunnel quetschte.

„Warte am Eingang, bis ich das Loch zugestopft habe“, flüsterte Meerstern. „Du siehst aus, als könntest du etwas frische Luft vertragen.“

Der Meister schob sich durch den engen Gang. Meerstern stopfte unterdessen Erde und Steine in das Loch, bis es vollkommen geschlossen war. Dann kratzte er Erde von den Seitenwänden ab und schichtete sie dort auf, wo eben noch die Öffnung gewesen war. Erst als er das Ende des Ganges eine Flügelspanne weit mit Erde aufgefüllt hatte, war er zufrieden. Dann kroch er hinaus. Der Meister stand am Eingang und atmete tief die kühle Nachtluft ein.

„Wahrscheinlich liegen jetzt mehr Steine auf dem Höhlenboden als vorher, aber die Ratten sehen so schlecht, daß sie es vielleicht nicht bemerken. Wie geht es dir?“

„Wo hast du gelernt, so zu graben?“ fragte der Meister.

„Bei einer freundlichen Ratte!“ strahlte Meerstern. „Nachdem sie mich vor deiner Höhle gefangengenommen hatten, hat sie mir zur Flucht verholfen!“

„Aber die Ratten sagten doch, du seist tot!“

„Und das sollen sie auch weiterhin denken“, sagte Meerstern und putzte sich die Erde vom Schnabel. „Wenn sie herausfinden, daß ich lebe, wollen sie dein Blut!“

„Aber warum haben sie mich überhaupt so lange am Leben gelassen?“

„Du solltest den Lockvogel spielen, wenn der Schwarm zurückkehrt. Das ist eine lange Geschichte, doch dafür haben wir jetzt keine Zeit. Wir müssen dich zum Strand bringen, bevor es hell wird.“

„Aber das geht nicht. Ich kann kaum ein paar Schritte gehen, geschweige denn fliegen – sie haben mir gerade so viel zu essen gegeben, daß ich nicht verhungerte. Wenn ich den Tunnel verlasse, erwischt mich eine Streife."

„Streife? Was für eine Streife?"

„Oh, hier wimmelt es von Streifen. Ehrgeizige junge Männchen, die freiwillig unangenehme Aufgaben übernehmen, um sich Bubos Gunst zu sichern."

„Was ist am Streifendienst so unangenehm?"

„Streife bei den Papageitauchern ist eine Sache – eine Rattenpatrouille eine ganz andere." Der Meister schauderte bei dem Gedanken. „Sie müssen die Küste durchkämmen, damit keine Ratte zum Festland zurückschwimmt. Aber sie schnüffeln auch hier herum, in der Hoffnung, jemanden zu erwischen, der über die Führung herzieht."

„Die Führung?"

„Bubos Rat. Wie es scheint, hat er ein paar Vertraute um sich geschart, und die herrschen ziemlich brutal über die anderen. Fast täglich werden ältere Weibchen, die keine Jungen mehr kriegen, irgendeines geringfügigen Vergehens angeklagt und dann den Mantelmöwen ausgeliefert."

„Den Mantelmöwen? Weshalb?"

„Bubo hat eine Abmachung mit ihnen getroffen. Die Möwen haben versprochen, keine Rattenbabys anzugreifen, die zum ersten Mal den Bau verlassen. Als Gegenleistung muß ihnen Bubo jede Ratte ausliefern, die der Verschwörung gegen den Rat überführt wurde."

„Gibt es viele solcher Ratten?"

„Lebende nicht. Anfangs versuchten viele zu fliehen, und einigen ist es auch gelungen, doch seit Bubo Knöterich umbringen ließ und die Führung übernahm, wagen es nur noch die Mutigsten oder die Dümmsten davonzurennen. Wenn die Mantelmöwen am Strand unten Deserteure entdecken, melden sie es sofort Bubo. So kommen sie leicht zu einer Mahlzeit."

„Haben die Mantelmöwen dich noch einmal angegriffen?"

„Wie denn? Ich durfte nie weiter als bis vor den Eingang, und dort stehen immer mindestens zwei Wachen."

„Aber woher weißt du das alles?"

„Von den Wachen – sie reden ständig über die Probleme im Rudel. Sie denken wohl, ich kann sie nicht hören."

„Ich glaube eher, da steckt Absicht dahinter. Sie wollten, daß du sie hörst. Nur ein sehr tapferer Papageitaucher würde bei dem, was du alles weißt, einen Fluchtversuch wagen."

„Und deshalb halte ich es für besser, wenn du mich hier zurückläßt", sagte der Meister ruhig. „Wenn sie mich auf der Flucht erwischen, stellen sie mich wieder vor Gericht, und das würde ich nicht verkraften. Ich wünschte, die Goldene Königin würde meinem Leben ein Ende machen."

„Das letzte Mal, als wir miteinander sprachen, hast du nicht mehr an Sie geglaubt!"

„Möglich. Doch ich frage mich immer noch, warum Sie mich im Stich gelassen hat."

„Nur wer sich selbst hilft, kann Hilfe erwarten", sagte Meerstern energisch. „Das habe ich von den Ratten gelernt. Wenn die Königin dein Leben gewollt hätte, wärst du schon längst tot, und wenn Sie es zugelassen hätte, daß dich die Lebenskräfte verlassen, wärst du nicht imstande gewesen, mit dem verletzten Flügel durch den Tunnel zu kriechen. Du hast bereitwillig große Schmerzen auf dich genommen."

Der Meister sah Meerstern im trüben Licht am Tunneleingang fest in die Augen. „Du bist sehr klug geworden, junger Meerstern."

„Mir blieb nichts anderes übrig. Seit unserer letzten Begegnung habe ich viel erlebt und viel daraus gelernt. Die wichtigste Lehre, die ich aus meinen Erlebnissen gezogen habe, ist die, daß sich nur diejenigen, die Angst vor sich selber haben, hinter der Goldenen Königin verstecken – sie tun lieber nichts, als daß sie etwas tun, das in Ihren Augen falsch sein könnte. Ich glaube nicht, daß Sie über uns bestimmen will. Doch Sie wird es unmißverständlich zu verstehen geben, wenn wir anfangen, unseren eigenen Interessen zuwiderzuhandeln – wahrscheinlich auf die gleiche Weise, wie Sie es damals bei den Riesenalken getan hat. Sie wird unsere Lebenskräfte anrufen, um uns zu warnen. Nur wenn wir den Kontakt zu den Kräften verlieren – wie es bei vielen Geschöpfen der Fall ist –, besteht Grund zur Sorge. Und was dich betrifft, Meister, dir haben die Lebenskräfte gesagt, daß du um dein Leben kämpfen mußt und nicht aufgeben darfst."

Der Meister sah zu Boden. „Es tut mir leid", sagte er. „Weißt du, der Tod war mein ständiger Begleiter."

„Aber noch hat er nicht Gewalt über dich gewonnen", antwortete Meerstern ernst. „Und wenn wir das gute Ende für uns haben wollen, mußt du noch eine Weile hierbleiben."

„Ich soll nicht hinunter zum Strand?"

„Nein, noch nicht. Ich schütte den Tunnel wieder zu, und du bleibst drin. Die Ratten sollen glauben, daß du von der Insel verschwunden bist. Aber zuerst mußt du mal etwas essen."

Kapitel 27

Meerstern brachte gerade den letzten Schnabel voll trockenem Gras zu dem Tunnel, dessen Eingang er wieder verschlossen hatte, als Perltang von seinem Ausguck herunterkam und ihm zuraunte, daß die Wachen eben aus ihrem Schlaf erwachten.

„Keine Angst, ich bin fertig", antwortete Meerstern. „Wie sehe ich aus?"

„Furchtbar", flüsterte Perltang beim Anblick des verdreckten, grauschwarzen Vogels. „Einfach furchtbar."

„Gut! Und der Flügel?"

„Toll! Als sei er lahm. Hast du dich eingefettet?"

„Ja, das ganze Gefieder", flüsterte Meerstern. „Der Meister riecht wesentlich angenehmer als die Ratten, das kann ich dir sagen."

Alles lief reibungslos. Sogar Portulak hatte sich inzwischen von seinem Schrecken erholt. Perltang war zu ihm auf den Felsturm geflogen und hatte ihm gesagt, daß die Rettungsaktion angelaufen sei. Portulak hatte daraufhin für den Meister eine Portion Sandaale gefangen – im Dunkeln, wie er betonte. Anschließend war er auf den Felsturm zurückgekehrt, um dort auf weitere Anweisungen zu warten.

In der Zwischenzeit hatte Meerstern den Tunnel vor dem Meister verschlossen und sich mit dem Öl des älteren Vogels eingefettet. Er roch jetzt nicht mehr nach Meerstern, sondern nach modriger Gefängnisluft, und dieser Geruch war den Ratten vertraut. Doch worüber sich die vier Papageitaucher am meisten gefreut hatten, war die Tatsache, daß die bunte Zeichnung auf des Meisters Schnabel in der kalten Jahreszeit verblaßt war. Meerstern und der Meister waren jetzt durch nichts mehr voneinander zu unterscheiden.

„Wünsch mir was", flüsterte Meerstern und wandte sich zum Gehen, wobei er den Flügel hinter sich herzog. „Und vergiß nicht, Portulak loszuschicken, sobald die Luft rein ist."

Meerstern watschelte in Richtung Rattenkolonie. Perltang sah ihm nach, dann flog er zu Portulak auf den Felsturm. Er verdrängte den Gedanken, daß etwas schiefgehen könnte.

Auch Meerstern versuchte, nicht daran zu denken. Er konzentrierte sich auf das, was getan werden mußte. Beim kleinsten Fehler würden er und die anderen als Rattenfutter enden, oder schlimmer noch, in die Gefangenschaft der Ratten geraten.

Die hohen Gräser, die sich bei seinem letzten Aufenthalt in der Rattenkolonie über seinem Kopf im Wind gewiegt hatten, waren verschwunden. Nur ihre Wurzeln waren übriggeblieben. Sie wiesen Spuren winziger Zähne auf. Vermutlich hatten sie hungrige Ratten angenagt, die verzweifelt nach Eßbarem suchten. „O Goldene Königin, laß sie noch eine Weile schlafen", murmelte Meerstern und ging an den dunklen Höhleneingängen vorbei. Den Flügel ließ er über den sandigen Boden schleifen.

Immer noch wehte eine Brise vom Meer herauf, doch jetzt konnte Meerstern nicht mehr verhindern, daß sein Geruch den Ratten in die Nase stieg – der Wind trug den Geruch seiner frischgeölten Federn von einem Bau zum anderen.

Am Horizont stieg silbern der neue Tag herauf, als Meerstern einen Großteil der Höhlen hinter sich gelassen hatte. Er lauschte auf ein bestimmtes Geräusch, ein Geräusch, das ihm zeigte, daß er auf dem richtigen Weg war. Da war es! Deutlich hörte er Wellen gegen Felsen schlagen. Nur noch wenige Schritte bis zu dem Kanal, der die Insel vom Festland trennte. Er schlich am letzten Bau vorbei und seufzte vor Erleichterung. Die Königin hatte ihn sicher durch die Kolonie der Ratten geführt.

Jetzt trennte ihn nur noch ein riesiger Felsblock vom Rauschen des Meeres, das er so herbeigesehnt hatte. Er trat dicht an den Stein heran und spähte um die Ecke.

Nur ein paar Flügelspannen weiter, zwischen den Brocken des zersplitterten Felsens, lag die Brücke – die Brücke, die den jungen Papageitauchern auf der Insel Tod und Vernichtung gebracht hatte.

Meerstern wollte vor Wut schreien. Doch er riß sich zusammen. Seine Augen machten die Umrisse zweier Körper aus, die aneinandergeschmiegt dalagen und den Weg versperrten. Bubos Wachen.

Meersterns Füße krallten sich in den Boden. Eine innere Stimme riet ihm, sich in die Luft zu schwingen und fortzufliegen, nur weg von der Gefahr. Dann spürte er, wie sich seine Füße wieder entkrampften. Die Ratten schliefen.

Doch sie nahmen die ganze Breite der Brücke ein.

Niemand konnte herüber oder hinüber, ohne sie zu wecken und Bekanntschaft mit ihren scharfen Zähnen zu machen. Drüben auf der Festlandseite verschwand die Brücke in nebelverhangenem Dunkel. Meerstern konnte kein Lebenszeichen entdecken.

Noch eine Flügelspanne weiter . . . jetzt hörte er sie atmen. Doch es war ein regelmäßiges Atmen. Sie schliefen fest. Meerstern blickte zurück. Am meisten fürchtete er einen Angriff von hinten. Alles war still, nur der Wind strich leise durch sein Gefieder.

Und dann stach der fremdartige Geruch in seine Nase. Er kam von den beiden Rattenfellen. Meerstern spürte ein Jucken hinten im Hals, wollte niesen, doch er unterdrückte den Reiz. Dann schleifte er den Flügel dicht an den Nasen der Ratten vorbei. Seine Federn stellten sich auf.

Jetzt mußte er denselben Weg zurückgehen – das war der nervenaufreibendste Teil. Er hielt die Luft an, tat einen Schritt, dann noch einen. Er sah sich um. Alles war ruhig, nur das Wasser rauschte in der Tiefe. Noch ein Schritt. Eine Ratte regte sich. Meerstern stockte der Atem. Ihre Kiefer klappten auseinander und legten scharfe kleine Zähne frei. Sie schmatzte zwei-, dreimal im Schlaf, zuckte mit den Schnurrhaaren, dann schmiegte sie sich wieder an ihren Nachbarn.

Meerstern dachte, sein Herz hätte aufgehört zu schlagen. Und vielleicht hatte es das auch. Ohne Luft zu holen, setzte er einen Fuß vor den anderen. Dann endlich hatte er den schützenden Felsblock erreicht. Er atmete tief durch und schwang sich in die Luft. Er flog bis zum Rand des Kanals. Dort erfaßte ihn die aufsteigende Luftströmung und trug ihn über den gähnenden Abgrund. Dann gab sie ihn frei, und er flog aus eigener Kraft weiter, hinüber zur Festlandseite.

Er landete auf Kieselsteinen hinter einem großen Büschel Schlickgras, kaum zwei Flügelspannweiten von der Stelle entfernt, wo die Brücke mit dem Festland verbunden war.

Dann lief er zur Brücke. Kurz davor blieb er stehen und lauschte. Doch die Brandung war so laut, daß er nicht hören konnte, ob die Ratten am anderen Ende der Brücke noch schliefen oder nur darauf warteten, daß er hinüberkam, um ihn dann zu überwältigen.

Wieder stieg Angst in ihm auf. Einen Augenblick lang wollte er davonfliegen. Er krallte sich an dem kalten Stein fest. Die Angst legte sich. Er holte tief Luft und ging ganz langsam über die Brücke in Richtung Papageitaucherinsel. Den Flügel schleifte er hinter sich her.

Doch im Dunkeln hatte er die Entfernung falsch eingeschätzt. Fast wäre er auf einen dünnen Schwanz getreten, der wie eine Schlange vor ihm auf dem Stein lag. Meerstern blieb stehen. Der Schwanz bewegte sich nicht. Meerstern stieg über ihn hinweg und schob sich bis zu der Stelle, wo der Schwanz in den Körper der einen Ratte überging. Vorsichtig hob er seinen Flügel über den Stein, rechts neben dem Hinterteil der Ratte. Dann lehnte er sich weit hinaus über den Rand der Brücke, direkt in den Wind, der vom Wasser heraufblies, und ließ sich fallen.

Erst als aus dem dunklen Abgrund weiße Schaumkronen vor ihm auftauchten, breitete er die Schwingen aus, um seinen Fall zu bremsen. Dann arbeitete er sich mit kräftigen Schlägen zwischen den schroffen Felswänden zu beiden Seiten wieder nach oben. Er geriet erneut in den Aufwind, drehte ab und steuerte das Büschel Schlickgras auf dem Festland an, hinter dem er vorher schon einmal gelandet war.

Er lauschte. Alles war still. Durch die Grashalme sah er zur Brücke hinüber. Dort rührte sich nichts.

Meerstern seufzte. „So weit, so gut!"

Er drehte sich um und sah landeinwärts. Der Himmel über dem Hügel verfärbte sich rosa. Die Dämmerung stand kurz bevor.

Meerstern streckte den Flügel aus und tapste, ohne noch einmal zur Brücke zu sehen, den Hügel hinauf, wobei er seine kurzen Federn durch jede weiche Stelle am Boden schleifte, die er fand.

Kapitel 28

„Halt! Wer da?"

Meerstern erstarrte. Wieder pfiff die schrille Stimme durch den grauen Morgen: „Wer da?"

Diesmal war er sich sicher, daß die Stimme direkt von oben kam, vom Kamm des Hügels, der einen guten Blick auf die gesamte Brücke vom Festland bis zur Papageitaucherinsel bot.

„Ich frage nicht noch einmal!" Die Stimme klang jetzt schärfer, und nervös.

„Ich bin der Meister, ein Papageitaucher und Gefangener der Ratte Bubo. Ich komme, um eine Botschaft von Bubo zu überbringen ... eine Botschaft für den erhabenen Rudelführer Nieswurz", stieß Meerstern hervor.

„Was für eine Botschaft?"

„Sie ist nur für die Ohren des Rudelführers bestimmt."

Ein paar Sekunden Stille, dann: „Warte hier!"

Meerstern wartete. Er hörte Getrappel von Füßen, dann aufgeregtes Geflüster. Offenbar eilten die Festlandratten herbei, um mit eigenen Augen zu sehen, was die Wache gemeldet hatte. Hier, auf dem Festland, hatte das Gras den Stürmen und Regenfällen der kalten Jahreszeit besser getrotzt als auf der Insel, und so konnte Meerstern nur hier und da eine Schnauze entdecken, wenn sie zwischen den Büscheln hervorschaute. Das Flüstern schwoll an. Dann ertönte wieder die Stimme.

„Der Rudelführer will wissen, welche Botschaft du von der Ratte Bubo überbringst."

Meerstern schluckte. Jetzt gab es kein Zurück mehr.

„Ich soll ihm mitteilen, daß Bubo in Frieden zurückzukehren wünscht", rief Meerstern so laut, wie er konnte, um das Zittern in seiner Stimme zu verbergen.

Wieder Stille, dann Geflüster, aufgeregtes Geflüster diesmal. „Wiederhole die Nachricht!" verlangte die Stimme.

„Bubo wünscht, in Frieden zurückzukehren. Er will nicht länger ohne Futter auf der Papageitaucherinsel leben und bittet den Rudelführer demütig um Vergebung."

Stille, dann wieder die Stimme: „Wie soll der Rudelführer wissen, daß es keine Falle ist?"

„Weil ich als Bote zu ihm komme."

Wieder Flüstern. Meerstern warf einen Blick zurück. In die beiden Wachen auf der Brücke kam Leben. Es wurde höchste Zeit.

„Komm näher, und gib dich zu erkennen!"

Meerstern nahm seinen ganzen Mut zusammen. Der Moment, vor dem er sich so gefürchtet hatte, war da. Tiefes Luftholen, ein letzter Blick zurück, dann begann er langsam die wenigen Flügelspannen zum Kamm hinaufzustapfen. Den Flügel zog er mühsam hinter sich her.

„Schneller, Vogel! Mach schon!" schniefte eine neue Stimme seitlich aus dem Gras.

„Der Rudelführer hat nicht den ganzen Tag Zeit!" rief eine zweite Stimme von der anderen Seite. Dann erschienen zwischen den Halmen zwei Schnauzen mit wirbelnden Schnurrhaaren, und zwei Ratten traten aus dem Gras hervor. Sie warteten, bis Meerstern sie passiert hatte, und folgten ihm als Eskorte.

„Der Rudelführer hat nicht den ganzen Tag Zeit!" wiederholte die zweite Ratte. „Er ist sehr beschäftigt!"

„Tut mir leid, aber ich lahme, und fliegen kann ich auch nicht", antwortete Meerstern niedergeschlagen.

„Wir wissen Bescheid", fuhr ihn die erste Ratte an, „aber tu nicht so, als könntest du nicht gehen. Das kannst du nämlich." Die zweite Ratte unterdrückte ein Kichern. Für Meerstern sah eine Ratte wie die andere aus, von Bubo einmal abgesehen, und er hoffte inständig, daß es den Ratten mit Papageitauchern ähnlich ging.

„Warte!"

Meerstern blieb auf der kleinen, von Grasbüscheln umsäumten Lichtung stehen und blickte wieder zurück. Die Brücke konnte er nicht mehr sehen, aber überall zuckten Schnauzen von Festlandratten im dichten Gras – wer vorn stand, wurde von den nachdrängenden Neugierigen gestoßen. Einige stürzten kreischend und quietschend auf die Lichtung. Die erste wich erschrocken zurück, als sie Meersterns offenen Schnabel erblickte. Eine andere Ratte war mutiger. Sie kam schnüffelnd näher und setzte sich vor ihn hin.

„Der Rudelführer wird gleich kommen." Das war die Ratte, die ihn am Fuß des Hügels angerufen hatte.

Meerstern grub seine Krallen fest in die Erde. Jeden Moment mußten Bubos Wachen entdecken, was er getan hatte. Wie lange mußte er noch warten? Nicht mehr lange, hoffte er. Nieswurz mußte jeden Moment kommen.

Die hohen Büschel am Rande der Lichtung teilten sich, eine kräftig gebaute Ratte trat hervor und kletterte den Hang herauf. Wie die andere Ratte schnupperte sie die Luft, als wolle sie ihr ein Geheimnis entreißen. „Ruhe! Der Rudelführer!“

Die Ratte hörte auf zu schnuppern. Sie nahm auf einem Grashaufen Platz, strich sich die Schnurrhaare zurück und holte Luft, um zu sprechen.

Kapitel 29

Die wärmenden Strahlen des jungen Frühlingsmorgens hatten die vereinzelten Wolken am Himmel rasch aufgelöst. Die beiden Wachen vor dem Gefängnis des Meisters sprangen auf. Bubo näherte sich.

„Wie geht es dem Gefangenen an diesem wundervollen Morgen?" fragte er freundlich und kratzte sich mit knochiger Pfote den abgemagerten Körper. Sein glänzendes Fell war stumpf und staubig geworden.

„Nicht besonders, Rudelführer", antwortete eine Ratte und verbeugte sich respektvoll. „Er ist noch nicht einmal heraufgekommen, um sein Futter zu holen."

„Ah ja? Und was bekommt er an diesem wundervollen Morgen?"

„Garnelen, Rudelführer!"

„Garnelen, tatsächlich! Welch ein Luxus. Er verspeist Garnelen, und wir müssen von Abfällen leben, die wir am Strand finden. Was hast du heute morgen gegessen, Wache?"

„Ein Stück Kork, Rudelführer", grinste die kriecherische Ratte.

„Glücklicher Junge!“ Bubo strahlte fast. „Glücklicher Junge!“

Die beiden Ratten scharrten unruhig mit den Füßen. Wenn Bubo in seiner üblichen Stimmung war, konnte man sich gut auf ihn einstellen – man wahrte Distanz und hielt den Mund. Aber ein leutseliger Bubo – das war beunruhigend.

„Nun, es wird Zeit, daß sich dieser Papageitaucher sein Essen verdient“, sagte Bubo und sah in den Himmel über dem Meer. „Von heute an wird er *vor* der Bruthöhle sitzen. Die Papageitaucher können jeden Tag aus den Fischgründen zurückkehren. Ich will, daß sie ihn hier sitzen sehen. Sie sollen glauben, daß er in aller Ruhe auf ihre Rückkehr wartet. Wann habt ihr ihn zum letzten Mal getestet?“

„Gestern, Rudelführer, gestern“, sagte die zweite Ratte.

„Und?“

„Tadellos, Wort für Wort.“

„Er weiß, was ihm blüht, wenn er auch nur die geringste Andeutung macht, daß wir auf der Insel sind?“

„Und ob, Rudelführer. Er weiß, daß wir ihn fast zu Tode foltern würden.“ Die Ratte grinste anzüglich.

„Gut, gut.“ Bubo dachte scharf nach. Er runzelte die Stirn, sah die Wachen an und grinste: „Der Tod wäre zu gut für ihn, nicht?“

„Ja, gewiß. Er sagt oft genug, daß der Tod für ihn eine Erlösung wäre. Er wird es nicht wagen, dich zu enttäuschen, Rudelführer. Soviel ist sicher.“

„Sehr schön.“ Bubo legte die Schnurrhaare zurück und zeigte seine Zähne. „Noch heute werden alle Nester hinunter an den Strand verlegt. Die Nisthöhlen hier oben müssen geräumt werden, bevor die Papageitaucher kommen. Jede

Höhle bringt uns zwei Vögel und ein Ei. Mit diesem Futter erobern wir den Erdball."

„Verzeihung, Rudelführer", sagte die kleinere Ratte, „aber werden sie nicht fliehen, wenn wir den ersten Vogel töten?"

Bubo sah in das unterwürfige Gesicht. „Wenn wir zuschlagen, mein Junge, dann schlagen wir heimlich zu, mitten in der Nacht. Wir schließen sie in ihren Bruthöhlen ein. Diesmal wird nicht planlos gemetzelt. Wir verstümmeln sie, so wie wir es mit dem Alten gemacht haben." Er deutete in die Höhle. „Diesmal will ich volle Speisekammern haben, gefüllt mit Lebendfutter. Das verschafft uns die nötige Zeit, um stark zu werden. Und wenn wir zahlenmäßig stark genug sind – sagen wir, nach drei, vier Geburtenzyklen –, dann greifen wir diesen Narren Nieswurz auf dem Festland an und nehmen, was uns gehört."

Die beiden Wachen tauschten nervöse Blicke aus – die einem dümmlichen Grinsen Platz machten, als sie wieder Bubo ansahen. Es war ungewohnt, daß ihnen der Rudelführer seine Gedanken mitteilte.

„Nun?"

„Ja, Rudelführer?"

„Er soll rauskommen! Und denkt daran, einer von euch muß den ganzen Tag hinter ihm sitzen, dort im Eingang. Er darf keine Gelegenheit bekommen, dem Schwarm eine Warnung zuzuflüstern. Der andere kann in der Höhle bleiben, für den Fall, daß es Schwierigkeiten gibt. Verstanden?"

„Ja, Rudelführer!"

„Dann holt ihn jetzt raus!"

„Ja, Rudelführer!"

Was dann geschah, konnten Perltang und Portulak von ihrem Ausguck auf dem Felsturm nur erahnen, denn der Hügel, durch den Meerstern den Fluchttunnel gegraben hatte, versperrte ihnen die Sicht auf den Eingang zum Gefängnis des Meisters. Doch als unmittelbar darauf Schreie durch die Kolonie gellten, wußten sie, was geschehen war. Bubo hatte die beiden Wachen ebenso rasch wie grausam bestraft. Die Schreie verhallten, und schon tauchte eine Mantelmöwe über der Stelle auf. Sie zog ein paar Kreise, stieß hinab auf den Boden und holte sich ihre Beute, eine leichte Beute, wie Portulak und Perltang wußten.

Unterdessen hatte Bubo schnell gehandelt. Er jagte durch die Kolonie, rannte von einer Nisthöhle zur anderen und stellte Suchtrupps zusammen. In alle Richtungen schwärmten Ratten aus, die Nasen platt am Boden. Der Anführer eines Trupps schrie einem anderen etwas zu, und im nächsten Moment rasten sie beide mit gesenkten Schnauzen in Richtung Brücke. Die anderen stolperten hinter ihnen her.

„Es funktioniert!" jubelte Portulak, als immer mehr Ratten den beiden Suchtrupps folgten. „Der Plan funktioniert!"

„Sei still!" zischte Perltang. „Sonst hören sie uns noch."

„Ach, die hören uns nicht – sieh sie dir doch an. Die hören nur Bubos Befehle, sonst nichts. Schau nur, wie er ihnen in die Beine zwickt, damit sie schneller laufen."

„Im Namen der Königin, Portulak! Konzentrier' dich auf unsere Aufgabe! Jetzt sind wir dran. Wenn sie an der Brücke sind, flieg' ich los!"

Perltang brauchte nicht lange zu warten. Das ganze Rudel schien auf den Beinen. Sie stolperten übereinander, kreischten, bissen um sich, während sie, die Nasen am Boden, der

Spur folgten, die Meerstern so sorgfältig gelegt hatte. Jetzt erreichten die ersten die schmale Steinbrücke.

„Ich fliege los", sagte Perltang. „Wenn der letzte auf der Brücke ist, bist du dran."

„Ist ja gut. Ich weiß Bescheid", gab Portulak zurück. Er war nervöser als ihm lieb war. „Du tust deine Arbeit und ich meine."

Aus der Höhe über dem Kanal, der die Insel vom Festland trennte, sah Perltang die Leichen der beiden Brückenwächter, die dasselbe Schicksal erlitten hatten wie die Wachen vor der Höhle. Sie lagen dort, wo Bubo sie getötet hatte. Ihr Rückgrat war gebrochen, und ihre Schnurrhaare zitterten noch vom Schock des plötzlichen Todes.

Die Brücke selbst war voller Leben – ein Gewusel von Ratten, und jede kratzte und schlug um sich, um möglichst schnell aufs Festland zu kommen. Bubo stand bereits drüben und brüllte den ersten, die ankamen, Befehle entgegen.

„Alles hierher! Auch die trächtigen Weibchen! Wer laufen kann, kann auch kämpfen!"

Perltang blickte sich um und sah, wie Portulak vom Felsturm herunterflog und die Grasbüschel und Steine wegzuräumen begann, die Meerstern vor dem Hintereingang zum Gefängnis des Meisters aufgeschichtet hatte. Tief im Innern der Höhle hörte der Meister, daß außen gegraben wurde, und begann seinerseits zu graben.

Bubos Rudel formierte sich zu dichten Reihen – die Vordersten wurden gedrückt und gestoßen, wenn andere nachrückten und versuchten, sich hinter ihnen einzureihen. Als Perltang sah, daß die letzte Ratte auf das Festland sprang, drehte er ab und flog hinaus aufs Meer.

Kapitel 30

Bubo marschierte an der Spitze seiner Truppen die Anhöhe hinauf und wunderte sich, daß die Festlandratten keine Anstalten zu ihrer Verteidigung machten. Sein Rudel hatte schon fast die Spitze erreicht, und noch immer gab es kein Anzeichen von Gegenwehr.

Diese unerwartete Ruhe hatte Folgen. Eben noch hatte Bubo seine Soldaten in den Kampf gehetzt und ihre Rachegelüste geschürt. Da jedoch nichts passierte, ließen sie ihre aufgestaute Wut an den Nachbarn aus. Sofort gab es Hiebe und Kniffe, wenn einer versehentlich den anderen anstieß oder auch nur mit einem Schnurrhaar dessen Nase berührte, und mit jeder Kabbelei wurde die Stimmung im Rudel gereizter. Als sie schließlich den Kamm des Hügels erreichten, gab es in Bubos Rudel keine Ratte mehr, deren Nerven nicht zum Zerreißen gespannt gewesen wären.

Seine Gefolgsleute dicht hinter ihm, kam Bubo als erster über den Rand des Abhangs und konnte nicht fassen, was er sah. Kaum war sein Kopf auf dem Kamm aufgetaucht, als ihm lauter Jubel entgegenbrauste. Die Festlandratten rekelten sich im Halbkreis, Nieswurz thronte in ihrer Mitte auf einem großen Grashaufen, und neben ihm saß, mit hängendem Flügel, der Papageitaucher, den sie Meister nannten.

„Hurra! Willkommen daheim!“ riefen sie im Chor.

Bubo rieb sich die Augen und strich seine Schnurrhaare zurück. Die feindlichen Ratten jubelten noch immer, und jedesmal, wenn wieder eine Abteilung seiner verdutzten Truppen auftauchte, verdoppelten sich die Hurrarufe.

Meerstern spürte, wie sich seine Füße tiefer in die weiche Erde bohrten. Längst konnte er die Ratten nicht mehr zählen, die sich zu beiden Seiten aufreihten. Die Muskeln seines Flügels spannten sich an, obwohl er sich alle Mühe gab, ihn schlaff an der Seite hängen zu lassen. Er versuchte an den Meister zu denken. Was würde er jetzt wohl empfinden? Sein Herz schlug wie wild. Er machte sich nichts vor: Bubo mußte ihn erkennen.

„Willkommen daheim, Bruder Bubo“, rief Nieswurz.

Bubo preßte die Lippen aufeinander.

„Mit Freuden nehme ich den Papageitaucher, welcher Meister genannt wird, als Geschenk von dir entgegen“, sagte Nieswurz und deutete mit huldvoller Geste auf Meerstern. „Es wäre mir eine große Ehre, wenn du ihn mit mir teilst.“

Meersterns Krallen gruben sich tiefer in den Boden. Alle Blicke richteten sich auf ihn. Nur Bubo starrte unverwandt Nieswurz an und murmelte etwas vor sich hin. Meerstern sah ihm an, daß er fassungslos war. Dann aber schien er sich zusammenzureißen. Er stellte, so gut es ging, sein mattes Fell auf und räusperte sich.

„Ich werde den Papageitaucher, welcher Meister genannt

wird, mit niemandem teilen. Und mit dir, Nieswurz schon gar nicht."

Der Jubel war inzwischen verebbt, und die Festlandratten hatten begonnen, freundlich miteinander zu schwatzen. Doch jetzt verstummten sie jäh. Die Nackenhaare sträubten sich. Nieswurz' Schnurrhaare wirbelten. „Aber ... ich verstehe nicht ..."

„Das merke ich!" platzte Bubo heraus.

„Der Vogel hat sich mir ausgeliefert", begann Nieswurz.

„Mit welchem Recht?"

„Auf deinen Befehl hin – als Friedensgabe."

„Was? So einen Befehl habe ich nie gegeben."

„Der Vogel hat uns heute morgen eine Botschaft von dir überbracht."

Bubo blitzte Meerstern an. „Dieser Vogel ist ein entflohener Gefangener – mein Gefangener, und du hast ihn entführt."

„Ich?" brauste Nieswurz auf. „Unsinn!"

„Dann erkläre mir, wie er jetzt neben dir sitzen kann, wenn du ihn nicht hierhergebracht hast", fauchte Bubo. „Du hast dich mit seinen Wachen verschworen, sonst hätte er nie aus der Höhle entkommen, geschweige denn die Brücke überqueren können."

„Er muß geflogen sein", gab Nieswurz zurück. Er wurde unsicher. Bubo bemerkte es und gewann neues Selbstvertrauen.

„Er kann nicht fliegen", entgegnete er gelassen. „Ich selbst habe seinen Flügelmuskel durchgebissen. Die Narbe, die er hat, beweist es."

„Und was sollte ich mit deinem jämmerlichen Gefangenen anfangen?" schnaubte Nieswurz, jetzt eher gereizt.

„Das müßte sogar dir klar sein", höhnte Bubo. „Du hast gewußt, daß wir ihn als Köder benutzen wollen, um die heimkehrenden Papageitaucher in unsere Gewalt zu bringen. Du wolltest uns aushungern."

Nieswurz schnaubte und tat Bubos Bemerkung mit einer Bewegung seiner Pfote ab. Bubo funkelte ihn an. Für einen Augenblick sah es so aus, als wolle er sich auf Nieswurz stürzen, doch da tönte eine dünne Stimme vom Rand des Hügels herüber.

„Bubo, Rudelführer, ich muß mit dir sprechen. Bitte, ich muß erzählen, was..." Eine atemlose Ratte wankte in die Versammlung, verstummte aber augenblicklich, als sie unzählige empörte Augenpaare auf sich gerichtet sah. Nur Bubo wandte nicht den Blick von Nieswurz, der sich hatte ablenken lassen.

Der Neuankömmling holte tief Luft und unternahm einen erneuten Versuch: „Bubo, Rudelführer, ich muß..."

„Unterbrich mich nicht, Ratte!" befahl Bubo.

„Aber der Vogel da ist nicht der Meister. Ich habe den Meister gerade gesehen. Er ist über das Meer davongeschwommen."

Bubo fuhr zu dem Boten herum. „Ruhe, sage ich! Hast du den Verstand verloren? Sieh doch da rüber!" Er deutete mit seiner geballten Pfote in Meersterns Richtung.

Die Ratte sah zuerst Meerstern an, dann zu Boden. Sie schluckte und fuhr sich abwesend über die Schnurrhaare.

„Hat uns etwa nicht seine Fährte hierhergeführt?" höhnte Bubo.

Die Ratte sah auf. „Ich lüge nicht, Rudelführer. Der Vogel auf dem Meer ließ den Flügel hängen, genau wie der da."

„Riech an ihm!" schrie Bubo. „Komm her und riech an

ihm! Und sag mir dann, daß es nicht der Papageitaucher, den sie Meister nennen, ist!"

Der Bote trat an Bubos Seite, und Bubo stieß ihn in Meersterns Richtung. Meerstern erstarrte.

„Aber, Rudelführer, das ist doch jetzt nicht mehr wichtig", begann die Ratte von neuem.

„Das zu beurteilen, überlaß gefälligst mir", donnerte Bubo los. „Und jetzt riech an dem Vogel und sag mir, ob es der Meister ist."

„Aber, Rudelführer..."

„Riech an ihm, sag ich!"

Alle Augen folgten der Ratte, während sie auf Meerstern zuging. Sie strich mit ihren Schnurrhaaren über sein Gesicht, ging um ihn herum und beschnüffelte seine Schwanzfedern. Meerstern stockte der Atem. Die Ratte zog die Nase hoch, nieste und sah zu Bubo hinüber, um dessen Schnurrhaare ein leichtes Grinsen spielte.

„Nun?"

„Das ist der Papageitaucher Meerstern, Rudelführer."

Bubos Augen blitzten kurz auf, dann platzte er heraus: „Was? Was sagst du?"

„Meerstern, der Papageitaucher, der dich besiegt hat – das heißt, der wie ein Feigling vor dir in die Nisthöhle geflohen ist, als du ihn damals bei eurem Zweikampf töten wolltest."

„Unmöglich! Ich habe den Vogel mit meinen eigenen Pfoten zermalmt!"

„Ich sage die Wahrheit, Rudelführer. Ich war seine Wache. Ich vergesse nie einen Geruch." Die Ratte warf einen höhnischen Blick auf Meerstern. „Auch wenn man versucht, ihn zu überdecken."

„Heb seinen Flügel hoch!"

Meerstern schloß die Augen. Er hatte kaum ein Wort verstanden, so laut klopfte sein Herz, doch er wußte, daß sein Ende nahte. Wieder spürte er die Rattenschnauze.

„Ist der Flügel durchgebissen?" fragte Bubo. „Nun? Was ist?"

Die Ratte zog den Kopf unter Meersterns Flügel hervor und sagte: „Nein, Rudelführer, er ist nicht durchgebissen."

„Ergreift ihn!"

Meerstern kauerte sich nieder und schnellte sich in die Luft. Doch es war zu spät – zwei Ratten hatten mit den Zähnen seinen Schwanz gepackt und zogen ihn nach unten.

„Der Papageitaucher, welcher Meister genannt wird, mag uns entkommen sein", brüllte Bubo und drohte Meerstern mit der geballten Pfote, „aber du bist ein sehr guter Ersatz." Dann wandte er sich an die Ratte, die gerade Meersterns Flügel untersucht hatte. „Beiß den Muskel durch!"

„Aber, Rudelführer, das ist nicht nötig . . ."

„Beiß ihn durch, hab ich gesagt!" schrie Bubo und stampfte vor Wut auf.

„. . . weil die Papageitaucher zum Nisten zurückgekommen sind."

Bubo öffnete die geballte Pfote. „Was sagst du?"

„Die Papageitaucher, Rudelführer. Sie sind wieder da – das wollte ich schon die ganze Zeit melden. Sie graben neue Höhlen unter der Steinbrücke."

Bubo erstarrte. Er war ganz verwirrt. „Was?" schrie er und ballte wieder die Pfote. „Wo?"

„Unter der Brücke, Rudelführer. Unsere Not hat ein Ende."

Bubos Schwanz peitschte über den Boden und schleuderte den Ratten in der ersten Reihe einen Hagel aus Sand und Steinen in die Augen. Kreischend sprangen sie zurück und trampelten dabei auf die hinter ihnen Sitzenden, die mit Knüffen und Bissen antworteten.

Bubo wirbelte herum und bahnte sich einen Weg durch das Durcheinander. „Alles mir nach!“ rief er. „Das ist eine Falle!“

Er rannte jeden um, der nicht schnell genug zur Seite sprang. Die Ratten in den hinteren Reihen hatten den Grund der Aufregung nicht mitbekommen. Sie duckten sich, als Bubo auf sie zueilte – und wurden weggestoßen, zuerst von Bubo, dann von den Rudelmitgliedern, die schneller waren und ihrem Anführer folgten. Bubo begann jetzt zu rennen und stürmte den Hügel hinunter, zurück zur Steinbrücke und zur Papageitaucherinsel.

Meerstern nützte den Augenblick der Verwirrung. Er dreht schnell den Kopf und bohrte einer der beiden Ratten, die seinen Schwanz festhielten, den Schnabel in die Seite. Gleichzeitig stieß er einen wilden Schrei aus, schlug mit den Flügeln und trat mit den Krallen nach hinten aus.

Die verletzte Ratte schrie auf und fiel rückwärts in Nieswurz’ Rudel, das sich nun seinerseits auf Meerstern stürzen wollte. Doch in diesem Moment schwang sich Meerstern in die Luft. Er pumpte aus Leibeskräften mit seinen kurzen Flügeln, um die zweite Ratte abzuschütteln. Doch sie ließ nicht los, auch nicht, als sie in die Luft gezogen wurde und ihre Beine verzweifelt im Leeren strampelten.

Meerstern arbeitete sich höher und höher, doch die verängstigte Ratte schaukelte so heftig, daß er nicht dagegen ankam. Er begann an Höhe zu verlieren und fiel zurück, genau dorthin, wo Nieswurz’ Ratten mit aufgesperrten Mäulern standen. Sie sprangen nach ihm und versuchten, ihn mit ihren rosa Pfoten herunterzuziehen und zu zerreißen.

„Verdammter Vogel!“ schrie Nieswurz. „Du wolltest uns vernichten, und dafür sollst du büßen. Was Bubo mit dem Meister angestellt hat, wird nichts sein im Vergleich zu dem, was ich mit dir vorhabe.“

Die Rudelmitglieder, die nicht über die Nachzügler aus Bubos Armee hergefallen waren, brüllten ihre Zustimmung. Meersterns Flügelschlag wurde immer langsamer. Er sackte immer weiter ab. Nur noch zwei Flügelspannen trennten ihn von den gierigen Pfoten. Doch mit einemmal schoß er in die Höhe, und ein Schmerzensgeheul drang an seine Ohren. Er blickte hinab – gerade noch rechtzeitig, um zu sehen, wie Nieswurz und sein Rudel über den zappelnden Körper der Ratte herfielen, die eben noch an seinem Schwanz gehangen hatte.

Meerstern verlor keine Zeit. Er dreht ab und flog rasch hinunter zur Steinbrücke.

Kapitel 31

Unten rannten die Ratten schreiend durcheinander. Aus Bubos diszipliniertem Rudel war ein kopfloser Haufen geworden, aus dem jede Ordnung gewichen war. Zaunrübe hatte recht gehabt: Die Angst, in ein fremdes Territorium einzudringen, war nur so lange unterdrückt worden, wie Bubo an ihrer Spitze gestanden und sie geführt hatte. Dann, als er davongelaufen war, hatten Panik und Entsetzen um sich gegriffen. Bubos Truppen kannten nur noch ein Ziel: hinunter zur Brücke und zurück auf die Papageitaucherinsel, bevor verwirrte und wütende Ratten des Festlandrudels über sie herfielen – die ihrerseits nur versuchten, ihr Territorium zu verteidigen, da sie fremde Eindringlinge gewittert hatten und von ihren Lebenskräften dazu getrieben wurden.

Meerstern konnte aus der Luft zunächst nicht zwischen Festlandratten und Inselratten unterscheiden, doch das änderte sich sehr rasch, als eine Gruppe, die den Hügel hinunterstürmte, plötzlich haltmachte. Eine Streife des Festlandrudels war über den Hang gekommen und versperrte ihr den Weg. Drohend standen die beiden Gruppen einander gegenüber, stellten die Nackenhaare auf und zeigten die Zähne. Doch schon im nächsten Moment drängten von oben andere nach, überrannten die, die stehengeblieben waren, und preschten mitten hinein in die Streife der Festlandratten, die so viele packten, wie sie erwischen konnten, auf die Rücken der Fliehenden sprangen und ihnen ihre scharfen Zähne ins Genick schlugen.

Die Schmerzensschreie drangen bis zu Meerstern herauf. Er flog weiter. Einige Flüchtende strauchelten und kamen zu Fall. Ihre Reiter stürzten kopfüber in den Staub und wurden von den nachdrängenden Horden niedergetrampelt. Andere, die weniger Glück hatten, schnappten nach den Peinigern, die sich in ihr Genick verbissen hatten, doch die meisten verletzten sich dabei nur selbst. Meerstern mußte sich abwenden, als er sah, wie eine Ratte sich losriß und blind in Richtung Brücke taumelte – ihr Kopf war nur noch eine blutige Masse. Eine ihrer Pfoten war halb aus dem Gelenk gerissen und behinderte sie auf der Flucht. Einen Augenblick später schlug die Ratte hin und verblutete.

Meerstern flog zur Inselseite hinüber. Dort, wo der schmale Felspfeiler über den Kanal gestürzt war und auf der Klippe auflag, hackten Portulak und Perltang mit den Schnäbeln die harte Erde auf. Meerstern segelte hinab und landete auf der Brücke über ihnen. Auch die anderen jungen Papageitaucher waren inzwischen herbeigeeilt und hämmerten auf beiden Seiten fleißig mit ihren Schnäbeln. Meerstern fühlte jedoch unter seinen Füßen, daß die Brücke noch genauso stabil war wie vorher.

„Laß sein, Perltang! Die anderen sollen allein weitermachen. Komm herauf zu mir. Bubos Rudel wird versuchen, auf die Insel zurückzukehren. Wir müssen sie aufhalten. Beeil dich!"

Perltang flatterte hinauf zu Meerstern. Als er oben landete, sah er, wie Bubo gerade vor der Brücke haltmachte. Hinter ihm drängte sich ein wirrer Haufen heulender Ratten, die um sich bissen und nach ihren Nachbarn schnappten, um sich für die Flucht ins sichere heimische Revier eine gute Ausgangsposition zu verschaffen.

„O Königin!" krächzte Perltang und spuckte Erde aus.

„Sie kann uns jetzt nicht helfen!" zischte Meerstern. „Wir sind auf uns gestellt. Postiere dich neben mich, und wenn sie versuchen, herüberzukommen, stoß mit aller Kraft zu!"

„Aus dem Weg, Papageitaucher!" schrie Bubo und sprang auf den schmalen Fels. Meerstern spürte, wie die Brücke unter dem zusätzlichen Gewicht vibrierte.

„Ich denke nicht daran!" rief er gegen den Wind, der vom schäumenden Wasser heraufblies. „Du kommst nicht zurück auf die Insel!"

Bubo fletschte die Zähne und kroch auf allen vieren vorwärts. Die beiden Papageitaucher standen Schulter an Schulter und versperrten den Weg.

„Warte, bis er sich weit genug vom sicheren Land entfernt hat", flüsterte Meerstern. „Dann greifen wir an. Solange er auf der Brücke ist, wird kein anderer den Versuch wagen, an ihm vorbeizukommen."

Die beiden Vögel richteten sich auf, krallten sich an dem Stein unter ihren Füßen fest und öffneten die Schnäbel gerade so weit, daß sie zustoßen oder beißen konnten, je nachdem, was Bubo tun würde.

Doch weder Meerstern noch Bubo hatten mit den Ratten gerechnet, die jetzt als letzte den Hügel herunterstürmten.

Sie waren von wilder Panik ergriffen. Erst hatten sie miterleben müssen, wie der Unglückliche, den Meerstern in der Luft abgeschüttelt hatte, von Nieswurz zerfleischt wurde, und nun sahen und rochen sie die Leichen ihrer Gefährten, die die Streife in Stücke gerissen hatte.

Sie dachten nicht daran, vor der Brücke zu warten, bis sie an der Reihe waren. Sie preschten in die brodelnde Menge hinter Bubo, sprangen auf die Rücken der anderen, trampelten und bissen sich den Weg frei, bis sie den Rand der Brücke erreichten. Dort drängten sich die Stärksten hinter Bubo.

„Zurück, ihr Schwachköpfe!" rief er. „Bleibt zurück, bis ich diese Grünschnäbel zermalmt habe!"

Aber das verängstigte Rudel hörte nicht mehr: Der Überlebenswille war stärker als alle Bedenken – dieselben Ratten, die bisher vor Bubo gekuscht und ihm geschmeichelt hatten, schnappten und bissen jetzt nach ihm. Er war gezwungen, sich umzudrehen und zur Wehr zu setzen.

Perltang sprang vor. Doch die große Ratte sah ihn kommen, fuhr herum und fegte ihn mit ihrer kräftigen Vorderpfote von der Brücke.

Die Wucht des Hiebs riß Bubo so weit herum, daß er Meerstern seine ungeschützte Schulter darbot. Meerstern sah seine Chance. Mit einem Satz war er neben ihm und stieß ihm den Schnabel tief ins Fleisch. Der riesige Bubo heulte auf. Der Schmerz fuhr ihm ins Bein und lähmte seine Vorderpfote. Meerstern sah, daß sie den Stein losließ. Bubo bäumte sich auf und schlug mit der anderen Pfote nach Meerstern. Meerstern duckte sich, denn er kannte die Taktik der Ratte aus ihrem ersten Kampf. Bubos Arm sauste über seinen Kopf hinweg und riß den schweren Körper herum.

Meerstern bückte sich und biß in die Pfote, mit der Bubo sein Gleichgewicht hielt. Die Pfote glitt vom Stein. Mit einem Flügelschlag schwang sich Meerstern in die Luft und trat mit seinen kräftigen Schwimmfüßen in das verfilzte Rattenfell. Sein Gegner verlor vollends das Gleichgewicht.

Bubo öffnete den Mund und stieß einen Schwall von Flüchen aus. Gleichzeitig versuchte er, mit den Vorderpfoten Meersterns Füße zu packen. Seine Zähne blitzten auf. Da bekam er Meersterns Brustfedern zu fassen.

Meerstern schrie vor Schmerz auf. Das Gewicht der Ratte zog ihn über den Rand der Brücke. Er stürzte in die Tiefe – durch den pfeifenden Wind dem Wasser entgegen.

Die anderen Ratten hatten jetzt freie Bahn. Sie stürmten vorwärts. Doch sofort blockierten Perltang und Portulak den Weg. Sie hackten drohend mit den Schnäbeln und krächzten so wild, wie sie nur konnten. Eingeschüchtert wichen die Ratten zurück – gerade hatten sie miterlebt, wie der Schnabel eines Papageitauchers ihren Anführer zugerichtet hatte.

„Zurück!" schrie die Vorderste, drückte sich gegen den Stein und umklammerte mit ihren rosa Pfoten die Ränder der Brücke. „Wir müssen zurück!"

Aber der Befehl, so er einer war, fand kein Gehör – er ging in den Schlachtrufen der Ratten unter, die sich jetzt die Anhöhe herunterwälzten. Perltang sah hoch. Nieswurz und sein Rudel hatten das Blut der fremden Ratten gekostet und wollten mehr. Mit Entsetzen beobachtete Portulak, wie sie sich auf die Nachzügler von Bubos Rudel stürzten. Ihre Zähne blitzten im Morgenlicht, und das Wutgeschrei der Verfolger vermischte sich mit den Angstschreien der Verfolgten.

„Wir müssen sie aufhalten!“ schrie Perltang, als Portulak sich zur Flucht wandte. „Wir müssen sie zurückdrängen – es ist unsere letzte Chance! Die anderen sind fast mit dem Graben fertig!“

„Ich werd’s versuchen“, rief Portulak zurück. „Aber sieh sie dir an, die haben völlig den Verstand verloren!“

Inzwischen waren noch mehr Ratten auf die Rücken derer gesprungen, die am hinteren Ende der Brücke warteten. Sie kletterten einfach über die anderen hinweg und drückten sie gegen den schmalen Pfeiler. Andere erkannten die Fluchtmöglichkeit und hetzten ihnen nach. Und auch die, die den Zähnen der Verfolger am nächsten waren, sahen ihre Chance, sprangen auf die Rücken ihrer Rudelgenossen und drängten vorwärts, bemüht, auf den wuselnden, quiekenden Fellen unter ihren Füßen Halt zu finden.

„Da sitzen drei und mehr aufeinander!“ keuchte Portulak, als er das Gedränge sah.

„Die obersten werden sich durch nichts aufhalten lassen!“ rief Perltang durch das Gekreische. „Ich greife jetzt an! Ruf den anderen zu, sie sollen von der Seite angreifen!“

„Nein! Sie sollen weitergraben! Sie sind fast durch!“ rief Meerstern und landete neben ihm auf der Brücke.

„O Meerstern! Ich dachte, Bubo hätte dich erwischt!“ rief Perltang.

„Nein, das Meer hat ihn!“ antwortete Meerstern. „Und jetzt kümmern wir uns um die anderen! Wenn sie uns noch zwei Flügelspannen zurückdrängen, können sie an Land springen. Dann wäre alles umsonst gewesen. Du und Portulak, ihr bleibt auf der Brücke – ich werde sie von oben angreifen! Je mehr übereinander klettern, desto besser!“

Meerstern kauerte nieder und schnellte sich wieder in die

Luft. Doch statt sich abzustoßen, schien er den Boden wegzudrücken – genauer gesagt die Brücke. Dann, als er die Flügel ausbreitete, um die Ratten von oben anzugreifen, sah er, wie sie unter ihm wegsackten. Die Ratten heulten auf, doch die Schreie blieben ihnen in den Hälsen stecken, als sie ein paar Flügelspannen tiefer mit einem Ruck über dem schwarzen Abgrund zum Stehen kamen.

„Fliegt weg!" rief Meerstern, doch Perltang und Portulak flatterten bereits neben ihm in der Luft.

„Sie haben's geschafft!" jauchzte Perltang. „Die Schwärmer haben sie losgegraben!"

„Nein, noch nicht!" Meerstern deutete nach unten. „Seht!"

Die Brücke war tatsächlich von der Spitze der Klippe auf der Inselseite losgebrochen und abgerutscht, dann aber an einem tiefer gelegenen Vorsprung hängengeblieben. Und trotz ihrer Schräglage vermochten sich die Ratten noch auf ihr zu halten. Sie klammerten sich aneinander, obwohl an manchen Stellen schon vier und fünf übereinander saßen.

„Es kommen immer neue nach!" kreischte Meerstern und deutete hinüber zum Festland. „Nieswurz' Rudel wird jeden umbringen, der es nicht bis zur Brücke schafft. Sie haben nichts zu verlieren!"

„Und sie schaffen es auch!" rief Perltang. „Sieh nur, sie schaffen es!"

Die ersten Ratten hatten jetzt das Ende der Brücke erreicht, das sich in der Felswand verkeilt hatte. Sie sahen nach oben und tasteten den nackten Fels nach einem festem Halt ab, um hinauf auf die Insel zu klettern. Doch bevor sie einen fanden, drängten andere nach, sprangen auf ihre Rücken und suchten etwas höher nach Halt. Und während deren

Pfoten noch über die feuchte Wand glitten, standen andere auf ihren Schultern, die wieder ein Stück höher hinaufreichten.

„Jetzt stehen schon neun oder zehn aufeinander!“ rief Portulak. „Sieh dir das an!“

„Wir können nichts tun!“ stöhnte Perltang, als er sah, wie ein Paar Rattenfüße kaum eine Federbreite unter dem oberen Rand der Felswand einen Halt suchte. Die rosa Pfoten schoben sich vor, fast konnten sie schon ein Grasbüschel greifen, da rutschten sie ab. Verzweifelt spreizte die Ratte die Krallen, um sich an der nassen Wand zu halten.

„Schau!“ stieß Portulak hervor. „Da unten!“

Die Brücke war wieder ein Stück abgesackt – und ächzend rutschte sie immer tiefer. Die Ratten heulten auf. Doch das Geheul erstarb sofort, als die Brücke abermals hängenblieb. Jetzt lag sie auf einem Grasbüschel, das in einer Felsnische zu überleben versuchte. Wieder schrien die Ratten auf. Die obersten, die fast die Spitze erreicht hatten, waren hinabgestürzt und hatten die anderen zerquetscht.

„Sie kämpfen sich nach oben! Eine auf der anderen!“ rief Portulak.

„Und ein paar werden es auch schaffen!“ stöhnte Perltang. „Ich fliege hinunter und picke in die erste Pfote, die über den Rand faßt!“

„Unnötig!“ rief Meerstern. „Sieh nur!“

Unter dem Gewicht der in Panik geratenen Ratten begann der Steinpfeiler, der die Brücke gebildet hatte, das Grasbüschel loszureißen, auf dem er hängengeblieben war. Wurzel um Wurzel löste sich aus der Wand, Erde rieselte herab. Dann war die Brücke frei, kippte nach unten weg und zerschellte mit einem dumpfen Dröhnen an der steilen Felswand auf der Festlandseite. Die kreischenden Ratten wurden in die Leere hinausgeschleudert und von der Tiefe verschluckt. Einen Augenblick später gellten ihre kurzen Schreie, dann schlugen sie auf den Felsen unten auf, zusammen mit der geborstenen Brücke, die in der dunklen Tiefe in tausend Stücke zersprang.

In der Stille, die folgte, war nur das Heulen des Windes zu hören.

Kapitel 32

„Ich kann es nicht glauben!“ Perltang reckte sich auf dem weichen grünen Moos. „Wir haben die Ratten mit ihren eigenen Waffen geschlagen!“

„Nein, noch nicht ganz“, entgegnete Meerstern und zupfte ein paar nasse Rattenhaare aus seinen Krallen. „Wir können uns noch nicht ausruhen. Wir haben noch die unangenehme Aufgabe, uns der jungen Ratten zu entledigen. Die Königin allein weiß, wie viele da unten in den Nisthöhlen stecken. Wenn nur zwei überleben, ist das für uns genauso schlimm, als käme Bubos Rudel zum Paaren auf die Papageitaucherinsel zurück. Am Ende des Jahres hätten wir hier eine neue Rattenkolonie. Doch zuerst muß ich nachsehen, wie es dem Meister geht.“

„Oh, er ist in Sicherheit“, sagte Perltang leichthin. „Portulak ist mit den anderen hinunter zum Meer, um sich zu putzen. Er kümmert sich gerade um den Meister. Wir haben ihn nämlich in dem Felsspalt direkt über dem Kiesstrand versteckt.“

„Mir würde ein Bad auch nicht schaden“, seufzte Meerstern. „Aber erst müssen wir das mit den jungen Ratten erledigen."

„Darüber brauchst du dir keine Sorgen zu machen", ertönte eine ernste Stimme hinter ihnen. Meerstern und Perltang fuhren herum. „Sie sind tot."

„Tot?" Meerstern war so überrascht, daß er kaum ein Wort herausbrachte.

„Ja." Eine große Ratte lehnte an einem Büschel Schlickgras. „Ich habe getan, was getan werden mußte." Ihre Augen waren fast geschlossen.

„Hast du sie getötet?" platzte Perltang heraus. Er war vom Moos aufgesprungen und wußte nicht recht, ob er zuhören oder wegfliegen sollte. Die Ratte nickte.

„Aber warum?" fragte Meerstern.

„Es mußte sein. Ich war ihr Kindermädchen." Die Ratte hielt sich am Gras fest. „Ich habe sie unter der Erde betreut, während ihre Mütter für die Schlacht gegen Seidelbast ausgebildet wurden."

„Nieswurz", verbesserte Perltang gedankenlos.

„Ist ja egal", seufzte die Ratte und winkte schwerfällig mit der Vorderpfote ab. „Als ich die Muttertiere heute morgen aufs Festland rennen sah, da wußte ich, daß die jungen Ratten verhungern mußten – ich wußte, daß die Mütter nicht zurückkommen würden. In dem Augenblick, als sie das Festland betraten, waren sie wegen ihres fremden Geruchs dem Tode geweiht."

„Aber sie hätten es beinahe geschafft", sagte Meerstern. Perltang nickte bestätigend.

„Dann war Bubo ein besserer Rudelführer, als ich dachte", meinte die Ratte. „Er konnte die Lebenskräfte beherrschen." Sie stöhnte. „Ich konnte es nicht, und was ich getan habe, ist nicht mehr zu ändern.“ Sie sah hinunter zu den Bruthöhlen. „Sie sind alle tot.“

„Bist du allein? Oder sind außer dir noch andere Ratten hier?“ fragte Meerstern vorsichtig.

„Ich bin allein – keine Angst.“

„Was hast du jetzt vor?“ fragte Perltang leise.

„Ich bin zu alt, um noch etwas Neues anzufangen. Ich werde mein Leben hier beschließen, so gut es eben geht“, antwortete die Ratte. „Ich werde die Küste nach Futter absuchen, bis mich eines Tages die Mantelmöwen holen. Auch kein Drama. Ich hatte ein erfülltes Leben.“ Sie wandte sich an Meerstern. „Ich fürchte nur, daß ich die Höhlen nicht fest genug verschlossen habe. Ich bin alt und schwach. Aber du wirst erkennen, in welchen die Nester waren. Du mußt sie gut verschließen.“

„Keine Sorge“, sagte Meerstern herzlich, „wir werden uns darum kümmern. Aber zuerst begleiten wir dich zur Küste.“ Er sah Perltang an. Sie wußten beide, daß die alte Ratte höchstens ein paar Tage überleben konnte. Trotzdem mußte man sie im Auge behalten, selbst unten an der Küste. Sie hörten Flügel über sich schlagen. Portulak landete neben ihnen. Er war so aufgeregt, daß er nicht einmal die Ratte bemerkte.

„Schnell! Kommt schnell!“ rief er, dann war er wieder in der Luft. Perltang und Meerstern sahen einander verdutzt an und flogen ihm nach.

„Was ist denn los?“ rief Meerstern ihm nach.

„Folgt mir. Ihr werdet es gleich erfahren“, jauchzte Portulak und stürzte sich über den Rand der Klippe hinab zum Meer. „Seht – da unten!“

Meerstern blickte hinab. Weit unten, auf einem Felsen

am Kiesstrand, saß der Meister, die Flügel an den Körper gepreßt.

„Im Namen der Königin! Was macht er denn da?“ rief Meerstern. „Dort ist er ein gefundenes Fressen für die Mantelmöwen.“

„Das glaubst du“, rief der Meister. „Sieh her!“ Er schlug mit den Flügeln, flatterte hinunter zum Wasser und tauchte unter. Gleich darauf spritzte es auf, und er erschien wieder an der Oberfläche. „Mein Flügel ist nicht ganz unbrauchbar. Ich kann noch tauchen!“

„Ich dachte, Bubo hätte den Muskel durchgebissen“, rief Meerstern und ging neben ihm auf dem Wasser nieder.

„Dachte ich auch“, strahlte der Meister, „aber offensichtlich habe ich mich geirrt. Da sieht man mal wieder, was zwei gute Mahlzeiten aus frischem Sandaal bewirken können. Die Goldene Königin sei gepriesen!“

„Ja“, lachte Meerstern. „Und die Lebenskräfte in uns allen!“

„Und nicht nur das“, rief Portulak und landete mit Perltang atemlos im Wasser. „Der Papageitaucherschwarm ist gesichtet worden, dort hinten, wo der Himmel und das Meer aneinanderstoßen. Seeampfer hat es also geschafft. Er hat so viele zur Rückkehr überredet, daß Sanddistel nachgeben mußte.“

„Ich wußte, daß er es schaffen würde“, sagte Meerstern glücklich. „Flieg hinaus und sage ihnen, daß sie gefahrlos an Land kommen können! Ich will es nicht selbst tun. Ich weiß nicht, wie sie mich empfangen würden. Und du, Perltang, begleitest die alte Ratte zum Strand. Ich habe noch etwas auf dem Festland zu erledigen!“

Kapitel 33

Die Festlandseite des Kanals war übersät mit verstümmelten Rattenleichen. Schwärme von Silbermöwen stritten um jedes Stück Fleisch, das sie von den Knochen gerissen hatten.

„Verschwinde!" schrie die Möwe, neben der Meerstern gelandet war. „Wir waren zuerst da!"

„Ihr könnt gern alles haben", sagte Meerstern, „aber vielleicht kannst du mir sagen, ob einige Ratten überlebt haben?"

„Nicht viele", krächzte die Möwe und verschluckte sich beinahe an einem Stück Fell. „Wir waren gerade auf der Müllhalde der großen Landkreaturen, viele Flügelspannen weit von hier, als wir erfuhren, was passiert war. Als wir hier eintrafen, war nicht eine Ratte mehr am Leben. Man sagt, daß sich die Jungen gegenseitig zerrissen haben. Nur ein paar Alten soll es gelungen sein, ins Landesinnere zu fliehen."

Meerstern dankte der Möwe und flog davon. Er folgte genau dem Weg, den er letztes Jahr mit Zaunrübe zurückgelegt hatte. Auf den Feldern zu beiden Seiten sproß frisches

Grün, und die Hecke, die Seidelbasts Bau schützte, schimmerte rosa und stand kurz vor der Blüte.

Draußen standen keine Wachen. Meerstern flog direkt in den Bau hinein.

„Pah! Der Vogel, der meinen Sohn auf dem Gewissen hat!" rief Seidelbast, sprang auf und drohte Meerstern mit der geballten Pfote.

„Dein Sohn war ein Narr", fauchte Zaunrübe und fuhr zwischen die beiden. „Was geschehen ist, ist geschehen. Jetzt müssen wir eine neue Kolonie gründen. Und du kannst sicher sein, daß unsere Lebenskräfte nicht eher Ruhe geben werden, bis wir es vollbracht haben." Sie wandte sich an Meerstern, der ein paar Schritte zurückgewichen war. „Du hättest nicht kommen sollen", sagte sie ernst.

„Ich mußte euch danken."

„Uns danken?"

„Weil ihr mir geholfen habt."

„Wir haben einer dem anderen geholfen – so wie Seidelbast es vorgeschlagen hatte." Seidelbast blitzte sie wütend an.

„Das weiß ich, trotzdem habe ich eine Menge von euch gelernt."

„Unsinn", fuhr Zaunrübe ihn an. „Du hast nur eines gelernt: Du hast entdeckt, was an Lebenskräften in dir steckt – nicht mehr und nicht weniger. Aber du hättest wirklich nicht kommen dürfen – die gleichen Kräfte verlangen jetzt von uns, daß wir eine neue Kolonie gründen. Und sei versichert, wir werden mit jedem Eindringling hart umspringen, so wie wir es immer getan haben. Du darfst nie wieder kommen."

„Das werde ich auch nicht."

„Dann verschwinde!" Seidelbast schlug mit seinem

Schwanz auf den Boden. „Du hast schon genug Unheil angerichtet!"

„Sei still!" fuhr Zaunrübe ihn an.

„Sei du still!" schrie Seidelbast. „Du machst mit Vögeln gemeinsame Sache, vernichtest dein eigenes Rudel, und dann hast du auch noch die Stirn, mir den Mund zu verbieten. Wie kannst du es wagen ...?"

Meerstern stahl sich leise hinaus und überließ sie ihrem Streit.

„Du bist doch wieder Anführer, oder etwa nicht?" hörte er Zaunrübe ihren Gefährten anschreien. „Was willst du denn noch?"

„Anführer *wovon*?"

Das Zwitschern der Spatzen in der Hecke übertönte den Rest des Wortgefechts.

Meerstern schwang sich in die Luft und flog in Richtung Papageitaucherinsel davon.

Kapitel 34

Lange bevor er ihn sehen konnte, hörte Meerstern das Geschrei und Gezeter von Sanddistels Schwarm. Der Lärm kam vom Wasser vor dem Kiesstrand. Er drehte ab und ging mitten im Schwarm nieder.

„Sieh da, der Herumtreiber ist wieder da!“ stichelte ein Vogel neben ihm.

„Warst wohl unterwegs, um uns eine neue Falle zu stellen“, grollte ein anderer. „Aber was soll man auch von einem Vogel erwarten, der mit Vierfüßlern gemeinsame Sache macht!“

Meerstern hatte zwar damit gerechnet, daß einige ältere Schwärmer ihrem Ärger gegen ihn Luft machen würden, nach allem, was sie in den Fischgründen über ihn gesagt hatten, doch eine solche Feindseligkeit hatte er nicht erwartet.

„Was habe ich denn jetzt schon wieder getan?“ stöhnte er und trank einen Schluck Wasser.

„Spiel nicht den Ahnungslosen, das hilft dir auch nicht“, erhob sich eine bekannte Stimme aus einer Gruppe von

Älteren. Es war Sanddistel. Unter den verächtlichen Blicken der anderen schwamm Meerstern zu ihm hin.

„Bitte“, rief Sanddistel. „Einer nach dem anderen. Wie soll ich beurteilen, ob eure Vorschläge gut sind, wenn ihr alle gleichzeitig redet.“ Er wandte sich an Meerstern. „Und du, von dir erwarten wir eine Erklärung. Wir haben nämlich genug von dir und Seeampfer und euren Tricks – uns unter Vorspiegelung falscher Tatsachen hierherzulocken.“

„Was für falsche Tatsachen?“

„Das weißt du sehr gut. Schließlich ist es nicht das erste Mal, daß du uns belügst.“

„Ich euch belügen?“

„Du hast uns durch den jungen Papageitaucher sagen lassen, daß keine Ratten mehr auf der Insel sind. In Wahrheit lebt mindestens noch ein Paar dort. Ich habe sie selbst gesehen. Was hast du dazu zu sagen?“

„Ich, ich ...“, stotterte Meerstern und sperrte den Schnabel auf. „Ich ... sie müssen sich versteckt haben, als Bubo sein Rudel aufs Festland geführt hat.“

„Und was für eine riesige Ratte“, sagte einer der Älteren. „Sie hätte uns allesamt in einer Nacht umbringen können, oben in den Höhlen ...“

Meerstern zuckte zusammen.

„... du bist wirklich fahrlässig.“

„Eine große Ratte? Wie groß? Welche Farbe hatte ihr Fell?“

„... fahrlässig, ja, das bist du.“

„Hört mir zu! Welche Farbe hatte die große Ratte? War sie schwarz? War sie schwarz?“

„Ich habe nicht auf die Farbe geachtet. Die Augen haben mir gereicht. Ich habe noch nie so haßerfüllte Augen gesehen.“

„Bubo!“ stieß Meerstern hervor und starrte ins Wasser. „Bubo lebt!“ Er sah auf. „Wo hast du ihn gesehen? In der Papageitaucherkolonie?“

„Am Strand“, erwiderte Sanddistel kalt. „Und schwarz wie die Nacht war er. Er ging in Richtung Kolonie, als wir über ihn hinwegflogen. Gut, daß wir erst nachgesehen haben.“

Die Älteren stimmten ihm zu.

„Und die andere Ratte? War es ein Weibchen? Ein altes Weibchen?“

„Wie soll ich ihr Alter wissen?“ schnaubte Sanddistel. „Ich habe heute zum ersten Mal eine Ratte gesehen. Aber eines weiß ich mit Sicherheit: Wir müssen uns einen anderen Nistplatz suchen – und das so spät!“

„Bleibt, wo ihr seid!“ befahl Meerstern.

„Etwas mehr Respekt, Kleiner!“ fauchte Sanddistel ihn an.

„Tut, was ich sage“, entgegnete Meerstern bestimmt. „Vielleicht ist alles nur halb so schlimm.“ Er stieg in die Luft.

„Mach keine Dummheiten!“ rief Seeampfer ihm nach.

Meerstern sah hinunter. „Nein, aber so leicht gebe ich nicht auf.“

Er landete auf den Kieselsteinen am Strand und watschelte zu dem Pfad, der die Klippe hinaufführte. Dort lag die alte Ratte, genau wie er vermutet hatte. Doch ihr Fell war voller Blut, und ihr Kopf ruhte auf den Vorderpfoten. Sie rang nach Luft.

„Ist Bubo wieder da?“ fragte Meerstern und zupfte sie am Fell. Sie schlug halb die Augen auf. Ihre Schnurrhaare zitterten, als sie den Mund öffnete.

„Ich muß wissen, ob er zurück ist?“

Sie befeuchtete sich die Lippen. „Er kam ... kam hier an Land“, keuchte sie. „Fiel ins Wasser und schwamm um die Insel herum. Wollte mir nicht glauben, daß ich die einzige Ratte auf der Insel bin – er wußte nicht, daß die Brücke weg ist.“ Sie schloß die Augen.

„Wo ist er jetzt?“

Die alte Ratte verdrehte die Augen und deutete mit dem Kopf vage zur Spitze der Klippe.

„Dort oben?“

Sie nickte. „Er hat mir befohlen, hinaufzugehen und mich um die Jungen zu kümmern ...“ Ihre Augen fielen wieder zu.

„Und dann? Was war dann?“

„Ich, ich mußte ihm sagen, was ich getan hatte.“ Sie schlug die Augen auf und versuchte, Meerstern anzusehen. „Aber er wollte mir nicht glauben. Dann sagte er, wir müßten zusammen eine neue Kolonie gründen – er zwang mich zur Paarung. Ich sagte ihm, ich sei zu alt, da biß er mich ins Genick. Ich sterbe ...“ Sie schloß die Augen.

„Ich muß ihn finden“, rief Meerstern in ihr Ohr.

„Er ist wahnsinnig. Halte dich fern von ihm. Morgen will er zurückkommen, um mit mir eine neue Kolonie zu gründen.“ Sie hatte die Augen nicht wieder geöffnet.

„Ist er hinauf zu den Nisthöhlen?“

Die Ratte antwortete nicht. Meerstern beugte sich vor und horchte. Sie atmete nicht mehr.

Er sah nach oben – Bubo konnte nur diesen Weg genommen haben.

Wieder stieg Meerstern in die Luft, schlug kräftig mit den Schwingen und ließ sich von der aufsteigenden Luftströmung auf die Klippe tragen. Er landete neben demselben Büschel Spartgras, hinter dem er vor einem Jahr die Überreste des verstümmelten Panthrax gefunden hatte. Er schlich vor und spähte durch die von den Ratten zernagten Halme.

Vor der Höhle, die das alte Weibchen zugeschüttet hatte, saß eine Gestalt – ohne Zweifel Bubo. Seine Vorderpfoten wirbelten. Er war dabei, den Höhleneingang von Steinen und Erde zu räumen. Über ihm kreiste eine Gruppe kreischender Silbermöwen. Abwechselnd stießen sie herab und hackten auf etwas ein. Jetzt erkannte Meerstern, was es war: tote junge Ratten. Bubo hatte sie mit blutigen Pfoten aus der Nachbarhöhle ausgegraben.

Mit der einen Pfote grub er, mit der anderen wehrte er die Silbermöwen ab, die sich immer wieder auf die klaffende Wunde an seiner Seite stürzten.

„O Königin, er ist wirklich wahnsinnig", flüsterte Meerstern, als er sah, wie die Möwen Bubo zerfleischten. „Was treibt ihn dazu, weiterzumachen, wo doch offensichtlich alles verloren ist?"

„Die Lebenskräfte!" antwortete eine vertraute Stimme hinter ihm. „Er ist entschlossen zu leben, bis er stirbt, genau wie ich."

Es war der Meister.

„Wie kommst du hier herauf?" fragte Meerstern erstaunt.

„Ich bin geflogen", sagte der Meister. „Ich habe die Flügel ausgebreitet und bin geflogen."

Epilog

Als die Küken geschlüpft waren und von früh bis spät gefüttert werden mußten, dachte in der Kolonie niemand mehr an die Invasion der Ratten auf der Insel. Meerstern und Perltang waren zu den anderen Jungen in die Fischgründe des Winters zurückgekehrt und verbrachten ihre Zeit mit Spielen und Tauchen. Und nichts erinnerte sie an die Ratten.

Sanddistel war mehr als froh, daß er die Führung des Schwarms wieder an den Meister abtreten konnte, und behauptete, er habe die Aufgabe ohnehin nur vorübergehend übernommen, bis der Meister wieder selbst dazu in der Lage gewesen sei. Außerdem, fügte er hinzu, habe sich der ganze Ärger nicht gelohnt, den sie ihm eingebracht habe.

Manchmal, an warmen Nachmittagen, sann der Meister über die Ereignisse nach, durch die er die Führung des Schwarms gewonnen und dann beinahe verloren hatte. Doch er war jetzt bereit, sich allein von den Instinkten leiten zu lassen, und er ermutigte seinen Schwarm, es genauso zu halten.

In späteren Jahren – längst hatte die Goldene Königin den Meister, Sanddistel und ihre Nachkommen zu sich gerufen und Antwort auf ihre zweifelnden Fragen gegeben – hörten neue Generationen junger Vögel, die zum ersten Mal brüten sollten und sich fürchteten, an Land zu gehen, Geschichten von dem mutigen jungen Papageitaucher, der vor langer, langer Zeit, als die Goldene Königin noch alle Ihre Geschöpfe liebte, auserwählt worden war, von neuem das Recht aller Seevögel zu sichern, ihre Eier auf dem Land zu legen.